Leonie Wolf

Ostschokolade

Edition Araki

Leonie Wolf
Ostschokolade

1. Auflage 2003

Satz & Layout: Anne Köhler
Einband: David Deinert
Druck und Verarbeitung:
Gutenberg Verlag und Druck, Leipzig

Edition Araki
Leipzig
Printed in Germany

ISBN 3-936149-08-9

Die Handlung des Romans ist frei erfunden. Ähnlichkeiten mit lebenden Personen sind rein zufällig und nicht beabsichtigt.

Dies Buch ist meinen Töchtern Lulu, Maggy, Anne, Freddy, Hannah, meinen Söhnen Wolle, Helge, Köli und meinem Mann gewidmet, dem ich für die Unterstützung danken möchte.

1. Teil

Dornen

1

„Anna?" Aus der Ferne rief sie jemand. - „Annaaa!" Anna wachte auf und hörte, wie der Ruf verklang. Sie versuchte zu antworten. Wo ihre Stimme war, ist jetzt ein Klumpen. - „ Wie lang ... war ich weg?" fragte ihre klumpige Stimme. - „Du hast geschlafen. Du hast deinen Kopf gedreht, wenn wir rein kamen. Deine Augen waren immer zu. Du hast genickt, aber du konntest anscheinend nicht reden." Ich ... wollte nicht reden. Ich schlafe. Mutter legt Ringe auf die Herdplatte. Geh nicht über die Straße. Ich umarme den alten Kirschbaum. Es ist dunkel. Ich presse mein Gesicht an den Stamm. - „Was sagt sie?" fragte einer über ihr. Sie fühlte kühle Hände auf ihrer Stirn. - „Sie spricht im Schlaf", antwortete eine hohe Stimme. Das Traumbild wechselte. - „Robert!" Sein schmales Gesicht war verzerrt. Seine Augen brannten vor Erregung. Er schien sie nicht zu hören, warf sich die alte braune Decke über und rannte in die Scheune, ohne dass sie ihn warnen konnte. Die klumpige Stimme gehorchte ihr nicht mehr. Es wurde lauter. Stimmen surrten nun hin und her, entfernten sich. Ihr Kopf dröhnte. - „Du könntest ruhig mehr auf Deinen Mann Acht geben! Gerüchte sagen..." - Schmerzen wollten ihren Kopf zerbrechen. Das Bild verwischte. Ein schmaler Raum, ein Gefängnis. Sie schlug mit den Armen um sich. Wo war nur Robert? Sie trugen ihr Kind aus dem Raum. Wieso stand er ihr nicht bei? Wieder senkte sich die Dunkelheit über sie.

„Frau Ulanow!" Ein bärtiges Gesicht beugt sich über sie. „Frau Ulanow! Sind Sie wach geworden? Hören Sie mich jetzt?" - „Wo bin ich?" fragt sie verwirrt. „Im Krankenhaus in

Hamburg." - „Was ist passiert?" Ihre Lippen wollen die Worte nicht hergeben. - „Sie hatten einen Unfall", beruhigt die Stimme. „Sagen Sie mir, woran Sie sich erinnern!" - Sie beginnt wieder zu zittern, ihre Zähne klappern. „Lichter ... rasen auf uns zu", versucht sie. „Warum kann ich mich nicht erinnern?" stößt sie heraus. - „Sie sind ... am Gehirn operiert worden. Bis eben hat Ihr Mann auf diesen Moment gewartet. Zum Abend will er wieder kommen." - ‚Ich kann nicht einschlafen, wenn ich dich nicht sehe, Robert.' Aus der Tiefe taucht sein Gesicht auf. Sie stöhnte und warf den Kopf hin und her. Ihre ausgedörrte Zunge fuhr über die rissigen Lippen. Sie starrte in die dunklen Augen über sich. - „Anna!". In dem Moment durchfuhr sie ein heißer Schreck. Der Baum, Robert! Pass auf! Sie wollte schreien, kein Ton kam aus ihrer Kehle. Sie wollte sich erinnern, aber es war nicht möglich.

Vor der Tür wurden Schritte laut. Die Tür knarrte, um mit Schwung geöffnet zu werden. Zwei Mädchen und drei Jungen stürmten auf sie zu. Mit einem Ruck hob sie den Kopf. Als sie sich umdrehte, kamen die Kinder in ihren Blick. Verwirrt sah sie ihnen entgegen. - „Es ist furchtbar viel passiert", riefen sie durcheinander. „Linde hat sich den Fuß gebrochen. In Amerika ist ein World Trade Center eingestürzt." Sie wollten mitteilen, was die Mutter versäumt hatte, ohne im Eifer daran zu denken, dass ihr Unfall erst später passierte. Monate danach erst. Verständig nickte sie mit ihrem verbundenen Kopf. Doch niemand konnte sagen, ob sie den Sinn überhaupt begriff. Sie schlief ein.

Als sie aufwachte, wusste sie nicht, warum sie allein in einem weißen Zimmer war, erinnerte sich aber an den gestrigen Abend. Die Kinder, Robert! Sie wurde unruhig. - „Ich muss sofort nach Hause", sagte sie mit ihrer wiederkehrenden Energie. Rasch wechselten die Bilder vor ihren Augen. Die Wachphasen wurden länger. - „Ihre Wunden sind gut verheilt! Einverstanden! Sie können nach Haus. Wir werden uns um einen Platz in einer Rehaklinik bemühen."

2

„Willkommen zu Hause", tönte ein Ruf auf dem engen Weg, den eine hohe Schlehenhecke säumte. Robert half ihr aus dem Auto, um sie durch den dunklen Flur in die Küche zu führen. In der Küche brannten drei Kerzen, deren Licht Schatten an die Wände warf. - „Willkommen, Anna!" flüsterte Robert und beugte sich zu ihr, um ihr ein Glas Wein zu reichen. An der Wand zeichnete sich der Schatten ihrer nach dem Glas ausgestreckten Hand ab. Sie sah, wie ihr unförmiger Schatten mit seinem verschmolz. Mit Interesse betrachtete sie den schwarzen Kohleherd, den klobigen Tisch und die Fliegengitter. Sie versuchte sich an ihre Küche zu erinnern, wollte tief Atem schöpfen, aber blickte in fragende Augen. In der Mitte des Tisches thronten bucklige Gebilde. Etwas floss rot über den Tisch und fing an, von der Tischdecke zu tropfen. Mit dem Rücken zu ihr werkte ein großes Mädchen am Herd. Unberührt von dem Unsinn um sie her, rührte sie energisch in der Pfanne. Jetzt humpelte sie auf Anna zu. Sie reichte ihr einen Puffer. Anna sah das Mädchen freundlich an. Irgendwo musste sie mal mit ihr zu tun gehabt haben. Sie überlegte krampfhaft, wo das gewesen sein konnte. - „Was für ein Mädchen hilft hier in der Küche mit?" fragte sie Berti, der ihr am nächsten saß. - „Aber das ist doch ... unsere Linde, das ist deine Tochter Linde!" rief Berti und seufzte auf. Die

Mutter senkte betroffen den Kopf. Also zu Hause. Sie beobachtete ihre an der Wand tanzenden Schatten und versuchte, ihr aufkommendes Glücksgefühl zu verbergen. Sie fragte sich, welche Rolle sie früher gespielt hatte und was sie jetzt von ihr wohl erwarteten, so lädiert sie war. - „Kartoffelpuffer!" rief Linde. „Mama. Du hast dir doch Kartoffelpuffer gewünscht, als du noch im Krankenhaus lagst." In dem Augenblick raste eine Fliege auf den Teller. So kam es, dass Anna die Türglocke und die Schritte im Flur nicht bemerken konnte. - Sie drehte der Hereinkommenden den Rücken zu, aber konnte ihren Schatten an der Küchenwand erkennen. Eine Frau, sah sie, das Haar war lang und fiel ihr über die Schultern.

Als ob ein unheilvoller Schatten einbricht, trat eine Frau in ihre Küche. Selbstverständlich war ihr Schritt, als ob sie sich hier auskannte. - „Nein!" flüsterte Anna. „Nein!" Die Salzkörner flogen wild über den Puffer. „Wer ist ...", sie kämpfte mit ihrer Artikulationsfähigkeit. Stückweise brachen ihre Worte aus dem Mund: „.... die Frau ... in der Küchenecke?" Alle verstummten und kauten an ihren Puffern. Robert starrte fassungslos erst sie, dann die Frau an. - Woher kam sie nur? „Wer ist ... das?" rief sie vor Schreck. Mit plötzlicher Schärfe fühlte Anna, dass etwas passiert sein musste.
Über ihr kreiste die Fliege. Durch das offene Fenster fuhr ein Windstoß, der die Kerzen zu löschen drohte. - „Hat unsere Emma schon gegessen?" stutzte sie. „Kommt sie nicht zum Essen runter?" - Alle schwiegen und starrten auf ihre salzverkrusteten Teller, während aus dem Küchenradio Bob Dylan tönte. Auf einmal wurde die Musik von einer tiefen Stimme

unterbrochen. - „In Erfurt hat jemand ein Gymnasium gestürmt", sagte die Stimme. Die Fliege krabbelte allmählich den Arm rauf. Bob Dylan sang wieder.
„Emma ist in Heidelberg. Du weißt doch", antwortete Linde leise. - „Nanu, im Westen?" als ob sie nicht im Bilde, strich sie etwas nachgewachsenes Haar aus der Stirn, um die Fliege mit einem Ruck zu verscheuchen. - „Also, in Heidelberg, wo man jetzt hin kann!" Sie runzelte die Stirn und machte sich Mühe, um sich ihre Älteste mit ihren Dreadlocks in dem fernen Heidelberg vorzustellen. „Wisst ihr, was ich immer denke. Könnt ihr euch das vorstellen ...", flüsterte sie. Sie wollte ihnen jetzt von ihren grandiosen Träumen erzählen, die sie träumte, seit sie wach geworden war. Aber es war weg, was sie sagen wollte. Einfach verschwunden.
Ihr Löffel fiel auf den Boden. Sie begannen gleichzeitig zu sprechen, wie um ihr aus der Verlegenheit zu helfen. Ihre Schatten an der Wand nahmen bedrohliche Formen an. Jetzt redete auch die Blonde mit einer schrillen Stimme gegen die dunkle Stimme von Bob Dylan an. Sie sprachen über den 19jährigen, der zwölf Lehrer, zwei Schüler erschossen haben sollte. Anna versuchte den Sinn ihres Gesprächs zu erfassen, für den Fall, dass man sie auch beteiligen würde. Aber der Tisch begann im Kerzenlicht zu schwanken. Die Gesichter schwammen hierhin und wollten dorthin. Die braunen Kartoffelpuffer fingen auf den Tellern an zu tanzen.
„Sie braucht Ruhe!" sagte Linde halblaut. - Anna taumelte. Sie war schwächer, als sie geglaubt hatte. Sie stützte sich auf Robert, der sie in die kleine Stube führte. Die Spinnen stiebten aus ihren Netzen. Dieser Raum war dunkel und kühl. Wer war nur die Frau? Mit dem Gesicht zur Decke lag die Kranke und

versuchte den Gedanken festzuhalten. Diese Frau hatte etwas mit ihr zu tun, sie war sich fast sicher. Als die Zimmerdecke über ihr anfing sich zu drehen, entglitt ihre Erinnerung. Wenn die Bewegung für einen Moment aufhörte, bewunderte sie die Arbeit der Spinnen überm Bett, die eifrig webten, um die Schäden durch Annas Einzug zu reparieren. Warum kommt Robert nicht? Sie fing an zu zittern. Es war kalt! Ihre Gedanken verwirrten sich. Bitter kalt! Die Zimmerdecke wirft einen Hund, der einen Hasen hinter sich schleift. Der letzte Regen hat Farben in die Stubendecke gewaschen. - „Ihr Pfarrhaus ist so alt, dass der Regen durchs Dach fällt", hat der Hausarzt gesagt. Sie kann sich an den Geruch des merkwürdigen Hauses nicht erinnern. Sie versuchte sich aufzurichten, aber fiel kraftlos aufs Bett. Sie würde Robert fragen. Wenn sie lange hochstarrt, verwandelt sich der Hund in ein kleines Schwein. Die Frau kommt ihr auf eine Weise bekannt vor, mit eigenartig schrägen Augen, hellen Haaren, grübelte sie erneut. Woher kannte sie sie? - „Sie wurden aus dem Auto geschleudert", hat der Arzt gesagt. Weil der Todesengel sie berührte, hat sie keine Erinnerungen an den Unfall und an die Frau mit blonden Haaren.

„Ihr wolltet Leute abholen. Weißt du das nicht mehr?" - „Nein." - „Wir hatten furchtbare Angst um dich." - „Ja, hattet ihr Angst? Um mich?" Zögernd fragte sie. „Und Robert ... ist eurem Vater ... nichts passiert?" - „Nur ein paar Schrammen." Ich kann mich nicht erinnern. Ich möchte nichts wissen. Hartnäckig hält sie an ihren Träumen fest, während sie die bizarren Gewebe über sich beobachtet. Ich kann nicht. Als sie ihr das Fernsehen einschalten, sieht sie Bilder eines Erfurter Gymnasiums, ohne sie zu erfassen.

Nach ihrer Rückkehr richteten sie ihr die kleine Stube neben der Treppe ein, in der sie in einem beweglichen Krankenbett knarrte, so wie sie sich bewegte. Sie wälzte sich von einer Seite auf die andere. Der Mond war im Geäst. Draußen bellte ein Hund. Bellte kurz auf und verstummte. Nach einer Weile fielen die Nachbarhunde ein. Sie fuhren den Schatten an, den die blonde Frau auf ihrem Rückweg warf. Da wusste Anna, jetzt geht sie nach Haus, nun ist sie dort und da. Die Frau geisterte durch ihre Träume.
Als sie die Augen aufmachte, saß Robert an ihrem Bett. Sie blickte in seine schwarzen schelmischen Augen. Es war absurd, was sie gerade befürchtet hatte. - „Was machst du für Sachen?" In seinen Augen lag leichtes Lächeln und verursachte ein seltsames Flattern. - Seine Augen glänzen jung, nur in seinen Augenwinkeln sind kleine Falten sichtbar. - „Ich weiß, dass dir die Frage merkwürdig vorkommt. Wie war das mit uns?" fragt sie ihn.
„Weißt du das nicht mehr?" Er beugt sich vor, um sie zu umarmen. Eher scheu ist die Geste, aber sie löst ein Gefühlschaos von Staunen, Verlangen und Misstrauen aus. Er streicht beruhigend über ihre Stirn. Woher kommt das Misstrauen? - „War etwas ... zwischen uns vorgefallen?" Er ließ sie los und schwieg. - „Wie ist unser Unfall passiert, Robert?" brach sie das Schweigen. - „Kannst du dich an unser Rendezvous mit dem Baum nicht mehr erinnern?" erwiderte er scherzhaft, aber seine Lider flatterten. „Kannst du dich an nichts erinnern, Anna, an gar nichts?" Augenblicklich erlosch sein Lächeln. Sie wurde den Gedanken nicht los. Da war etwas. Eine Ahnung quälte sie.

Wieder allein, versuchte sie sich aufzurichten, streifte die Gardine beiseite. Zwischen Gardine und Schuppen entdeckte sie ein zerrissenes kleines Stück Freiheit, dass sie auskosten wollte. - „Anna, was ist?“ Sie spürte, wie ihr der Schweiß ausbrach. Das Mondlicht fiel auf einen Baum. Er hatte die gleiche Silhouette wie jener. - „Mama addiert Sterne“, raunte Berti seinen Geschwistern zu, die auf dem Flur standen und auf das Ergebnis warteten. Denn nur Berti ist in der Lage, sich an den Spinnen vorbei zu schleichen. „Ich glaube, sie macht die Summe und subtrahiert die ...“ Die Schritte der Kinder entfernten sich.
Vergeblich versuchte Anna sich festzuhalten. In der Dunkelheit zuckten Blitze auf. Um sie drehte sich alles. Sie schüttelte den Kopf, um die Erinnerungen da zu lassen, starrte auf die Spinne, die unverdrossen an ihrer Wohnung arbeitete. „Ich kann nicht bremsen, Anna.“ Woher sollen sie auch wissen, was mit ihr los ist? Mit eingezogenen Beinen saß sie im Bett und rief jemandem zu: „Du kannst mir nichts tun, du! Ich bin nicht die, für die du mich hältst. Hörst du?“ Der Unfall liegt im Nebel, nur Fetzen, wo sich der Vorhang in ihrem Inneren etwas hebt. - Was ist los, Anna?“ stürzte Robert herein. „Du hast im Schlaf geschrieen.“ Entgeistert starrte sie ihn an. Sie hätte ihm nicht sagen können, was mit ihr war. - „In der Kurve hinter Lindenberg tauchte der Baum auf, Anna. Schnee und Eis. Erinnerst du dich nicht? Es war total glatt. Du hast meinen Namen geschrieen.“ Behutsam fuhr er mit dem Finger über ihr Haar. Sie sah ihn seltsam an. Sie schwieg und schloss die Augen.

3

Als Robert zurück in sein Zimmer ging, wurde er den Gedanken nicht los, dass sie die Wahrheit kannte. Sie verschwieg ihm, dass sie sie kannte. Warum verschwieg sie sie? - Nur zu deutlich erinnerte er sich an diesen 20. Februar. Schnee türmte sich zu beiden Seiten der Straße. Bergab fuhren sie über Stavenhagen. Ihre Fahrt beschleunigte sich. In Neubrandenburg bogen sie auf die F96 und rasten in südlicher Richtung weiter. Sie hatte sich an ihn geklammert. - Er dachte an die Minuten vor dem Unfall. Gedächtnisschwund, hat der Arzt gesagt. Würde sie sich wieder erinnern? Er wusste nicht, ob er sich das wünschen würde.
Er fröstelte, als das kalte Wasser ihm über den Hals spritzte. Er spürte sein Unglück mehr denn je. Er schlug die Tür des Lastwagens hinter sich zu und fuhr auf die Autobahn in Richtung Hannover. Die Sonne ging auf. - Mit offenen Augen wartete Anna, bis die Sonne überm Schuppendach aufging, die Stube im roten Licht schwamm und die Waschschüssel durch die Spinnenweben reinwanderte. Das Bett schwebte durch die ganze Stube. - „Ist dir schwindlig? Heb deine Arme, Mama. Zieh die Beine ein." Sie spürte, wie das Bett sich erhob, hoch und nieder schaukelte. Vor ihr knieten Linde und Berti. Sie stützten sie, weil sie nun stehen sollte. Sie stand aufrecht, eine schwankende Gestalt im weißen Nachthemd. Sie versuchte sich an ihren letzten Traum zu erinnern. Aber die Stube wackelte in einem fort. Sie wuschen an ihren Armen und als sie ihr das Hemd mit Mühen wieder übergestreift hatten, schrubbten sie an ihren Zehen, schoben ihr eine rosa Tablette auf die Zunge und stellten den Fernseher an. Bilder der über

die Ufer getretenen Mulde und darin eingeschlossene Dörfer erschienen, ohne dass Anna irgendeine Reaktion zeigte.

Eines Morgens, Anfang September, hoben sie sie in den Rollstuhl und brachten sie in den Hof, die Rollstuhlbremse mit einem Ruck festzurrend. Sie sollte die Landschaft um sich wieder erkennen. Hitze empfing sie. - „Erkennst du die Ulmen nicht?" Der Hof ist gefüllt mit abgebrochenen Zweigen, mit braunen Blättern und rotgesprenkelten Hühnern, darüber sind Bilder, noch darüber müssen Gerüche und Erinnerungen liegen. Aber sie sieht nur ihre eigenen wirren Träume. Sie starrt auf den verlassenen Hof unter den riesigen Bäumen. Sie lauscht. An der Ligusterhecke wird gleich ein leiser Ruf ertönen.
Plötzlich erschien hoch über den Zweigen sein Kopf. Er sah sehr jung aus. Seine Augen waren ehrlich und verschmitzt. Anna hatte das unglaubliche Gefühl, dass sie ihm vertrauen konnte. Er hob seine Hand, um ihr Blütenblätter zuzuwerfen. Anna fing sie auf, erstaunt, ihn hier zu sehen: „Was machst du hier?" fragte sie verwundert. Er flüsterte ihr zu, dass sie vorsichtig sein sollte. Als die Schatten in den Hof fielen, verblassten seine Gesichtszüge immer mehr, wurden durchscheinend, verschwanden fast. Ein zu hoch geratener Ast hing an der Hecke, der ihr im Rhythmus des Windes zuwinkte. Der Hof sah aus wie ein gewöhnlicher Hof im Frühherbst. Auf diesen lenkten zwei Lichter zu. Ein müder Mann kletterte umständlich aus dem LKW. Er ähnelte in irgendeiner Weise dem, der in der Sonne die Blüten geworfen hatte. Steifbeinig ging er auf sie zu, begrüßte sie leise und verschwand im Haus, um sich umzuziehen und zu waschen.

Vor den Bildern der Überflutungen stellte sie ihm ihre Fragen. Sie hatte keine Ahnung, wo sie sich befand. „Was gibt es hier in eurem Ort Neues?" fragte sie ihn, weil sie sich vorkam, als hätte man ihr die Hände mit dem Kälberstrick festgebunden. - „Hier in Kienwalde, meinst du? Gerade sah ich die Leute, Becksbier vor sich. Trinken sich einen an im alten Schuppen. Die Anderen arbeiten bei diesem Van Dieck, weißt du, sie gehen abends noch in die Halle einkaufen. Einige klagen, sie haben wenig Zeit jetzt."
„Mama, wir müssen." Die Töchter pressen ihre Aktentaschen fest unter ihre Arme. Sie rufen: „Tschüs, bis heute Abend!" So ging das, bis sich die Blätter von den Bäumen lösten. In Zickzackreihen zogen die Vögel am Fenster vorbei. Sie hoben ihre Flügel gegen den Wind, stiegen und fielen. Jetzt öffnete sich der Blick auf die in der Mittagssonne gleißende silbrige Grasebene. Weite bis zum Horizont. Tagsüber saß sie im Hof. Sie starrte auf das Eis, das sich morgens in dem Bottich unter der Pumpe sammelte. Sie fühlte weder den Wind noch die Kälte. Sie sah alles um sich an, aber sie sah es wie fremdes Leben, das sie nie gekannt hatte. Eines Mittags stieg ihre Tochter Linde den zerbrechlichen Glockenturm hinauf. Sie hielt sich vorsichtig oben, weil ihr Bein noch nicht in Ordnung war, und begann die Glocken zu läuten, um auf diese Weise ihre Erinnerung zu wecken. Das nahm Linde mit ihrem kaputten Bein auf sich. Vor dem Unfall war die Mutter in dem Dorf Pastorin gewesen. Nur Kirche, fünfundzwanzig Jahre lang Kirche und Glocken! Aber diese Anna starrte geradeaus vor sich hin. Vergebens. So als ob der scheppernde Glockenklang nichts in ihr auslöste.

Von einem Tag auf den anderen verschwand der Vogel, niemand warf mehr Blüten. Die Hecke wurde grünschwarz. Sie trieben die Schafe von den Feldern. Der Wind wehte. Die Weite dort draußen schien leer zu werden. Im Oktober begann für Linde das Praktikum in Köln. Sie schult um auf Zahntechnikerin. Köln ist weit. Hinten im Westen liegt dieses Köln, dort, wo die Arbeitsplätze sind. Wer soll bei ihr bleiben? Sie können sie in Kienwalde im Haus nicht allein lassen. Robert, der sich eigenartig von ihr zurückzieht, seit der Todesengel sie gestreift hat. Warum bleibt der nie mit ihr allein, ich meine, für die ganze Nacht. Ich kann nicht ohne dich einschlafen. - Der fährt einen großen Truck. Er muss ganz früh aus dem Haus, weil sie „in Pommern und Mecklenburg keine Arbeitsplätze haben", wie sie überm Flur mithörte. „Die Euphorie nach der Wiedervereinigung ist verflogen. Nachdem die Märkte in den bisherigen Ländern des Ostens weggebrochen sind, hat der Niedergang der hiesigen Wirtschaft auch das kleine Dorf Kienwalde erreicht." Trotz dieser Notwendigkeit, für Jeden einsehbar, konnte sich Anna ihren Robert als LKW-Fahrer nicht vorstellen.

Im Dezember schlugen die Ärzte eine Unterbringung zur Therapie vor. „Ihre Beweglichkeit wird sich verbessern. Wir können etwas für Sie tun, Frau Ulanow."
Wohin wollen wir? Wir fahren durch die Nacht. Robert hat etwas ins Auge bekommen und wischt immerzu mit dem Ärmel über die Augen. Eine Autobahn, wir biegen ab in ein weites Tal. Robert lächelt traurig, als er ihr aus dem Auto hilft. Der gefrorene Boden klirrt unter seinem Schritt. „Adieu, Anna!" Seine Stimme klingt dumpf und gepresst. Sein Gesicht

bleibt zurück. Hinter ihr schlossen sich zwei efeuumwachsene Tore. Eine Allee führte sie zur Klinik hoch, die auf der Höhe zwischen dichten Tannen lag. Bitter riecht die Luft nach den Tannen. - Wo habt ihr mich hier hingebracht? „Ich darf mein Kekse..." der Ruf kommt ihr nach bis in den Therapieraum.

„Guten Morgen, Frau Ulanow. Vor allem wollen wir Sie von dem befreien, was Sie beunruhigt", sagte der sympathische Dr. Sorge, in dessen Reich sie sich jetzt befand. „Sie werden sich wieder erinnern, Frau Ulanow." Anna sieht sich aus ihren wirren Gedanken gerissen. - Vor dem großen Fenster des Therapieraumes fällt Schnee in eine Tanne. Das wiederkehrende Weiße erinnert sie an etwas. Sie schliesst einen Moment die Augen. Das Bild verschwindet wie die Flocken, um wiederzukehren. Fester, stärker wird es. Es bekommt Umrisse, es erhält Konturen und Farben. Treibt wie ein Traumbild in Weiß vor ihr. Unerwartet gebieterisch stellt sich die Erinnerung ein. Was die Glocken mit ihrem lauten Scheppern nicht zustande gebracht haben, dass sich die Erinnerung löst, gelingt dem leise fallenden Schnee. In der weißen Welt taucht eine Frau auf. Wieder erinnert sich Anna, wie sie in den wirbelnden Flocken rannte.

„Frau Ulanow, die Therapie beginnt!" huscht die Schwester hinaus und lässt sie mit ihren Fragen allein. Sie fragt sich, wer gemeint sein kann. Sie sieht sich um, ob etwa Kranke oder zu Therapierende in der Nähe wären. Da fällt ihr Blick wie zufällig auf die Flocken. - „Sie dürfen niemand sagen, wo diese Anna lebt. Hören Sie!" legt sie den Finger auf den Mund, um ihnen Schweigen zu gebieten, die ihre Geschichte kennen und vorm Fenster jetzt die Tanne mit Weiß füllen.

Mit jeder Bewegung kehrt die Vergangenheit zurück. Das nicht Vergessene. Wieder riecht sie den Geruch von Angst. „Ein Herr Fahrenkamp will Sie sprechen, Frau Ulanow. Er sagt, er ist Kriminalkommissar." - Widerwillig blinzelte Anna, als zwinge sie jemand, etwas wieder zu erkennen, ohne Mitleid jede Einzelheit ausleuchtend. Plötzlich brach das Bild aus dem Nebel.

Flocken stieben. - „An die Fahrt kann ich mich nicht erinnern." Die Welt will ins Weiß zurücksinken. Robert! - „Was ist? Was haben Sie?" - Sie hielt es nicht länger aus und stöhnte auf. Erschreckt sah sie sich um. Doch musste auf der Fahrt im Februar etwas passiert sein. Der Wagen kam an den Höhen hinter Bad Segeberg ins Schleudern. Er prallte auf, stürzte den Abhang hinunter.

4

„Was ist daran so merkwürdig?" fragte Kripochef Capari den untersuchenden Kriminalbeamten Fahrenkamp. - „Der Wagen bremste überhaupt nicht. Er scherte zur Linken aus und flog den Abhang runter." - „Was könnte das bedeuten, Fahrenkamp?" - „Dass die Bremsen nicht funktionierten." - „Sie wollen mir bestimmt sagen, warum?" hakte Capari ungeduldig nach, dem die vorsichtige Art seines Frankfurter Kollegen auf den Geist ging. „Jemand hat sie vorsätzlich beschädigt, Herr Capari."
Die Untersuchung des Wagens ergab, dass die Bremsleitung durchtrennt worden war. Aus dem Grund fuhr der Beamte Fahrenkamp in Richtung Neustrelitz. Je weiter er sich von

Berlin entfernte, umso leichter wurde ihm. Solch ein Morgen. Zerzauste Wolken, Wiesen. Drei alte Weiden umstehen einen Tümpel mit zwei Gänsen. So weit er schaute, nur Ackerland. Kienwalde. Auf einem holprigen Sandweg bog er in das Dorf ein. Hier musste es sein. Ich bin der Weg und die Wahrheit, entzifferte er auf dem verwitterten Schaukasten. Das klang ihm nach Kirche. Er parkte den Wagen dicht vor dem fliederumwachsenen Gehöft. Er öffnete die Gartenpforte und klopfte an einer schweren Tür. Es dauerte einige Minuten, bevor er das Schlurfen nahender Schritte hörte. Ein Riegel wurde zurückgeschoben. Er hörte, wie sich ein Schlüssel im Schloss zu drehen begann. Knarrend öffnete sich die Haustür. Ein Mann in Hemdsärmeln stand in der Tür. Er mochte um Mitte Vierzig sein. An den Schläfen wurde das schwarze Haar grau, was ihm ein interessantes Aussehen verlieh. Die Arme waren bis zu den Ellenbogen voll klebrigem Teig. Seine dunklen Augen blickten misstrauisch.

„Ich komme wegen des Unfalls Ihrer Frau. Ich habe ein paar Fragen an Sie. Entschuldigung, ich habe mich nicht vorgestellt, Hans Fahrenkamp" - „Bitte, kommen Sie herein." Zögernd ging der Mann ihm voran. Er wirkt verblüfft, registrierte Fahrenkamp, als er, an aufgereihten Kinderschuhen vorbei, durch einen Flur geführt wurde. Über einen staubigen Teppich in einen großen dunklen Raum. Schweigend wies Ulanow auf einen abgenutzten braunen Sessel, und er folgte seiner Aufforderung, sich zu setzen. „Möchten Sie etwas trinken? Tee, Kaffee?" - „Einen Kaffee, wenn es keine Umstände macht", entgegnete der Polizist verlegen. Der backende Mann und die Situation verwirrten ihn. Umso mehr, als es dauerte. Er gewann den Eindruck, als ob erst ein Kohleherd angeheizt werden musste, bis Ulanow mit der Kanne wiederkam, die er von einer Tischkante sinnlos zur anderen rückte. Als er ihm Kaffee eingoss, sah Fahrenkamp, wie seine Hände zitterten und die Tasse kaum halten konnten. „Angesichts der Schwere ihrer Verletzungen wurde eine Untersuchung angestrebt." - „Ich verstehe nicht", wandte er ein. „Es war doch ein Unfall."- „Wir stehen vor einem Rätsel. Es gibt Ungereimtheiten, die wir uns nicht erklären können", deutete Fahrenkamp an. - „Worauf sind Sie aus?" fragte Ulanow leise. Er stellte die Tasse auf den Tisch, dass der Löffel klirrend auf den Boden fiel. - Der Beamte nahm einen Schluck, um seine Frage wie einen Pfeil abzuschießen. „Hatte Ihre Frau im Dorf Feinde?"

Die Bedrohung ging von den weißen Nebeln aus. Da weiß man nie. Eine Lawine will sich auf ihr Bett stürzen. Sie kann nicht schreien.

In den Weiden flüsterte der Wind. Er trug eine wichtige Nachricht in die Gegend, blies sie über die niedrigen Dächer in die Häuser, kam durch die Türspalte und drang durch Fensterritzen, bis es alle wussten. Im Dorf raunten sie, die Frau wüsste nicht mehr, was passiert war. „Sie haben sie in eine Klinik im Westen gebracht!" - Das wurde von vielen bedauert, weil sie sich in den Jahren aneinander gewöhnt hatten. „Irgendwie hat es sein Gutes, dass sie die Erinnerung nicht mehr hat. Manchmal denke ich", flüsterte eine alte Nachbarin hinter ihrer Hand, „das war auf eine Weise gut, dass einige hier ihr Gedächtnis verloren haben. Wie hätten wir sonst die letzten zwölf Jahre überstanden!" Erna Jandl weiß, wovon sie spricht. Doch wie soll der Kriminale

Fahrenkamp aus Düsseldorf das verstehen? Auf den Steinplatten zwischen dem hohen trockenen Unkraut steht er, pustet ihr seinen Atem ins Gesicht und sieht sie eindringlich an. „Manche im Dorf befürchten wohl, dass sie sich wieder erinnern wird", fügt sie stotternd hinzu. Das würde kaum eintreten. Im Sechsmonatsschlaf ist ihre Erinnerung wie eine Schüssel auf dem Steinboden zerbrochen. Sicher würde die Familie bald wegziehen, vermutete sie leise. Vielleicht würde man die Pfarrstelle mit einem anderen Pfarrer wiederbesetzen, wer weiß! - Hastig trat sie in den Schuppen, wo sich im Halbdunkel zwei Männer in blauen Arbeitshosen streckten. Der eine war damit beschäftigt, die Flasche wieder glücklich auf den Klotz zu stellen. Mit grauen hellen Augen im verwitterten Gesicht drehte er sich zu ihnen um. „Jandl, mein Name, und Klüwe", stellte er den anderen vor. Der zeigte nur sein bekümmertes Lächeln, die kleine Flasche vor sich auf dem Hauklotz. Dick mit Staub bedeckt, steht der Tisch in der Ecke. Dort füllt Jandl ein Glas, um es ihm zu reichen. - Nach der Wende fingen die Nachbarn an, in den Schuppen zu stehen, um ihren Tag tot zu kriegen. „Was willst du in unserm Nest machen?" Genauso wie Erna Jandl haben beide in der Gärtnerei vor der Wende Gurken gezüchtet. Die waren so groß wie Wagenräder. „Solche Gurken..." hebt Klüwe seine Hand und zeigte die Spanne bis zum Ellenbogen. „Wo früher die Gärtnerei war, genau da kommt ein Baumarkt hin.", lachte er verlegen und versuchte, etwas von der Flüssigkeit in ein Mostrichglas zu gießen, wobei der Schuppen auch ein gutes Teil abbekam.

Dieser Schuppen ist alt und windschief, sein Inneres rauchgeschwärzt. Einen großen Nagel gibt es, der als Kleiderhaken dient, wenn einem warm ist und man die Jacke auszieht, zwei alte Stühle und einen verwitterten Tisch. Die Fußbodenbretter sind an einigen Stellen durchgebrochen. Der verfallene Schuppen passt nicht in das neue Dorfbild, weil Mäuse drin huschen. Wind und Regen streifen um ihn rum. 'Ich stehe hier einfach nur, wie ich immer gestanden habe. Ich kümmere mich nicht darum, vorwärts zu kommen. Interessiert mich nicht!' Auf die und ähnliche Weise knarrt er vor sich hin. Die anderen wollen ihn abreißen lassen. Sie haben Arbeit in der Zuckerfabrik gefunden, die ein Van Dieck, ein Holländer, vor kurzem übernahm. Sie müssen bis Berlin und Hannover fahren, weil die Arbeitslosigkeit hier höher liegt als irgendwo sonst. Sie kommen nur zum Schlafen nach Haus und kümmern sich darum, voran zu kommen. Weil ihre Freizeit knapp bemessen ist, ist ihr Interesse an Geistern gering. Der Schuppen soll weg. - „Die Pfarrersehe war", Erna Jandl zögert und holt vor Verlegenheit einen Apfel aus der Jackentasche, „nicht so, wie sie ... sein sollte." Unruhig beginnt sie zu kauen. Er hat wohl im Dorf eine andere gehabt. Sie dreht ihren Apfelstiel zwischen den Fingern. Eine heimliche Liebschaft, hier in dem Nest, wo jeder jeden kennt? Fahrenkamp horcht auf. Während sie spricht, beobachtet er ihren verstohlenen Gesichtsausdruck. Erst als er ihr seine Polizeimarke vorhält, redet sie stolpernd los, dann wie unter Zwang, als hätte er einen Wasserhahn aufgedreht. - „Sonja Kleinert. Kleinert, den Namen hab ich doch schon mal ...?" fragt er zurück, um sich vor ihrem knirschenden Redeschwall zu retten. - „Das ist unser Bürgermeister seit der Wende. Ein tüchtiger Mann, der in der Kirche tut." Sie wirft den Griebsch einer vorüberhuschenden Henne zu. „Sonja ist die Tochter, aber", mit der jetzt freien Hand legt sie den Finger auf den Mund, „ich hab nichts gesagt, hören Sie!" Beschwörend sieht sie ihn an und verschwindet ohne Hast in den Brennesseln. Träge kriecht ein Brummer über die Reste. Es wird still. Der Kriminalkommissar, nicht gewohnt, durch Brennesseln zu schreiten, die hinter einem zusammenschlagen, als wäre keiner gegangen, schaut mit hängenden Mundwinkeln hinterher, und nimmt sich vor, diese Sonja zu befragen. Irgendwann, nicht heute! Nur nicht heute noch! - Eine Wolke schlüpft aus Klüwes Mund. „Bis heute Abend!" ruft er dem Beamten nach. Er sucht mit den Fingern unter den Büschen. Die Mütze fällt ihm herunter, der Wind verweht seine Haare. Die Flasche scheint unauffindbar.

5

Am Holzschober hockt der Beamte Fahrenkamp in der Sonne und wärmt sich die Hände. Schon früh hat sich die Sonne auf den Weg gemacht. Sie fing an, die Wiesen von Bad Doberan bis Strassburg zu füllen. Am Vormittag gelangte sie in den Garten, um gegen elf im Winkel hinterm Schuppen hängen zu bleiben. Die Hofhähne recken ihre Flügel, um den Frühling auszukrähen. Aber die alten Hennen wühlen sich nur tiefer in die Sandkuhlen. Unter der mächtigen Frühlingssonne begann der Mann am Holzschober kräftig zu gähnen, dass die Kiefer knackten. Ratlos kratzt er sich am Kopf, befühlt eine Warze am Ohr. Schaut sich um. Vor der Scheune macht er halt, um mit der bloßen Hand über den Hühnermist am Tor zu fegen. Was sucht er? Die drinnen frühstücken, scheinen nichts zu wissen. Er ist neugierig auf die Frau, die sich offensichtlich aus dem Staub gemacht hat. Dabei geht es um sie. Vorsichtig versucht er den Mist wieder von der Hand zu kratzen, während er abwesend auf die Hähne starrt.

Hinter der Gardine ertönt verhaltenes Gelächter. Sieh an, sein Auto scheint nicht anzuspringen. Die Türklinke knarrt. Jetzt kommt er sogar in die Küche geschlendert. „Ist in der Nähe eine Autowerkstatt?" Überm Herd summt ein Schwarm Fliegen. - „Die nächste Werkstatt ist in Schwerin", ist die lakonische Antwort. Ulanow saß regungslos, seine Hand umklammerte immer noch die Tasse. Dem Beamten entging nichts. - „Gibt es im Ort eine Übernachtungsmöglichkeit?" Seine Warze am Mundwinkel hüpfte bei jedem Wort. - „Der Kienwalder Gasthof hat zwei Jahre nach der Wende geschlossen." Zögernd, jedes Wort dehnend, ringt der sich durch: „Ich könnte Ihnen ... nur unsere Dachkammer anbieten." Er stellt die Tasse aufs Bord, sie stürzt auf die Fliesen. - „Ich wäre natürlich froh", hüpft die Warze am Mund.
Sobald die Nachricht sich unter den Kindern verbreitete, wurden Streiche ausgeheckt. „Ich kann euch nicht hindern, ihm durch die Gardine die Zunge rauszustrecken, aber man kann nichts dagegen tun, dass er die Nacht auf dem Boden verbringt!" Meint der Vater, winkt ab und setzt die Frühkartoffeln auf.
Durch einen dunklen Gang folgt der Beamte die Stufen hoch. Schwerfällig öffnet sich die verriegelte Kammertür. Die Kammer ist ein feuchter kleiner Raum mit einem vergitterten Fenster. Es riecht nach Mäusedreck. Vor dem Fenster steht ein hohes altmodisches Eisenbett. Er bekommt eine dicke, klamm riechende Daunendecke. In der Nacht liegt er wach. In der Kammer ist ein schwacher Geruch von den zum Trockenen aufgehängten Kamillebündeln ausgebreitet. Der Wind raschelt mit den Bündeln. Im Nachtwind fangen sie an sich sacht zu bewegen. Dem Beamten kommt es vor, als ob die Geister aus der Vergangenheit redeten. Was reden sie vom

Flieder? Das kann heute sein. Heute blüht der Flieder. Was wollen sie von Hans Fahrenkamp? Er ist ein Untersucher, weil kurz vor dem Unfall an einer Bremsleitung manipuliert worden ist. Eine Spinnwebe fliegt ihm ins Gesicht, als er die Jacke schnurstracks wieder vom Haken nimmt. Mit Gummistiefeln vom Gägelower Baumarkt, gelb und neu, stöbert er durch die Brennesseln. Der Hofhund schleift die Kette hinter sich, laut bedauernd, nicht hinterher zu können. Im dichten Brombeergestrüpp kriecht der Mann zwischen alten Konservenbüchsen umher und sucht. Heller Schein kommt aus den Löchern und Ritzen der Garage. Der Schein bleibt stehen! Der Hund fletscht die Zähne. Es hilft ihm nicht. In der hinteren Ecke entdeckt Fahrenkamp die Ölspuren. Aber der Passat von Robert und Anna verliert kein Öl!

Nach Mitternacht wurde es im Haus ungewohnt still. Nur das monotone Gackern der Hühner, die ihre Ruhe vor den Frühlingsgefühlen der Hähne suchten. Schwüle lastete überm Dorf. Fahrenkamp zerrte an der schweren Daunenbettdecke, er warf sie beiseite. Im Traum hatte er seine ehemalige Frau gesehen. Im Traum stand sie mit dem Rücken zum Mondlicht, so dass er ihr Gesicht nicht erkennen konnte. Mit ihrer hellen Stimme rief sie wieder. 'Ich geh weg!' Ihre Gestalt verschwand. Fahrenkamp blieb verwirrt zurück. Verärgert richtete er sich auf.

Ein loser Laden schlug gegen die Hauswand. Die offenen Türen ließen den Blick auf herumliegende Kleiderhaufen frei. Er horchte auf. Ihm war, als hätte er von oben ein Schlurfen gehört. Vorsichtig öffnete er die Bodentür. Hinter der Tür war eine steile Holztreppe. Er tastete die quietschenden Stufen hoch. In der dunklen Ecke stand ein Intarsienschrank. Bei dem Versuch, ihn knarrend zu öffnen, merkte er zu seiner Überraschung, dass er dazu diente, eine weitere Tür zu versperren. Aha, unwillkürlich tastete seine Hand hinters Ohr. Als er ihn mit Mühe wegrückte, geriet er in einen lichtlosen Hohlraum. Der Boden war leer, ganz bestimmt. Dennoch hörte er jemand in der Nähe atmen. Irritiert verharrte er. Wieder ertönte ein stoßweises Atmen. Furcht packte ihn mit Krallen. Zu spät, zurückzugehen.

Unter seinen Kollegen gilt Fahrenkamp als mutiger Mann. Er tastet sich vorwärts. Etwas huscht um seine Beine. Deutlich hört er Schritte hinter sich. Er hält an und lauscht. Sein Herz klopft bis zum Hals. Er richtet die Taschenlampe dahin, aber kann niemand erkennen. Dafür entdeckt er Seltsames, zu dem er sich kein Bild machen kann. Ein verstaubter Tisch, auf dem eine braune Puppe liegt. Ihm fällt auf, dass die Sachen alt sind, Tassen, wie aus einer anderen Zeit an den Platz gestellt. Plötzlich bewegt sich vor ihm ein Schatten. Er erschrickt, aber es ist nur sein eigenes Bild, das ein halbblinder Spiegel zurückwirft. Er stolpert über etwas, ihm stockt der Atem - ein Sack - und findet, unter einigen Tüchern versteckt, in der Dachschräge verborgen, ein blaues Notizbuch. Die Kanten sind brüchig und abgewetzt. Neugierig nimmt er es in die Hand. Auf den ersten Blick ein Tagebuch, mit Tinte beschrieben, teils vergilbt. Der Staub treibt ihm Wasser in die Augen, das seine Lunge zu fauchen anfängt und er mühsam den Husten unterdrückt. Seiten flattern zu Boden. Eilig rafft er die Blätter zusammen. Lauschend, aber ohne weitere Geräusche zu vernehmen, gelangt er in seine Kammer. Er blättert in den Aufzeichnungen, die nach Jahren geordnet scheinen und mit steiler Schrift in die siebziger Jahre zurückreichen. Zwischen manchen Eintragungen klaffen

Lücken von Wochen. Er hat Mühe, die tintenverwaschene Schrift zu entziffern. Den Schriftzügen nach müsste sie von einer Frau stammen. Wer war die Unbekannte? Nach dem, was er im Dorf über sie gehört hat, meint er, ein Tagebuch von Anna Ulanow in der Hand zu haben. Warum hat sie die Notizen geschrieben? Wieso hat sie sie auf dem Boden verborgen? Doch die Puppe, grübelt er, sie muss viel älter sein.
Seine Mutter sammelte Puppen, dass er sich auskannte. Sie schien aus der Zeit des Weltkriegs zu stammen. Plötzlich glaubt er Schritte im Korridor zu hören. Eine Tür klappt. Als er hinaussieht, ist niemand da. Hinterm Flieder fährt ächzend ein Wagen an. Kurz darauf wacht die Familie auf und füllt das Haus mit ihrem alltäglichen Lärm. Heute stört ihn das wenig, weil er in die Welt der ihm unbekannten Frau hineingetaucht war, die ihn bald fasziniert, bald mächtig irritiert. Nach einigen Seiten begreift er, dass die Schreiberin in Gefahr ist.

Vom Geschrei der Kinder wurde er wach. Die Sonne schien in die Kammer. Verwirrt erhob er sich, fand sich in seinen zerknitterten Sachen auf dem Eisenbett. Sein Rücken schmerzte, die Glieder taten weh. Ach ja, das Tagebuch, rieb er den Nacken. Nach einer eiligen Dusche rief er seinen Kripochef Helge Capari in Berlin und sagte ihm, dass er einen merkwürdigen Geheimraum auf dem Dachboden entdeckt hatte. Die wichtigste Person kann sich nicht dazu äußern. „Anna Ulanow kann sich nicht erinnern. Gedächtnislücken. Es hat keinen Sinn, sie zu fragen. Nach diesen Aufzeichnungen hier“, klopfte er mit dem Pfeifenstiel auf die Blätter, „befindet sie sich in großer Gefahr!“ - Nach Rücksprache mit Capari, der für außergewöhnliche Ermittlungen zu haben war, nahm er sich vor, sie in den nächsten Tagen in der Rehaklinik aufzusuchen. - Zunächst fuhr er nach Berlin zurück. Ein neuer Fall nahm ihn in Anspruch. Eine Woche verging, bis er sein Vorhaben verwirklichen konnte. In Lüneburg fuhr er auf die Autobahn, in Bad Salzuflen bog er auf die Landstraße, fragte sich durch zur Klinik.

Am Eingang hielt er. Eine Weile betrachtete er erstaunt das breite Tor mit den beiden efeuumrankten Eisenpfeilern, und begann am Schild Anmeldung vorbei mit langsamen Schritten den Weg zur Klinik hinaufzugehen. 'Ich habe ihre Aufzeichnungen mitgebracht. Sie lagen oben in einer versteckten Kammer. Vielleicht können sie ihnen helfen, sich zu erinnern', gedachte er mit seiner Befragung zu beginnen.

„Sie können nicht zu ihr!" Auf energische Weise wird ihm der Weg verstellt, als er durch den Klinikflur eilt. Der weiße Kittel lässt den Arzt ahnen. Ein Dr. Sorge, der sich als Leiter der Klinik vorstellt. Er hat einen offenen Blick. „Sie ist noch nicht so weit. Sollte in ihrem jetzigen Zustand nicht befragt werden", sagt er behutsam und zögernd, als wollte er die Nachricht dosieren. - Damit hat Fahrenkamp nicht gerechnet. „Nur ganz kurz", bettelt er. „Gut, einverstanden, ich möchte dabei sein und nicht länger als zwei Minuten", lässt der Doktor brummelnd zu. - Als sie in ihr Krankenzimmer traten, trafen sie Anna vor ihrem Rollstuhl bei Stehversuchen an. „War nicht so toll, im Rollstuhl sitzen und derart von allen Blödköppen angestarrt werden", wandte sie ihren bandagierten Kopf zu ihnen. - „Na, na! Sagen Sie ...", wollte Fahrenkamp beginnen. - „Lassen Sie mich. Sie brauchen nicht weitersprechen. Ich kann mich an nichts erinnern", sagte sie kurz. Eine immer noch schöne Frau, trotz Verband, dachte Fahrenkamp. Dunkle Augen, in denen Abwehr lag, vielleicht Angst. - „Der Unfall ist zwei

Monate her. Wir verstehen ihre Gefühle. Aber wir müssen weiterkommen", bohrte er stirnrunzelnd weiter. - „ Was wollen Sie?" lächelte sie ihn unvermutet an. - „Ihnen helfen, sich zu erinnern. Mit Hilfe dessen, was Sie selbst geschrieben haben. Wissen Sie was: Ich lasse Ihnen den Schwung einfach hier." - „Ja, aber ...! Woher wollen Sie wissen, dass ich das geschrieben habe? Vergleichen Sie meine Schrift, wenn Sie wollen! Ich bin diese Anna nicht, von der Sie immerzu reden." Ihre Stimme überschlug sich. „Haben Sie ihm die Adresse mitgeteilt? Weiß er überhaupt, wo ich bin?" rief sie ihm nach, ihre Worte überstürzten sich vor Aufregung, aber niemand hörte sie. Im Zimmer blieb es still.

Auf dem Flur kann Fahrenkamp den Davonstrebenden, am Ärmel festhalten. Weiße Wolke hat es eilig. „Lassen Sie mich, sagt die Frau!", flüstert der ihm ins Ohr. - „Aber wir haben einen Fall aufzuklären, Doktor. Wir stehen vor Rätseln", heftig kratzt er seinen Kopf, fühlt die Warze am Ohr und guckt betreten drein, „kommen nicht weiter, Doktor." - „Sie kann hier nicht davon laufen. Lassen Sie ihr Zeit", beruhigt ihn der Klinikchef. - „Gut", widerstrebend nickt Fahrenkamp und lässt die Warze los. „Aber, in ein paar Tagen komme ich wieder und wir sehen weiter", eilt er durch die Tore davon.

6

‚Kienwalde, nie gehört, sollte in Mecklenburg liegen.' Die Vikarin Anna Liedtke sah kurz auf einer geborgten Landkarte nach, die sie dem Kommilitonen zurückgab, und stellte sich an die Ausfahrtstraße. Sie wartete am Straßenrand, bis jemand anhielt. Zum ersten Mal hatte sie wirklich Pech. Sie

musste bis zum nächsten Dorf laufen, ohne dass ein Auto kam. Neben ihr pfiff der Frühlingswind in den Telefondrähten. Er zerrte an ihrem Parka und fegte wild über die grüne Saat. Nach den letzten Hecken mit wild kläffenden Hunden dehnte sich wieder die Straße vor ihr. Endlich näherte sich ein Wagen mit hoher Geschwindigkeit. Sie hob die Hand. Der blaue Wagen fuhr vorbei, setzte zurück. Auf der F96 hinter Oranienburg stoppte ein Wartburg, ‚kam in Sekunden von hundert auf Null', wird sie die Geschichte später erzählen.
„Wohin willst du?" Jemand lächelte sie mit seinen dunklen Augen an. ‚Er hat schwarze Haare und ein Grübchen beim Lächeln', schoss ihr durch den Kopf, während sie den Rucksack neben sich verstaute. Und als sie neben ihm hockte: ‚Du siehst mich immer so an, als ob du mich kennst?' - Sie kann nicht sprechen. Sie ist stocksteif und guckt mit dummem Gesicht geradeaus. Natürlich hatte sie ihn sofort erkannt.
Nach hohen Buchenwäldern: „An dieser Stelle stand einmal das versunkene Dorf!" sie sah nichts, nur sein Profil, und nach einer kleinen, immer noch zerbombt wirkenden Stadt, Güstrow, gerieten sie in eine weite Ebene. Hinter vereinzelten, windzerzausten Bäumen erstreckten sich Felder. Bis zum Horizont nur Felder. - „Wo, hast du gesagt, willst du hin?" An einer Birke hielt er und suchte den Ort auf seiner alten Landkarte. Das Land war weit und wirkte merkwürdig leer. Über endlosen Feldern mit flirrenden Rapsblüten kreisten Bussarde, stießen auf Mäuse herunter. Bald tauchten einzelne Gehöfte auf, abgelegen und nur durch Feldwege erreichbar. Frauengesichter in Kopftüchern sahen dem Auto nach. Frauen hoben ihre Hände zum Schirm über die Augen. „Und hierher hat es dich verschlagen?" - „Ich beziehe das

Pfarrhaus von Kienwalde." - „Allein?" Seine Stimme klang spöttisch. - Sie schwieg.
Am Ortseingang setzte er sie ab und fuhr brausend zurück. Als Anna die sandige Dorfstraße hochging, vermutete niemand in dem Mädchen mit schwarzem Pullover und Jeans die künftige Pastorin von Kienwalde.
Das Pfarrhaus lag hinter Flieder versteckt. Anna öffnete das grüne Holztor. Was sie sah, hob ihre Stimmung. Drei Ulmen umrahmten ein Haus aus einfachen Steinquadern. Eine efeuüberwucherte Holzveranda auf Ziegelsteinen lud zum Willkommen ein. Wortlos ging sie weiter. An der Mauer blühten Schlehen. Die Gemüsebeete waren von Brombeerranken überwuchert, so dass sie sich bei dem Versuch, sie zurückzubiegen, die Hand aufkratzte. Verwundert starrte sie auf die Pumpe und den Knüppelzaun. Hinter dem Haus erstreckte sich ein Garten mit Kirschbäumen. Nur ein Baum stand für sich. Wie er seine Zweige hängen ließ, erinnerte er sie an jemand. Sie fuhr über seine Rinde und sah sprachlos auf die Blutkratzer, die aus ihrer Hand drangen. In der Ferne erkannte sie zottiges Gras einer ungemähten Wiese.
Ihr Eintreten in den Garten schien nicht unbemerkt geblieben zu sein. Vor ihr tauchte eine Frau mit einem runden, freundlichen Gesicht auf. Sie trug eine helle Schürze, ihre Füße steckten in Holzpantinen, wie Anna sie nur aus alten Filmen kannte. Bevor Anna etwas sagen konnte, schwenkte sie schweigend einen großen Schlüssel in der Hand und schloss ihr die Haustür auf. „Dies war früher die Küche!" - „Danke, ich komme schon zurecht!" Als die Nachbarin sie allein ließ, nicht ohne einen verstohlenen Blick auf ihre verblichenen Jeans geworfen zu haben, machte sich Anna daran, das Haus zu

inspizieren. Jeder Schritt hallte wider. Die Räume waren hoch und erschienen ihr ungeheuer groß. - Ungläubig betrachtete sie eine Eisenstange in ihrem Schlafzimmer. Das Fenster ist gesplittert. Welche Wunder werden mich hier erwarten, schluckte sie einen kurzen Moment, packte sie mit beiden Händen und warf sie in die Brennesseln, zwischen die Hühnerverschläge und den alten Schafstall. Sie hatte sich vorgenommen, sich durch nichts aus der Fassung bringen zu lassen. Mit Hilfe der Utensilien aus ihrem Rucksack, die sie über den gesamten Fußboden verteilte, versuchte sie sich häuslich niederzulassen. Sie packte die Kochgefäße aus und stellte den eisernen Topf auf den Kohleherd. Als es dunkelte, schloss sie die Holzladen vor den Fenstern, machte die mitgebrachte Leselampe an. Das Zimmer war sauber, die Dielen frisch gewischt und rochen nach einem Zuhause. Sie setzte sich auf das Bett des Vorgängers, versenkte sich in die Lieblingslektüre, Hesses „Unterm Rad". Bald legte sie sich in die Delle, die die Eisenstange auf dem Bett des Vorgängers hinterlassen hatte. Zwischen zwei Mottenkugeln streckte sie sich vorsichtig auf dem Riesenbett aus, verschränkte die Arme hinter dem Kopf, um nachzudenken. Ihre Bestimmung hat sich also erfüllt. Sie ist Pastorin! ‚Kienwalde, ein weißer Fleck auf unserer Landkarte, Schwester Liedtke, braucht Ihre Phantasie, auch Ihre missionarischen Instinkte.'

Eine eigene Pfarrstelle, zwar mit Brennesseln vor der Tür. Doch die Probleme entfachten ihren Optimismus umso stärker. Sie hat in dem Moment nur vage Vorstellungen, wie sie die Sache hier angehen sollte, doch ihren Glauben, der Berge und die Hürden des dörflichen Atheismus überwinden würde. Nachdem sie die Sache gründlich bedacht hatte, wäre sie, betäubt vom Geruch der Mottenkugeln, fast eingeschlafen. Aber die Stille in dem Haus war zu tief. Die Stille beunruhigte sie. Sein Gesicht erschien vor ihren Augen. Seine dunklen Augen, die zu Schlitzen wurden, wenn er lächelte. Plötzlich fiel ihr ein, dass sie seine Landkarte noch haben musste. Bestimmt im Rucksack. Verwundert hob sie sie an ihre Nase. Die Karte roch nach Rauch, roch nach Robert und seinem Rauch. Wieso hatte er sie nicht erkannt? Diese Erkenntnis stürzte sie in eine tiefe Krise. Mit aller Kraft zog es sie zurück in die Vergangenheit.

Sie hatten sich nicht verabredet. Wie zufällig lief sie an die Straße und schaute nach einem blauen Wartburg aus. ‚Wenn er heute unterwegs ist!' Der Gedanke trieb sie zur Tageszeit und Nachtzeit hinaus. Jede Bauerngestalt, die die sandige Dorfstraße raufstakte, erregte ihre Aufmerksamkeit und ließ ihren Puls schneller schlagen. Warum muss sie immerzu an ihn denken? Wenn jemand unverhofft am Pfarrhaus klingelte, weil er sein Kind zum Konfirmandenunterricht anmelden wollte, schrak sie unversehens auf. Öffnete die schwere Haustür mit einer solchen Verwirrung in den Augen, dass die Leute sich ihr Verhalten nicht erklären konnten und oft unverrichteter Dinge abzogen.

Eines Tages sollte sie eine Beerdigung halten. Auf ihrer einsamen Fahrt zu dem entlegenen Hof kam sie an einer Buchenhecke vorbei. Auf dem Rückweg dunkelte es bereits. Sie wartete, dass er hinter der Biegung auftauchen würde. Sie sah ihn, wie er ihr entgegenlief. Ein kaum merkliches Lächeln in seinen Mundwinkeln. Mit jedem seiner Schritte kehrte die Vergangenheit zurück. Deutlich bemerkte sie das spöttische Aufleuchten seiner Augen. Sie wusste, dass das unsinnig

war. Der Wind knarrte in der Hecke. Verstört bog sie auf ihren Hof.
Die Pastorin wurde unglaublich nervös. Als ob eine Flamme in ihr brannte. Irgendwann passierte es, dass sein Gesicht in den Sträuchern, auf der staubigen Dorfstraße oder sogar in den wogenden Brennesseln auftauchte. Oder mitten im Gottesdienst, so dass sie aufschreien könnte. 'Nein, ich will nicht!'

Nur durch Zufall sähen sie sich wieder, so behauptete Robert. Er hätte als Tischler in dem Dorf zu tun gehabt. Wie aus dem Boden gewachsen, stand er vor ihr, als sie gerade ihre Bücher einstapelte, braungebrannt, seine dunklen Augen forschend und ernst auf sie gerichtet. „Nur auf einen Tee, dann muss ich weiter." Sie blickte ihn sprachlos an. Ihre Knie drohten zu versagen. Sie sah aus, als würde sie gleich in den Flur zurücklaufen und sich unsichtbar machen. Ohne ein weiteres Wort ging er an ihr vorbei ins Zimmer. - Verwirrt schaffte sie ihm Platz auf der einzigen Sitzgelegenheit, einem mit Unterwäsche und Büchern bereits beladenen Hocker und ging in den Regen, Holz holen, um Feuer im Kohleherd zu machen. Ihr Herz klopfte bis in den Hals. - Er sah sich um. Jeans, Plastiktüten, halbgewendete Socken lagen verstreut auf Stühlen und Tischen, eine Matratze in der Ecke, Tassen mit den Kaffeeresten der letzten Tage, Butter, Seife und zwei Essenstöpfe versammelten sich auf dem Fußboden. „Aha!" sagte er laut. - „Worüber denkst du nach?" rief sie heiser, als ob ihr etwas in die Kehle gekrochen war. Jetzt hob er den Kopf. Sie stand vor ihm auf der Schwelle. Sie schien erschrocken, wie sie mit dem Holzstapel hereinkam. Tropfen rannen über

ihr Gesicht und aus ihrem Haar. Er sagte nichts, nur seine Augen sprachen! Sie lächelte unbeholfen. - Auf einmal wurde ihr klar, dass sie völlig durchnässt war und ihr Körper sich unter der dünnen Bluse abzeichnen musste. Sie wurde glühend rot. ‚Nun wird es Zeit für ihn zu gehen.' Die Dämmerung kroch in die Stube. - 'Lass die Finger von ihm!' Wie kommt die Stimme von Mutter her? Sie hat ihn nie gemocht. Anna wird der Stimme nicht mehr folgen. An der Haustür wollen sie sich verabschieden. Ihre Augen saugen ihn fest. Verwirrt macht er einen Schritt auf sie zu, so dass sie auf der Schwelle fast zusammenstoßen. In der Luft liegt eine Spannung. Ihr Mund öffnet sich, sie flüstert: „Küss mich, Robert!" Als ob das Haus den Atem anhält.
„Komm", sagt er mit heiserer Stimme. Der Mond scheint durch die riesigen Fenster. Das Pfarrhaus ist groß.
Robert beschützt sie vor dem Mondlicht. Er muss bleiben. Es ist ein riesiges, uraltes Pfarrhaus. Anna kann unmöglich in dem grauseligen Haus allein bleiben, wo man nur die Uhr schlagen und den Wind in den Laden heulen hört. - „Du bist schön. Streichle mich. Halte dich an meinen Haaren fest." Sie sprach schnell und wusste kaum, was sie sagte. Sein warmer Atem streifte ihren Hals. Leise rief er ihren Namen. Er schob ihre Haare beiseite, hob ihren Kopf an. Er nahm ihr Gesicht in seine Hände, um seinen Mund auf ihren zu pressen. Plötzlich begann seine Zunge mit ihrer im Mund zu spielen. Seine Hand glitt über ihren Arm und erzeugte eigenartige Schauer. Ihre Bluse schien durcheinander zu geraten. Sie wollte sich aufsetzen, um erst einmal in Ruhe nachzudenken, aber es war unvermeidlich, was passierte. „Einfach unvermeidlich!" murmelte sie, so dass er sie erstaunt ansah. Seit ihrer ersten Begegnung

fühlte sie sich seltsam zu ihm hingezogen. - Er reißt sie mit sich. Das große finstere Zimmer um sie versinkt. Er gibt ihr das Gefühl, unbekannte Gegenden zu erforschen und ihren Durst nach einer furchtbar langen Reise an der Quelle zu löschen.
Am Morgen ist der Platz neben ihr leer. Leise muss er sich weggeschlichen haben. Nur seine Hände bleiben, sein Geruch hängt im Raum. Als sie vom Konfirmandenunterricht in die Einfahrt bog, stand er an der Pforte. In den dunklen Augen ein Lächeln. Erst jetzt wagte sie, ihn unbefangen zu betrachten. Sie bemerkte, dass seine Augen dieselben geblieben waren wie damals. Es tat weh. Es verursachte Schmerz, dass es so war. Robert bemerkte es nicht. Er lächelte ihr zu, nahm sie in die Arme, verwandelte das Haus und die Stille durch seine Anwesenheit, dass sie vor Überraschung blinzelte. Im Oktober war ihre Hochzeit.

„Du stehst immer noch auf dem Flur, Anne? Es ist so warm, meinst du?" schallt die Schwesternstimme wie eine Trompete durch den Flur. „Morgen hat das Faulenzen ein Ende. Ergotherapie, mehr sage ich nicht!"

Trübe fiel das Licht durch das Fenster. Auf dem Tisch stand ein Korb Kartoffeln, die Anna für Mittag schälte. Sie rückte ihre Füße so hin, dass die Herdwärme sie erreichte. Robert hockte auf der Sitzbank und reparierte die Küchentür. „Hörst du das?" flüsterte sie leise. Auf dem Dachboden über ihnen war ein Geräusch. Sie hielt den Atem an. Lauschend ging sie zur Treppe. „Seltsam. Ich denke, dass mich jemand ruft!" - „Du hast doch gesehen, da ist der staubige Boden, sonst nichts

und niemand!“ Sie weiß: Oben ist nur Staub und altes Gerümpel vom früheren Pfarrer. Sobald das Gepolter ertönte, blieb sie wie gebannt stehen. Es hat etwas mit mir zu tun, dachte sie.
Die Wasserleitung gab nur ein rostiges Knarren von sich. „Robert, die Pumpe!“ Er stieg in den Keller. Man brauchte eine Taschenlampe. Sonst stieß man mit der Hand an die Fledermaus, die am Geländer hing und es nicht so gern hatte, gestört zu werden. Und was da noch so kreuchte und fleuchte und davon sprang!
Der erste Frost. Im Schlafzimmer wurde es so kalt, dass sie bei dem Gedanken erschauerte, im Nachthemd über den langen Flur zum Waschen zu gehen. Als sie sich auf Zehenspitzen zurücktastete, fragte sie sich: ‚Was glitzert so festlich?’ Über Nacht war die Wand gefroren, an der ihre Betten stehen.
Diesig kriecht Herbst ins Dorf. Der blaue Wartburg ist verkauft. Anna verdient wenig und Robert auch nicht viel in der Tischlerei der Genossenschaft. Im Frühnebel fährt Anna mit dem Fahrrad an bereits abgeernteten Kartoffeläckern vorbei. Auf einsamen Feldwegen gelangt sie nach Fringern zum Konvent. - „Wir sind eingeladen zu Abendgesprächen. Wer wird teilnehmen?“ Ihre Hände erheben sich, manche zögern. „Bruder Görke, Thien und Schwester Ulanow?“ Graapmann beugt sich vor und schaut sie mit großen Augen erwartungsvoll über die Brille weg an. Nervös blinzelt er. Stille im Raum. Kein Stäubchen fällt zu Boden. - Anna errötet. „Ich möchte nur dem einen Ruf folgen“, erklärt sie stotternd. Er zieht die Brauen hoch. Seine Augen bleiben auf ihr haften. Sie versteift ihren Rücken und schaut auf ihre Hände runter. Sie meint wieder ihre Mutter Bertha zu hören, die ihr zuredet, sich nicht

abzusondern. Er erklärt ihr, worum es geht. Sie scheint zu begreifen, aber bleibt bei der Weigerung und wird erst lockerer als sie zur Gemeindearbeit kommen. „Ein Kinderfest in der Region!" Der Schwung teilt sich ihr mit, neues zu beginnen und andererseits Gemeindearbeit treu durchzuhalten. Anna bewundert die älteren Kollegen darum. Dringend wird die Erhaltung der Gebäude. Kirchtürme sind vom Einsturz bedroht. So ist in diesem Jahr auch die Renovierung des alten Pfarrhauses von Kienwalde noch nicht möglich. Er hebt bedauernd die Arme. Anna freut sich insgeheim.
Krähen schrien durch den Abend. Anna fuhr an den ächzenden Weiden vorüber, deren Knarren und Windklagen von bevorstehender Kälte klang. Im dunstigen Nebel das Gebäude der Kooperative Pflanzenproduktion, die Schatten von riesigen Mähdreschern. Es dunkelte, als sie auf den Hof fuhr. Robert, verzeih uns! Vorläufig bleiben uns die festlichen Wände erhalten. Lass uns die Betten nur von der Wand wegrücken! - Vom Umstellen wurden sie so müde, dass sie sich auf der Stelle auszogen und schlafen legten. Weil die Ehebetten uralt waren und noch vom Vorgänger stammten, bildete sich in der Mitte eine Kuhle, so dass sie aneinander rollten, kaum dass sie lagen. Er küsste ihre Augen. Er war vollkommen überrumpelt von ihren Lippen, ihrem Haar...
Sie war sich damals sicher, dass er sie liebte.

Wind zerriss den Himmel. Wolken und Vögel fielen über die Laufenden her, so dass sie die Hände schützend vor ihre Gesichter spannten. Zwei Krähen eilten krächzend über sie weg. Nur ein Vogel flog immer allein. „Still, Anna, deine Kinder sind auch allein." Die Anstaltstore blieben zurück!

In der Frühe des Windes ist Haus Morgenglanz unterwegs. ‚Diese Burschen!' errötete Anita vor Freude. Während sie in den Getreidehalmen ihre heimlichen Verehrer entdeckte ‚wie sind sie nur bis hierher gefolgt, was haben sie nur auf sich genommen', hatte Anna ihre Gedanken bei dem Gelesenen. - Anfangs hatte sie den Stapel Blätter unbeachtet liegen gelassen. Erst am Morgen überwand sie die Blockade. Was sie las, war furchtbar. Dass sie die Geschichte dieser Anna in die Gegenwart holen musste, die sie selbst gewesen sein sollte und doch nicht war. - Sie machen Rast. Sie humpeln weiter in der Weite der Felder. Anna schließt die Augen...

- 10. Oktober 1976: Heute fuhr ich durchs Bruch nach Sitwalde. In der Nacht konnte ich nicht schlafen. Heute sollte mein erster Gottesdienst hier sein!! Über endlosen Getreideschlägen kreist ein Bussard, stößt nieder und zieht wieder seine Kreise. - Als ich mit dem Fahrrad durch das Dorf komme, seh ich schon: In Sitwalde sind alle schwer beschäftigt. Sie laden Mist, sie kalken ihre Häuser. Hühner baden in den Aschehaufen. Von Sonntag keine Spur. So saß die Pfarrerin allein. Niemand ist erschienen. Aber die Kerzen brannten, wie von Geisterhand entzündet. Der sie entzündete, hat sich auch noch aus dem Staub gemacht. - Kyrie eleison! Erbarme dich! Ich betete für das ganze Sitwalde, vor allem aber für Pfarrer Brüsewitz, weil er sich auf dem Marktplatz in Zeitz öffentlich verbrannt hat. - Zur Fackel werdend, „ließ er Feuer vom Himmel über die Stadt regnen."
- 12. Oktober 1976: Herbstwind bläst. Über den zerrissenen Himmel eilen Federwolken. Mein Weg führt an einem Graben vorbei. Unendlich weit liegt das Bruch vor mir. Gräben und

Felder, zur Abwechslung bitte sehr, Felder und Gräben. Nur der Himmel gewaltig und jede Minute anders. Die Einsamkeit ist unbeschreiblich. Eine Landschaft die Schwermut macht. Erst vier Wochen hier! Man sieht aus der Tür dieselbe Koppel wie gestern. Auf dem Koppeldraht krächzt ein Rabe. - Die Ereignisse gehen an uns vorüber und reichen nur zu einem Seufzer. „Es ist alles so wie es ist", seufze ich vor mich hin. Ist etwas noch so Wichtiges geschehen, muss man, wenn man sich noch ereifert hat, raus in die Ställe. Hühner, Schweine, Schafe warten. Geschehe, was da wolle! Das Hin und Herlaufen mit Eimern und Forken beruhigt bald. So ist das mit Weltereignissen in Kienwalde. Neulich ist.... Die Kulken winkt nur ab. Sie nimmt ihren Eimer, läuft in Richtung Misthaufen und schüttet den Eimer mit Schwung in die grünschillernden Fliegen.

- 4. November 1976: Im Raureif laden sie Rüben für die Zuckerfabrik. Es ist kurz vor zwölf. Männer und Frauen in Wattejacken und Gummistiefeln waten die Straße lang. An dem langen Tisch mit rotkarierter Wachstuchdecke werden sie gleich ihr Mittagessen einnehmen. Unsere Dorfstraße will sich in ein Schlammbett verwandeln.

- 2. April 1977: Wir lieben uns unter blühenden Bäumen. Robert! Wir schlafen zwischen den Sternen. Ich spüre seine Hand auf meinen Armen, auf meinem Körper. Ich bin glücklich, glücklich!

- 3. April: Die Ulmen schlugen aus. Wieder habe ich den Augenblick verpasst. Lautlosigkeit des Mittags. Ich gehe um das Haus. Auf den Kieswegen gehe ich leise. Niemand ist zu uns gekommen. Nichts ist passiert. Es ist nur die Unruhe, die mich in ihren Wirbel zieht, der sich immer schneller dreht.

Angst, sie könnte mich in meine Vergangenheit zurückziehen.
- 4. April: Zwei Brummer graben ihre Beine in unsere Butter. Mir wird unsagbar übel. Aus einem Gefühl von: Irgendwas ist, aber was, fuhr ich bis nach Güstrow zu einem uralten Arzt. Er hat nichts Ungewöhnliches festgestellt.

„Ihr habt ihm nicht Bescheid gesagt." Unruhig sieht sie sich um.

- 5. April: Bin viel allein.
- 7. April: Heute besuchte ich Robert in der Tischlerei. Robert stellte mir seine junge Kollegin Sonja Kleinert vor.
- 8. April: „Übernehmen Sie in Wolkow den Bibelabend!"

Irgendwo an der Elbe, wusste ich. Ich bog auf den Deich. Kein Mensch begegnete mir. Nur einmal huschte etwas vor mir auf, vielleicht ein Vogel, der in Nebelschwaden verschwand. Nach anderthalb Stunden feste in die Pedale Tretens taucht unter mir ein Gehöft auf. ‚Können Sie mir sagen...?' will ich fragen. Taste die Böschung zu einem dunklen Hof runter ‚wo habt ihr die Hunde versteckt', auf eine Haustür zu, an der ich klopfe, dass die Knöchel wehtun. Mein Glück, kein Hund, ein Mensch mit einer Forke guckt aus der Tür. Er starrt mich an und schlägt die Tür wieder zu. Zurück auf den Deich, was wohnen hier für Leute, kein Kommentar und wieder in die Pedale treten.
Im Nebel blinken drei blassgrüne Lichter. Undeutliche Umrisse niedriger Strohdächer erscheinen. Hunde bellen. Unsicher, ob ich im richtigen Dorf bin, suche ich die Kirche. Im Dunklen fingere ich nach einer Klinke und stehe in einem Raum, zwei Meter breit und zwanzig Meter lang. In ihre

Mäntel gehüllt sitzen sie hintereinander wie in einem Bus. Sie wenden nicht einmal den Kopf, als ich rein komme. ‚Tu deinen Mund auf für die Stummen und für die Sache aller, die nicht reden', sagt die Bibel. Es bleibt unklar, ob es mir gelingt. Ich denke, dass sie auch schlau sind. Wenn der Hinterste von ihnen gesprochen hätte, hätten sie alle ihren Kopf drehen müssen! Der Hinterste hat Ohren, so breit wie zwei mittlere Brote. Ich sehe streng in eine andere Richtung. Ich rede zwei Stunden in ihre unbewegten Gesichter hinein. „Auf Wiedersehen". Die Finsternis schluckt sie. Was war das nur? Mit Mühe komme ich aufs Rad. Schmerzen ziehen meinen Körper zusammen. Rhythmisch kehren sie zurück. Der Nebel ist so dicht, dass ich Angst habe, vom Deich abzukommen. Ich sehe nichts, nur Schmerz!

Auf der Deichstraße habe ich das Kind verloren. Vierter Monat, sagt der Arzt hier. Zurückgerechnet, also Weihnachten! Auf einmal bin ich eine wichtige Person geworden. Kollegen besuchten mich und ließen von meinem Superintendenten Bohn grüßen. „Frau Ulanow, in Ausübung Ihres Dienstes. Wir hätten sie doch mit dem Auto abgeholt." - „Aber warum nur?" Das hätte ich nicht gewollt.

Robert kam. Ich habe mich gefreut! Sie haben einen neuen Auftrag. Er erzählt von der Arbeit und von dieser Sonja, die soll aus dem Dorf stammen.

- 18. Mai: Auf der Veranda vorm Haus höre ich, wie der Wind im Baum flüstert. Trauer in mir, es ist immer noch Mai. Warum ist das nur passiert?
- 19. Mai: Auf einmal sieht man die Leute wieder. Wo waren sie? Einen dunklen Winter lang sah man sie kaum. Sie sitzen

wieder vor ihren Häusern! Gegen fünf Uhr klappern sie mit Flaschen zum Wirtshaus und zurück. Auf Steinen, Baumstümpfen, auf Mauerresten sitzen sie. Die Luft ist lau. Man müsste ... man tut es nicht, man braucht viel Bier dazu in Kienwalde. „Aber die Katja, die hat ja ..." Im Mondlicht hockt Nachbar Kietze auf seiner Treppe. Er bläst blaue Ringe aus der F6 und stammelt in die Nacht. Der Kasten Pilsner neben ihm ist gerade leer geworden. „... Feuer im Blut." Der Sprosser, sein Konkurrent, ahnt: Lange hält der nicht durch. Nun erhebt er voll seine Stimme. Jetzt schweigt Kietze. Hinterm Busch hört man, wie er sein Wasser abschlägt. Eine Fledermaus streift über unsere Köpfe. Mutter sagte, dass sie in die Haare gehen. Mutter, es stimmt nicht.
- 20. Mai: Auf dem Schotterweg steht die Mutter und beschattet ihre Augen: „Gut, dass du da bist. Ich habe dir Bohnen gekocht." Sie sieht an meinen Jeans runter. „Trägt man das jetzt? Bomkes Lieschen, meine Cousine war auch so dünn. Vielleicht kommst du nach der", schlägt sich an die Stirn. „Kann doch nicht sein!" Sie will mir etwas sagen.

„Anne, warum lachst du hier vor dich hin?"

Die etwa dreißig Gläubigen verloren sich in der großen Kirche. Als Bruder Thien sie um Vertretung gebeten hatte und hinzufügte, dass die Lesung jemand übernehmen würde, hatte sie nichts ahnend den 2. Korintherbrief gewählt. - „Ich bin nur ein zerbrechliches Gefäß für einen so kostbaren Inhalt", sagt die Frau mit würdiger Stimme vom Pult. Ihr hellblaues Kleid klebt in den Hinternfalten. Sie versucht es zu lösen. Es setzt sich wieder fest. Warum hat Bruder Thien nicht gesagt, dass sie

zwei Meter hoch, sehr schwer und bestimmt das mächtigste Mecklenburgmädchen weit und breit ist? Mühsam das in ihm sitzende Schmunzeln unterdrückend, geht der Küster hölzern mit steifen Beinen nach vorn. Glücklicherweise sind die meisten eben in ihren Kirchenschlaf gefallen, dass niemand seine Anstrengung bemerkt. - Außer den beiden jungen Männern, die seit zwei Sonntagen mit Bleistift über der lateinischen Inschrift in der letzten Reihe sitzen. Zu ihnen predigt sie jetzt von der Zerbrechlichkeit, aber meint Oscar Brüsewitz, sie arbeitet mit doppeltem Boden. Zwei hören zu. Der blonde Gutaussehende hält das Evangelische Kirchengesangbuch zwar verkehrt herum, aber sie werden die Worte weiter berichten. Gut so, denn die anderen überfällt unweigerlich Schlaf. Ihre Lider sinken, sobald sie die Kirchenbank erreicht haben.
Die Mutter und das „zerbrechliche" Mädchen begleiten sie ein Stück auf dem Deich. Ihre Mutter erzählt, dass sie bei der Geburt schon elf Pfund gewogen hat und sie siebenmal täglich vom Feld kommen musste, um sie zu stillen. So abgelegen wohnen sie an der Warnow, dass die Tochter bis zur Einschulung nur einen Menschen kannte: den Briefträger.

7

Die Kieswege um das Pfarrhaus sind von ihren Füssen ausgetreten. Neun Monate ist kaum jemand zu ihr gekommen. Sie hat das Gefühl, dass sie zu ihnen möchte. Wie würde sie sonst mit den Weinenden weinen können und mit den Lachenden lachen? „Aber Frau Pastorin, das brauchen Sie doch nicht, die Kirchensteuer selbst einsammeln! Wie sieht das aus?" - „Guten Tag" sagt Anna laut und will das Tor aufstoßen. -

„Nicht reinkommen!“ ruft die Frau. Bei jedem Wort flattert ihr blondes Bärtchen auf und ab. Sie kniet auf einer Decke, so dass ihr Zeh durch ein ausgefranstes Loch im Socken sieht und sich in die Sonne reckt. Die Harke und Frau Hackbart mit ihrem Zeh werden von einem großen schwarzen Hund bewacht. Sie richtet sich auf, um die erdige Hand an der Schürze abzuwischen, holt Geld aus ihrer Schürzentasche und reicht es über den Zaun: „Passend, wie es sich gehört. Bei Kleinerts nebenan wird es Ihnen genauso gehen!“ Sie zeigte mit dem Harkenstiel auf das große stattliche Nachbarhaus. „Aber zu Kulaks hinten brauchen Sie gar nicht erst zu gehen!“ Der Harkenstiel weist verstohlen auf ein braunes Häuschen mit einem schiefen Zaun und senkt sich sofort. „Ich rate Ihnen auch, passen Sie ein bisschen auf Ihren Mann auf! Stille Wasser sind tief!“ Die Frau wirft ihr einen vielsagenden Blick zu, schüttelt ihr Bärtchen zweimal, nimmt die Harke und lässt Anna stehen. Da steht sie mit offenem Mund und hat tausend Fragen.

„Sieh dich vor!“ flüstert die Mutter. - „Woher kennst du die Leute in Kienwalde, Mutter?“ - „Wie meinst du das?“ - „Du hast mich doch vor irgendetwas gewarnt.“ - „Ich ...“ Ihr unter der Bettdecke vorlugendes Haar ist grau geworden. Ihr Mund ist vor Schmerz verzogen. In einem weißen Bett liegt sie seit gestern in der Charité. Ihre Augen sind zu. Ich hoffe!

Schon kriecht der Tag dem Ende zu, nur den Nachbarn noch! Auf der furchigen Straße tastet sie auf die erleuchtete Klingel zu, auf der Kleinert steht. Als niemand aufmacht, sucht sie auf dem Hof den Weg zur Scheune. Still und verlassen ist sie vor ihr. Ein Schrei?! Sie bleibt vorsichtig auf der Schwelle. In der düsteren Scheune steht eine dürre, hochgewachsene Frau. In ihrer Hand schwenkt sie eine Stall-Laterne. Ihr Schatten nimmt an der Wand ungeheure Formen an. „Hast du keinen Ehrgeiz?" ruft sie ihrem Mann zu, der dem Bullen mit der Forke Kleie vorstreut. Der zierliche Mann scheint sich gegen sie nicht wehren zu können. Er nickt mit dem Kopf, auch sein Schatten an der Wand nickt heftig. So füttern die beiden den Mastbullen. Die Laterne beleuchtet gespenstig die düstere Szene. Die Scheune, in der er steht, ist so wacklig und hinfällig, dass Anna Angst hat, er wird gleich alles zerreißen und hinausstürzen.

Sie rührte sich nicht, bis sie sie in der Ecke entdecken. „Warum ist der Pfarrer nicht selbst gekommen?", fragt die Frau. Sie hören nicht auf, den massigen Rücken zu streicheln, zu klopfen, zu massieren. „Sie .... als Frau?" Sie mustern den dunklen Pullover, die langen auf die Schultern fallenden Haare. „Sie sind der Pfarrer?" Ihre Blicke bleiben auf Jeans und Sandalen haften. Indessen rührt sich der Bulle, er ist nicht mal angebunden. „Also, ihr Amtsvorgänger war anders." - Auf ihre Frage nach der Arbeit erfährt sie, dass der Mann die Mähdrescher unter sich hat. Im eiligen Rausgehen stolpert sie über aufgestapelte Säcke, die die Aufschrift der Genossenschaft tragen. „Wie bekommen Sie ihn jeden Tag satt?" - „Beziehungen!" Die Zahnlücke entblößend, lächelt er amüsiert. - In dem Moment fällt das Häuschen in ihren Blick. Uralte bröckelnde Mauern aus rotem Backstein. Brennesseln wuchern um seinen Schornstein. Sie bleibt stehen. Eine seltsame Anziehungskraft geht von ihm aus, die sie sich nicht erklären kann. Ein Backhaus von früher mit einem schweren schwarzen Schloss vorm Eingang. In ihrem Wohnhaus soll einmal der Laden dazu gewesen sein. Von einem heftigen Impuls getrieben, fragt sie: „Haben Sie einen Schlüssel zum Backhaus? Ich würde zu gern..." Beklommen schluckt sie. Heiser vor Aufregung. Bruchstücke, Erinnerungen tauchen plötzlich auf. Weiß nicht woher. - Das Lächeln der Frau friert ein. „Die alte Zeit wollen wir lieber nicht beleben." Eine seltsame Antwort.

„Robert, sie hatten einen Pastor, der gerade richtig für sie war. Aber was mache ich hier?" - „Auf Sonjas Hof warst du?" - ‚Wieso auf Sonjas, warum sagst du auf Sonjas, Robert?' - Sie liegt wach. Hinter dem Vorhängeschloss geht die Tür zum Backhaus auf. Sie sieht sich in einen schmalen dunklen Raum treten. Vor dem inneren Auge erscheinen deutlich die Eisenhaken, die schweren Steine, die den Backofen umgeben. Sie spürt die Hitze, die vom Ofen ausgeht. Ich bin verrückt, denkt sie. Sie muss schon mal hier gewesen sein, aber das ist nicht der Fall.

Es ist sechs Uhr und stockdunkel draußen. An den Bänken zwischen den Büschen raschelt es geschäftig. Keuchend schiebt Anita sie mit dem Rollstuhl eine spärlich beleuchtete Straße steil bergan. Einmal müssen sie anhalten, um sich Anitas Verehrer zu erwehren, die jedoch außer dieser niemand in den Eisblumen zu bemerken schien. „Was sie auf sich nehmen, diese Burschen!" murmelt Anita anerkennend. Sie reckt sich hoch und wirft ihnen Kusshände zu. „Alles ist verboten. Nichts darf man." Der Waschlappen fällt auf den Boden zurück.

„Warum haben sie hier keine Spiegel? Weißt du warum, Anita?" - „Ist schon mal was passiert, Anne." - „Was ... passiert?" - „Siehst du, es geht nicht." Die Schwester bückt sich zu einer Molligen hinunter. „Also, lass mich das tun, Anita". Wolken

hüllen das Zimmer in Eisnebel. „Noch einen Moment, Anne." Gleich wird sie an die Reihe kommen. Sie spürt, wie die Nebel auf ihr Bett und ihr Laken aus sind. Der Lappen streift über die Schulter. - „Ich möchte einen Spiegel." - „Bei uns gibt es keine Spiegel. Außerdem sollst du dich sofort in der Therapie melden, Anne." - „Das tut gut. Wie ihr mich Anne nennt, tut mir gut," sagt sie überrascht. Sie sieht sich mit großen Augen im Raum um und fügt flüsternd hinzu: „Mir kann keiner etwas tun. Anna existiert nicht mehr." Ein eigenartiges Glücksgefühl durchströmt ihren Körper von Kopf bis zu den Füssen. Sie lächelt.

Wütend zerrt ein Hund an der Kette. Erst am übernächsten Tag kommt sie zu den Kulaks, vor denen die Frau mit dem Bärtchen gewarnt hat. Würde nicht lohnen, hinzugehen. Es gilt jetzt, den Gänserich zu überlisten, der mit hochgerecktem Hals über einen schiefen Zaun und ein braunes Häuschen Wache hält. Glücklich, das rettende Holztor erreicht zu haben, schlüpft Anna ins Haus. Nur die Frau ist in der Kirche, vergewissert sie sich rasch auf der Liste.- Als niemand öffnet, streift sie die Sandalen von den Füssen. Sie durchquert eine erste Stube, in der nur das Schwein sie grunzend grüßt. Sofort steht sie in ihrer Küche, dem einzigen Wohnraum. Die Dielen sind fleckig und leicht gespalten. Träge kriecht eine Fliege über die blinde Scheibe. Eine Frau gießt mit der Kelle Teig in die fettzischende Pfanne. - „Sie haben es eng." - „Ja." Nur das Brummen der Fliege ist zu hören. - „Gehört wohl der Genossenschaft, das Haus?" - „Ja." Nicht mehr als ein „Ja". Weil sein Gesicht voll Seifenschaum ist. Der nackte Arm fährt hastig übers Hemd und zieht es in die Hose. Mit Hilfe einer abgebrochenen

Rasierklinge, sowie einem kleinen Handspiegel, versucht der Mann auf der Bettkante, sich den Bart abzukratzen. Ächzend streift er das Hemd über den Kopf. Mit zurückgelegtem Kopf trinkt er etwas Kaffee. Sein Adamsapfel bebt bei jedem Schluck. Er steckt sich mühsam eine Karo an. „Wegen der Kirchensteuer kommen Sie besser am Geldtag her, wenn der Monat anfängt." Seine Frau geleitet sie am Schwein vorbei, die Hand vorm Mund, leise weht der Cognac zu ihr rüber. - An dieser Stelle hat sie sie abgestellt. Sie sucht nach den Sandalen. Da sind sie ja! Das Schwein hat sie in seinen Trog geschleppt. Schwipp, schmatzen die Füße wohlig in der warmen Schweinebrühe. Schwapp. Das Wohlgefühl ist irritierend.
„Heinz Kulak hat zehn Secke Weizen von der Genossenschaft gestohlen." Als am Nachmittag am Schaukasten ein Zettel ausgehängt wird, erinnert sich Anna wieder an den Mann mit dem Seifenschaum auf der Backe. Die Schreibweise ist außerordentlich, keiner sagt was, nach dem Motto der Bürgermeisterin: Was ich geschrieben habe, habe ich geschrieben.

Die Uhr tickt in das Schweigen. „Da wird man erst meschugge von.", sagt Anita. - Anna wartet im gleissenden Licht, dass Mittag wird und sie ihr die Tablette geben. „Sie haben Zeit." Ist die „Zeit" ihre Art von Therapie hier?
Seit dem Überfall schaut sie sich immer um, wenn sie die Aufzeichnungen aus der Matratze holt. Sie schlägt sie auf, liest eine Seite und blinzelt in die Sonne. Geblendet deckt sie ihr Gesicht mit dem Handtuch zu, damit sie die Bilder hinter den Lidern sehen kann. Ein dunkler Raum, in dem sie warten ... .

Mittags musste sie eine Stunde lang im Konsum warten. Eine geschlagene Stunde lang musste sie im Laden nach Fleisch anstehen und ihr Gerede zur Versammlung über Heinz Kulak anhören. Frau Hackbart regte sich vielleicht auf. „Also, ich geh hin! Geben Sie mir Milch, Gries und Ata! So was lebt unter uns!" Ihr Bärtchen bebte vor Empörung. - Ein Bellen verwehte in der Ferne. Da war es wieder. Der Wind trug Hundegebell heran. Anna mähte mit der Sense Gras für die Schafe, als zwei kleine Jungen quer durchs abgemähte Gras auf sie zu gerannt kamen. Von weitem schrieen sie und winkten wichtig mit den Händen. „Er sieht ganz gelb aus, Frau Ulanow!" Keuchend schnappten sie nach Luft. „Wir haben ihn gefunden. Am Baumstumpf hat er gekniet." Aufgeregt zeigten sie in Richtung Wäldchen. - „Wen meint ihr?" - „Die Polizei ist da! Wissen Sie noch nichts? Wir müssen weiter. Heinz Kulak hat sich erhängt!" Sie ließ die Sense fallen und rannte aufgeschreckt hinter ihnen her. Dorthin, wo der Platz vom Stimmengewirr dröhnte. Im Knien erhängt, wieso nur?
„Seine Frau hat die Türe abgeschlossen und lag auf dem Bett. Ich sah sie durchs Fenster. Sie konnte ihn nicht einmal infizieren." In den Augen der Nachbarinnen blitzte ein Funke auf. „Ach, sie konnte ihren Mann nicht identifizieren?" - „Kommt er nach Haus, kein Essen, nichts.", tuscheln die Frauen durcheinander. „Hat ihn umgebracht, das Mensch, das scheußliche."

„Führe mich nicht in Versuchung!" summte es von irgendwo durchs Gras. Ächzend streifte sich Robert das Hemd ab. Mit nacktem Oberkörper wusch er sich im Garten. Er pumpte Wasser, dann ließ er die Fluten über sich rinnen. Großartig sieht er aus. Sein athletischer Körper dampft in der Kälte des

Morgens. Tropfen perlen über seinen gebeugten Rücken, weil er mit einer Hand immer neu pumpen muss. Gerade in dem Moment kommt Martha Kulak zum Trauergespräch. Kopfschüttelnd besieht sie sich den pumpenden Robert und geht rein. - „Er war nicht in der Kirche, aber Sie machen das doch trotzdem?" Die Versuchung hatte die Gestalt einer weinenden Witwe angenommen und blickte Anna mit großen Augen an. - „Ja, ich mach's." Wieso hatte sie keine Zeit zu denken und zu überlegen? - „Mit de Weizensäcke, das war er nicht, Frau Pastor. Da kam er nicht drüber weg." Die Frau ist weiß wie Kreide. „Heinz hat ihn in der Scheune gesehen, aber einer, wohl Hackbart, hat ihm Schnaps gegeben, wenn er nichts sagt. Auf einmal hing der Zettel da..." Fast wäre sie gegen den alten Schrank gestürzt. Stumm hielt Anna sie fest. - „Was für ein Zettel? Ach, Sie meinen den Zettel am Schaukasten. Ach, den!" Anna war zerstreut. -Durch das offene Fenster sah sie immer wieder zu Robert unter der Pumpe. Über seine Wange zog sich ein hellroter Schnitt. Robert riss ein Stück von der „Mecklenburger" ab und legte es auf die verletzte Backe. Mit dem blutgetränkten Papier auf der Backe fuhr er vom Hof. Wo wollte er hin?

8

Auf den Grabsteinen tanzt heiße Luft. Durch das verschlafene Dorf scheppert der Klang der Glocke. Wegen der Hitze wird Heinz Kulaks Beerdigung in aller Eile auf den Nachmittag angesetzt. Der Sarg soll nicht übers Wochenende im Dorf stehen und den nächsten Toten nach sich ziehen. In der Menge wartet Robert, gekrümmte Rücken mit dunklen feuchten Schweiß-

flecken vor sich. Im Sand die schlurfenden Schritte der letzten Herankommenden. Warum stellt sich Sonja neben ihn? Unwillkürlich dreht er sich um. Sie lächelt verlegen. Ihr Atem streift seine Wange.
Anna vorn neben dem Sarg, schaut ihn seltsam an. In der schwebenden Hitze meint er ihre Frage zu hören: Wieso bist du gestern Abend weggefahren? Diese Unruhe. Er spürt den Zweifel, der ihn hin und her reißt. Das sengende Gefühl, das ihn abends vom Hof fahren lässt.
'Was hast du Donnerstag gemacht?' geht sie den letzten Tag zurück und sieht der Sonja, im grünen Kostüm, die blonden Haare mit schwarzer Trauerschleife hochgesteckt und ihrem Vater dabei forschend ins Gesicht, bis ihr Blick auf Hackbart hängen bleibt. Dass der zu kurz Gekommene Hoffnung habe auf einen Morgen, neu und anders als die Morgen, die er unter uns in Kienwalde erlebt hat, scheint auf zustimmendes Nicken zu stoßen. Darüber herrscht Einigkeit. Na, was hat er schon hier erlebt? Alles, was ihn erwartet, wird besser sein.
Stumm macht die Menge Platz. Ruck, fallen die Pfosten, auf denen der Sarg geruht hat. Die Seile straffen sich. Die Träger, die vorher aus zwei Flaschen Korn getrunken haben, können sich nicht einigen, ob sie links oder rechts vom Baum vorbei wollen. Die einen streben in die Richtung, die anderen dorthin. Als sie den Sarg in die Erde senken, geschieht fast das nächste Malheur. Er steckt fest, um beinahe kopfüber in die Tiefe zu stürzen. „Zu Erde sollst du wieder werden..." So findet Heinz Kulak die Ruhe. - Ehrfürchtig treten die Leute auseinander. „Meine Handtasche bitte", sagt die Witwe vornehm zur Jandln. Als sie ihr die Tasche reicht, holt Martha Kulak, zum Erstaunen aller, ihre alte Suppenkelle aus der Handtasche. Sie

gibt ihrem Ehemann drei Kellen Erde, zögert einen Moment und wirft ihm die Kelle hinterher. „So ... so nichts mehr wert", murmelt sie. Die Träger stehen steifbeinig und pressen die Hände vor den Mund, weil ein nicht vorgesehenes Lachen sie schütteln will.

Dr. Sorges braune Augen lächeln. „Wahrscheinlich wissen Sie nicht mehr, ob Sie mir vertrauen können", Frau Ulanow. „Ich stehe unter Schweigepflicht. Sie können sicher sein. Vertrauen Sie mir!" Sein Arm berührt sie leicht. Eine Erinnerung streift sie...

„Wenn Sie mich heute besuchen würden, Schwester Ulanow", wurde Anna am nächsten Morgen zum Graapmann eingeladen. - „Robert, ich bin eingeladen!" - „Von wem denn?" - „Von ihm persönlich!"
Sie isst vorher nicht, weil es nach Kaffeetrinken geklungen hat. Vorsichtig guckt sie um die Ecke, weder Kaffee noch Kuchen auf dem Tisch.
Graapmann hat einen guten Freund im Dorf, der sich vertrauensvoll wegen der gestrigen Beerdigung an ihn gewandt hat. „Er ist entrüstet!" Aus seinem Mund fliegt Spucke. Sie fliegt durch das ganze Dienstzimmer über den Tisch und über den roten Sessel auf sie zu. - „Aber der Verstorbene war im Dorf ein Ausgestoßener, einer von den geringsten unserer Schwestern und Brüder, wenn Sie mich verstehen!" will sie einwenden, und überlegt, ob sie die Spucke schon abwischen darf. Auch möchte sie die Bibelstelle aus dem Kopf kramen. Doch er will sie nicht verstehen und ihr einen Mühlstein an den Hals hängen. In Wirklichkeit ermahnt er sie nur, ein

Kollege, der es gut mit ihr meint. Ein neuer, kleiner Spritzer! Anna wischt ihn nachdenklich an der Jacke trocken, als sie eilig fährt.
In Robert beginnt Unruhe zu nagen. Er befürchtet, dass Anna es sich mit den Dorfleuten verscherzt. Widerstand und die Entscheidung für das Schwierige! Wollte ihr Gott, dass sie solchen Weg geht? Er bewegt sich unsicher in dem Gebiet. Aus seiner Baubrigade gerissen, fühlt er sich im Pfarrhaus verloren. Immer noch sucht er seine Rolle als Mann einer Pastorin. Mit seinem Optimismus bemüht er sich inzwischen, kräftig gegenzusteuern. - Der Junimond scheint hell ins Zimmer. Die Hände über dem Kopf gekreuzt, starrt er hoch zur rissigen Zimmerdecke. Tausend Gedanken gehen ihm durch den Kopf.

9

Auf dem Feld schlägt der Hund merkwürdig an. Kein Mensch weit und breit. Anna geht dem verrückten Bellen nach. Hinter dem Mandelstrauch hat sich einer versteckt, der jetzt um Hilfe schreit. „Einen scharfen Köter, den ihr habt!" Fluchend richtet er sich auf. - „Lass ihn los, Aslak!" Sie sieht in die erschrockenen Augen von Meiers Gunnar, den sie wegen der roten Haare Rotfuchs nennen. - „Will zu Ihrem Mann!" sagt er. Robert ist um die Zeit in der Tischlerei, das weiß er doch. In seinen roten Bart brummend, hockt er sich an die Schuppentür und wartet. Er steckt sich eine Juwel an. Seine Augen flitzen zwischen ihr und dem Hund hin und her. Er ist ihr so unheimlich, dass sie froh ist, aufs Rad zu steigen und wegzukommen.
Sie will die zwanzig Kilometer hinter sich bringen. Vertretung für Bruder Thien, der auf Rügen ist. Jahrhundertsommer.

Essigfliegen umschwirren die aufgeplatzten Kirschen. Sie biegt ab auf den Feldweg. Heiser pfeift eine Feldmaus. Der nächste Schatten ist in sieben Kilometern. Glühender Wind weht im Feld, der die Roggenhalme versengt, dass sie sich zum Boden beugen. Senkrecht steht die Sonne über ihr. Die rissige Erde glüht. Fast alle Ähren scheinen leer zu sein. Im Glutwind knistern ihre ausgehöhlten Hülsen.

Merkwürdig, dass die vorderen Sargträger nicht sofort anhielten! Sie stapften mit dem leeren Sarg noch ein Stück weiter. Der Tote, ein schwerer Mann aus Wolkow, lag auf der Erde. Unter ihm waren die Bretter durchgebrochen. Erst später sagten sie, dass sie sich gewundert hatten, als der Sarg so leicht wurde. Durch den Fall war eine Staubwolke aufgewirbelt, dass er in einer dichten Wolke zu liegen kam. Weinend warf sich seine Frau über ihn. Morgen soll der Fleischermeister Mahlow zum zweiten Mal beerdigt werden. Unverrichteterdinge radelt sie zwischen den bemoosten Kreuzen wieder in die flimmernde Hitze. Vor den Augen tanzen rote Flecke.

Als sie auf den Hof kommt, war Meiers Gunnar noch da. Aschfahl im Gesicht, steht Robert mit ihm am Zaun. Von Gunnar sieht sie nur den hüpfenden Adamsapfel, der bei jedem Schluck rauf und runter springt. Die leere Kornflasche war achtlos ins vergilbte Gras geworfen. - „Worüber habt ihr geredet?“ Ein Geheimnis. Sache unter Männern. Sie ist so beunruhigt über die Sache, dass sie nicht einschlafen kann. Heimlich guckt sie rüber. Gestern hat Robert das Bett mit in die Tischlerei genommen. Er muss es irgendwie umgebaut haben. Die Kuhle in der Mitte ist verschwunden. Mit offenen Augen liegt er und starrt auf die Regenmuster in der Stubendecke. Sie rollen nicht mehr aufeinander, wenn einer von ihnen das nicht will. Sie sehnt sich danach, dass er sie sieht. Er kann sie nicht sehen, weil er zur Decke sieht. Die Stube ist voll von der Stille.

Sie muss mit jemandem reden.

- Zu seinem Haus an der Warnow hat der Vorsitzende Gernau ein Haus in Bärwalde gekauft. Lass ihn kaufen, sagen alle. Aber es ist das Haus, in dem von Oktober bis Mai Gottesdienst gehalten wird! - In der Dämmerung fährt sie durchs Bruch nach Bärwalde. Sie versammeln sich an Brummerts Wohnzimmertisch. Hackbart, ein gewichtiger Mann mit graumeliertem Haar, beginnt eine hitzige Attacke gegen Jandl. Dann kommen sie zu Punkt 6: „Die Winterkirche wird uns verloren gehen. Im gleichen Atemzug hat Gernau uns gekündigt. Er wird das alte Haus ausbauen.", sagt Hackbart. Keinen Kirchraum mehr in Bärwalde, die Kirche ist eiskalt. Ab Oktober ist Schluss mit Lustig... „Kooperativ sein!" Er stopfte seine Pfeife, wobei er über die Brille weg zu ihr sieht. Wieder meint sie die Stimme ihrer Mutter Bertha zu hören. Nicht abseits stellen, Frau Pastorin. Na toll!

Wenn man reden will, trifft man sich hier in der Toilette beim Wasserrauschen. Sie sprechen leise, man kann nie sicher sein.

- Bruder Thien, der sich zurückgehalten hat, winkt ihr im Rausgehen heimlich zu. In der stockdunklen Finsternis zieht er sie an Brummerts Misthaufen. Einer im Dorf wäre auf sie angesetzt worden. Im Trunk hat er es ausgeplaudert. Das hat jemand gehört, der zu ihm gekommen wär. Den Namen

brauch ich doch. Noch leiser wispert er, wer hört ihn am Misthaufen? Die Würmer werden nichts weitertragen. „So ein Rothaariger!"
Feiner Regen sprüht, als Anna auf der dunklen Straße zurückradelt. Der Wind heult traurig im Telefondraht. „Sieh dich vor, sieh dich vor!!" sirrt der Draht und Anna versteht seine Warnung. Vor sich auf der regennassen Straße bildet sie sich ein, den hüpfenden Adamsapfel unterm roten Bart zu sehen. „Was war das für eine Sache unter Männern, Robert?" Das Wasser aus dem Kragen schüttelnd, legt sie Strenge in ihre Stimme. - „Fünf Sack Weizen wird er uns bringen, wenn ich das Tor öffne", sagt Robert gut gelaunt und wendet sich seinem Wurstbrot zu. - „Wann?" - „Morgen Nacht." - „Bist du verrückt?" - „Anna, bleib ruhig. Es geht doch um unsere Tiere." - „Das ist eine Falle, verstehst du nicht?"... So geht es, bis die ersten Hähne im Hof krähen.
Sie tuscht die Wimpern, macht das Band wieder raus. Sie will ihre Haare offen tragen. Sie zieht ihr weinrotes Minikleid an. Unwillkürlich muss sie ans Schwarze Meer denken, wo es her ist. Sie fährt zum Rat des Kreises.
„Einer im Dorf würde über uns berichten, er würde sich etwas ausdenken, uns zu schaden." Neugierig mustert er sie in ihrem Kleid. - „Das hat er in der Öffentlichkeit gesagt"? - „ Ja, alle im Dorf haben's gehört, ich meine, alle, die in der Kneipe waren." - Fast tut es ihr Leid für Gunnar. Er wird wohl auf seine Nebeneinnahme verzichten müssen. Nur im Verborgenen ... Robert schliesst das Tor mit einem festen Ruck.

Im Nachbardorf ist Kirmes. Die Musik klingt bis in die Anstalt. Ein Sandweg führt in das Nachbardorf. Auf dem Weg zieht Anna ihren Schuh aus.

- 28. Juni: Von dem Geruch wurde ich wach. Das Fenster stand auf. Aus der Wiese kroch weißer Nebel. Um vier machte Robert Heu. Mit der Sense wie in alten Zeiten. Ich lehnte mich aus dem Fenster und sah ihm zu, als ich in den Nebelschwaden einen Fremden bemerkte, barfuss, die Schuhe in der Hand. Als ob man hier weiter nichts zu tun hätte, als den Frühtau zu genießen! Immer weiter lief er ins Bruch. Der Nebel schluckte ihn. Im Nu richteten sich die Halme auf. Vielleicht war hier auch niemand. Seltsam, es läuft keiner während der Arbeitszeit hier zum Vergnügen lang.
- 30. Juni: Ich habe sein Versteck gefunden! Ich sah in die Regentonne und entdeckte eine zerwühlte Decke, eine Kerze und Streichhölzer. Sein Nachttisch ist ein halbierter Ziegelstein. „Wissen Sie, was ihn immer wieder herzieht?" Es soll Gunnars Vater sein, der aus dem Arbeitslager Schwedt flieht, weil es ihn zu seiner Frau zieht. Sie lebt mit einem Schweinemeister Brummert zusammen. Kein guter Boden für Träumer. Der Hubschrauber jagte über unsere Köpfe. Sie suchen. Er jagte zurück. In der Weite können sie ihn nicht finden.
- 4. Juli: Ich mag Schokolade. Warum schmeckt sie nach Seife? Ich kann sie nicht ansehen! Als ich einen Korb Wäsche trug, bin ich umgeknickt. Ich begriff. „Du sollst dich jetzt nicht so recken." Es ist ein Zeichen! Meine Zeitrechnung hat begonnen! Ich liege wach und rechne. Die Sonne strahlt ins Fenster. Noch 231 Tage! Am Baum gelehnt, betrachte ich die Wäsche im Wind.
- „Bin ich froh, dass du da bist!" Ich warte, dass er kommt und seine Hände auf meine Schultern legt, seine Hand auf meinem Haar lässt. Ich mache mich so schön wie möglich, nur für ihn. Siehst du nicht, dass ich brenne. Wir lieben uns im Finstern. Robert möchte, dass wir kein Licht machen. Meine Lippen

wispern an seinem Hals, bis wir in die Liebe fallen. Wie seine Gewohnheit ist, wollte er danach sofort aufstehen. Wegen der veränderten Lage der Betten fand er den Schalter nicht mehr. Im Dunkeln stolperte er, stieß gegen den Ofen und stürzte der Länge nach über das Kehrblech mit der Asche, die vom Morgen noch liegen geblieben war. - Ich machte Licht. Das grelle Licht weckte meine Empfindungen von früher, diese Ängste...

‚Irgendwo in der Nähe geht das Leben weiter. Nur hier nicht', denkt Anna. Vorm Fenster singt ein Vogel. Müllabfuhr scheppert vorbei.

Nach dem Festgottesdienst habe ich zu einem Glas Wein und Streuselkuchen ins Pfarrhaus eingeladen. Das erweist sich als Fehler. Offensichtlich waren in der Pause bereits eine Menge Pläne geschmiedet worden. „Statt die Bemühungen zu unterstützen, stellen sich manche abseits." Mit „manche" bin ich gemeint. Unser Kater Johannsebastian verfolgt die Debatte von der Fensterbank aus. - Kollege Graapmann macht meine zwiebödige Predigt von der Zerbrechlichkeit zum Thema. „Ich bitte Sie, Stellung zu nehmen." Seine Augen hinter den Brillengläsern spiegeln sein Misstrauen. - „Die Bibel nötigt uns. Christus weist uns an die Ausgestoßenen.", fällt mir stotternd ein. Natürlich greift die Kalau ein, die Debatte wird noch hitziger. Johannsebastian lehnt sich zurück und betrachtet ungläubig die sich Auseinandersetzenden. Görke wechselt laufend die Seiten, derweil Thorgard den Mund so voll mit Keksen gestopft hat, dass er mich leider kaum unterstützen kann. Ich warte auf die Wende. Sie kommt mit Bruder Thien, der

Jeremia zitiert. - „Brüsewitz gab uns auf die Weise ein Zeichen!“ Er überzeugt, so wird deutlich, wie betroffen doch alle von diesem Tod sind. Der sympathische Bohn stellt sich schützend hinter mich. Ich bin ihm dankbar. - Bis die hohe Stimme der Kalau Öl auf die Wogen giesst: „Nur mit allen gutgesonnenen Kräften ...“ - In dem Moment sucht Johannsebastian das Weite.
Die Küche sieht genauso aus, wie ich sie am Morgen verlassen habe. Auf dem Tisch türmen sich Teller und Schüsseln, Pfannen und Töpfe nehmen den Fußboden in Beschlag. Wir haben kein Wasser, weil die Pumpe im Keller nicht funktioniert. Ich hole die letzte Tasse aus der Spüle. Wie ich mich mit der Tasse in der Hand ratlos umsehe, der Wasserhahn ist umstellt von dem Geschirr, ich komme nicht an den Hahn ran, klopft es an unsere Tür. Eine alte Frau aus dem Dorf, die Anna Klüwe, steht in der Haustür. Aus dem „Neuen Deutschland“ wickelt sie Stücke von Geschlachtetem. - „Was ich noch sagen wollte!“ stoppelt sie zusammen. „Geben Sie auf sich acht! Dass es Ihnen nicht so wie Ihrer Mutter geht.“ - Ich verstehe nicht, sehe die blutigen Geschenke und fürchte mich. Nur Aslak freut sich. Verbuddelt sie im Garten, als Vorrat für schlechte Zeiten. Robert verbringt seine Nacht im Keller, den Keilriemen zu reparieren. Am Morgen gibt es Wasser.

10

Irgendwo draußen gibt es einen Postboten, der morgens um die Zeit ankommt. - „Onga“ sagt die Neue neben ihr. Sie klettert wie ein Wiesel auf den Baum und holt eine Nuss runter, die sie laut krachend aufbeißt und mit Schale verschlingt. Anna schließt die Augen, weil die Luft nach dem

Herbst in Kienwalde riecht. Damals hatte sie den Eindruck, dass er sie begehrte. Doch da waren die Vorboten...

- 10. September: Träge tschilpt ein Sperling. Eigentlich friedlich. Wir buddeln Kartoffeln. „Robert, beweg dich nicht. Schau, wer da neben dir turnt." Auf den Hinterbeinen steht sie, mit den Vorderfüssen hält sie sich an einem Halm fest. Der Halm schaukelt leise im Wind. Man sieht es ihr an, dass es ihr Vergnügen macht. Maus im Herbstwind. - Wo kommt die Beklemmung plötzlich her? In diesem scheinbar so glücklichen Moment schnürt sie mir den Hals zu. Robert! Unruhig lief ich durch die Weite, die Einsamkeit, die Gräser, von Spinnweben durchzogen.
- 7. Oktober: Wie ein Schleier liegt der Nebel über Mecklenburg. Ich haste von einem Dorf zum anderen. Die Weinflasche schlingert am Fahrrad. Glücklicherweise heil geblieben, das Heilige Abendmahl ist gerettet! Ich trete ein, entkorke die Flasche. Spüre ihr Schweigen körperlich. Die Kirche ist voll bis auf den letzten Platz. Ein Aufschwung! Weinlaub rankt um den Altar, Säcke mit Kartoffeln preisen den Herrn. In meinen fünf Dörfern feiern wir Erntedank. - „Wir pflügen und wir streuen." Fünfmal das Evangelium vom Kornbauer, das ich für die Kaninchenzüchter umgeschrieben habe, und das sind sie fast alle. - „Und noch zehn Kaninchen und noch mehr", und noch größer der Stall. - „Unsern Ausgang segne Gott!" Ich bin heiser geworden. Ich stimme das Schlusslied falsch an. Sie merken es nicht, sie fallen ein. Am Ausgang loben sie nicht meine Worte, sondern meine hochgesteckten Haare. Als ich um vier vom letzten Gottesdienst in Sitwalde mein Fahrrad in die Ecke werfe, falle ich zusammen wie ein welkes Pappelblatt. - Derweil haben

wir zuhause Besuch bekommen. Sonja Kleinert. Sie hilft Robert beim Kartoffelschälen, als ich komme. Er fängt meinen erstaunten Blick auf. Ich weiß nicht, was ich sagen soll. Kein Wort bringe ich raus. Meine Kehle ist zu. Ich nehme mich zusammen und renne in die Scheune. Wozu braucht er Hilfe beim Kartoffelschälen? - Die Vergangenheit kehrt zurück. Die Ängste von früher, die Ahnungen...

2. Teil

Brennesseln und Fahnenappell

1

„Ihr Mann hat sich erkundigt, wie es Ihnen geht. Er lässt Ihnen ausrichten...“ - „Warum sagt er mir das nicht?“ - „Er wird Sie bald besuchen. Es ist nur... Auch er ist inzwischen von der Polizei befragt worden. Er denkt...“ - „Was denkt er, Dr. Sorge?“ ruft sie hastig. - Dr. Sorge will nicht drauf eingehen. Etwas brennt ihm auf der Seele. „Anna, Sie haben mir einmal angedeutet, Sie kannten ihn schon als Kind?“ - Sie schluckt. Die Bilder werden lebendig. Sie spürt den kalten Estrich unter ihren Sohlen...

Mit einem Satz sprang das Mädchen vom Baum. - „Ich bin in einer Sekunde wieder hier!“ Aber der Baum schaute ihr mit hängenden Zweigen nach. Was wollte er? Sie legte den Zettel unter den Stein und rannte. Zäune, ein Stück Garten, hohe Melde. Sie wich den Brennesseln aus, um durch den krautigen Trampelpfad in ihren Hof zu gelangen. Die Stoppeln stachen sie in die nackten Beine. Sie riss sich den Fuß am Brombeergestrüpp auf, achtete aber nicht drauf und stürmte weiter, bis sie das Haus erreicht hatte. Niemand war im Haus. In ihrer Küche war es trotz des Sommertages düster. In der Mitte stand der Herd, von dem es nach gekochtem Weißkohl roch. Heute störte sie das nicht. Sie merkte gar nicht, dass die Mutter wieder Kohl gekocht hatte. Sie hatte nur eins im Kopf, sofort das Radio anzustellen. - „Im RIAS bringen sie es!“ hat die Nachbarin übern Zaun gerufen, dass es alle hörten. - Gebannt starrte sie auf das magische Auge, von wo her eine Männerstimme schnarrte. „Schwer bewachte Bautrupps haben begonnen, durch Berlin eine Mauer zu bauen.“ Aus ihrem magischen Versteck sagt die aufgeregte Stimme, dass die

Mauer wegen der Partei gebaut wird. - „Wir wissen, wie es jetzt in Ihren Herzen aussieht“, regte sich eine zweite dunkle RIAS-Stimme ohnmächtig auf. „Wir werden Sie nicht abschreiben. Wir werden uns niemals mit der widernatürlichen Spaltung unseres Landes abfinden, und wenn die Welt voll Teufel wär.“ - Bei den letzten Worten horchte sie erstaunt auf, genau diese Worte ließ ihr alter Pastor sonntags anstimmen. Sie sah ihn, wie er trotzig sein Kinn hob. Trotzworte. Also musste es sehr schlimm stehen! Sie starrte das Blutrinnsal an, das aus dem Kratzer an ihrem Bein quoll, schaltete auf volle Lautstärke. Love me tender! Elvis sang. Nach ihm war wieder die Stimme im Radio. Sie sagte, dass die Mauer höher wurde!

Vor drei Tagen, am 10. August, ist Anna elf geworden. Mit Mutter Bertha und dem Vater lebt sie in Niederdorf vor Berlin. - „Sie haben ein rotes Siegel an die Nachbartür gebracht!“ überschlägt sich die Mutter vor Aufregung. Sie hat einen Armvoll Zweige reingeholt, den sie mit großem Schwung ins Herdloch wirft. Rauch schlägt aus dem Loch. Funken stieben. Sie schüttet Wasser in eine Schüssel, weil sie heute noch die Gans schlachten will. - „So, die Nachbarn sind über Nacht noch weggemacht. Als ob sie es geahnt haben.“ „Wohin?“ - „Na, in Richtung Westen geflüchtet!“ - Anna beugte sich über das Feuerloch, bis ihre Wangen heiß wurden. „Darf ich?“ - „Aber nur bis zur Straße! Geh nicht über die Straße!“
Das Mädchen rannte über den Hof. Leicht hinkend lief sie über Hahnenfuß, streifte den Spitzwegerich mit hochmütigem Blick, weil sie ihn nicht sehr mochte und ruhte sich keinen Moment aus, bis sie den Straßenrand erreicht hatte. Doch das rote Siegel lag schon in der Pfütze. Sperrangelweit stand die

Haustür drüben auf. Vor ihrem Nachbarhaus hielt ein Möbelwagen. Zwischen den Kartons und Möbelstücken stand ein Junge. Er war groß. Eine schwarze Locke fiel ihm in die Stirn, als er sich unter den Möbelstücken umsah und einen Karton aufnahm. Mit einer schnellen Bewegung fegt er sie aus der Stirn. Er ist ein ganzes Stück größer als sie. Bestimmt ist er schon dreizehn. - In sein Gesicht kam ein Grübchen, weil er lächelte. Sie schämte sich, ihn ohne sein Wissen zu beobachten. Wie vom Donner gerührt sah sie ihn an. Da drehte er sich zu ihr um. Jetzt galt das Lächeln unter den schelmisch blitzenden Augen ihr. - „Brauchst du ein Pflaster?" - Sie möchte weglaufen, aber ihre Füße wollen sich nicht bewegen.
Mit dem Lächeln und der belanglosen Frage nach dem Pflaster fing alles an. Ihre Schultasche legte Anna mittags in die Ecke, schlüpfte durch die Hecke auf den schwarzen Schotterweg bis an die Straße. - „Du darfst nicht über die Straße, hast du gehört?" - Vor ihr lag das Haus, dunkel und geheimnisvoll hatte es sich hinter Thuja verborgen. Ein gewaltiges Haus mit mehreren Giebeln und einem Erker. Vollkommen anders als das schiefe Häuschen, in dem sie selbst mit den Eltern lebte. Bestimmt haben sie Innentoilette mit glänzenden Fliesen und einem Spiegel an der Wand.
Die Tür knarrt. Ein schmaler Junge steigt vom Rad. In der Dämmerung will er reinhuschen, gleich wird er hinterm Thuja verschwinden. Es ist nicht leicht, seine dunklen Augen zu sehen. Sie muss den Moment abpassen. Scheu nickt sie ihm über die Straße zu. Er stutzt einen Augenblick und winkt zurück. Seine Augen sind fast schwarz. Wenn er lacht, verengen sich seine schwarzen Augen zu Schlitzen, und das Grübchen

auf der linken Seite erscheint. - „Robert!“ rufen sie ihn von drinnen! Die Augen des Hauses gehen auf. Die Laden werden geöffnet. Schimpfen, Lachen, Türenschlagen fängt an. - Sie steht da, nie geht sie über die Straße. Schuldbewusst und scheu starrt sie das Haus an.

"Was stehst du hier rum?" Die Stimme kommt durch das hohe Gras. Sie dringt zu Anna. . Er braucht keine Angst zu haben. Die Erinnerung stürzt auf sie zu. Weil dieser Sorge Bruchstücke in ihrem Kopf gelöst hat, steht sie, ihren Blick auf das gegenüberliegende Haus geheftet...

Heute wird er sich nicht mehr blicken lassen. Durch die Hecke schlüpft sie seufzend auf ihren unkrautbewachsenen Hof zurück. Zum Glück entdeckt Mutter Bertha sie nicht. Hinter dem Misthaufen brennt hellrot ein Feuer, das ihr frostrotes Gesicht noch tiefer rötet, das grausträhnige Haar in rotes Licht taucht. Die Funken schlagen ihr ins Gesicht. Ihr Gesicht und ihr Haar werden vom Rauch geschwärzt. Ihre kräftigen Arme hat sie entblößt. Mit einer Hand hält sie die nacktgerupfte Gans über die Flammen, derweil sie mit der anderen Hand Packen von Zeitungen hineinwirft. Anna schrieb ein R. auf einen Zettel, um nach einigem Zögern A. zuzufügen, und schleicht an ihr vorbei, der Baum wartet. In letzter Zeit muss er sich vernachlässigt fühlen. Sie klettert hoch, steckt den Zettel, umständlich mit einem Stein beschwert, in die Astgabel. Stille. Durch die Zweige sieht sie etwas Himmel und verfolgt das flimmernde Licht in den Blättern. Es ist wichtig, dass er ihr verzeiht. Sie erzählt ihm die Geschichte mit der Mauer, die sie gebaut hatten. Sie weiss nicht recht,

wie sie ihm den Jungen erklären kann und stammelt nur herum. Adieu, bis morgen!
Schon dunkelt es. Noch auf das Klo im finsteren Flieder. Sitzt oben die Ratte, dieses schwarze Biest? Guckt aus ihrer Öffnung und lauert auf ihren Hintern? Anna macht schnell, den Blick zwischen dem Lesen nach oben verrenkt, irgendwann springt die auf mich. Sie versucht, sich im letzten Tageslicht auf die Zeilen zu konzentrieren: „Zur Unterbindung der feindlichen Tätigkeit der militaristischen Kräfte Westdeutschlands errichteten die bewaffneten Kräfte die Absperrung. Der Stacheldraht ist da. Alle Zweifel sind beseitigt." Sie reißt ein Stück von der Märkischen Volksstimme ab. Hurtig abgewischt. Sie zieht die Hose im Laufen hoch und rennt am Misthaufen vorbei ins Haus. - Der Geruch von gekochtem Kohl mischt sich nun mit frisch Gebratenem. Am Herd sieht Mutter auf die Gans, wie die sich in der Pfanne windet, sie blickt Anna gar nicht an, starrt auf das Fensterviereck. Anna ahnt, gleich wird sie beginnen. Wie jeden Abend werden ihre Gedanken in die hinterpommerschen Wälder wandern: „Es war eine finstere Nacht, als Masch und sein Bruder sich zu einer abgelegenen Mühle aufmachten. In das Mühlentor hieben sie ein Loch." - Heute in der Turnstunde schlug der Ball gegen Annas Schulter und fiel. In dem Moment brach das Gelächter los und ließ sie linkisch vom Spielfeld gehen. Annas Gedanken wollen eigene Wege. - „Kaum hatte Schwarz seine Hand durchs Gitter gesteckt, als er schreiend weglief...", so die Mutter. - „Aus der Spartakiade in Potsdam wird nichts", sagte die Lehrerin, die sie der Größe nach antreten ließ. „So werden wir", sie blickte zu Anna, die verlegen woanders hinsah, „im Wettbewerb zur Unterstützung unserer tapferen Grenztruppen nicht bestehen.

Ihr wisst, bei wem", in dem Moment erschien Direktor Angermeier, so dass sie die Bluse zurechtrückte und Anna gerettet war, „bei wem ihr euch bedanken könnt." - „Sieben Nächte lang wachte der Müller. Am achten Abend klopfte ein vermummter Bettler..."- In der Umkleidekabine, in der es nach abgestandenem Schweiß und liegen gebliebenen Turnschuhen roch, hockten die Mädchen im Schneidersitz auf dem Boden. Sie warteten geduldig, bis sie an der Reihe waren. Nur Franzi nicht. „Lass mich jetzt!" zerrte sie Ulla vom schwarzen Kohlekasten und kletterte hoch. Durch ein Astloch in der Wand konnte man die Lehrerin in ihrem Umkleideraum beobachten. „Sieh an, Direktor Angermeier kommt rein! Er dreht den Schlüssel um!" flüsterte Franzi, bis Gisela sie wegschob. - „Sie küssen sich", gab Gisela weiter. „Ihr könnt euch nicht vorstellen, was ich sehe!" - Gerade, wo das Wichtigste kam, stürzte der Deckel unter ihr ein. Schnell wurde er wieder gerichtet. „Jetzt bist du dran, Anna! He, was hast du?" - Wie sollte sie das erklären? - „Was ist, Anna?" - Sie zog sich in der Ecke um, packte ihren Turnbeutel und rannte hinaus. - „Ja, man muss Acht geben." sagt die Mutter mit einem Blick auf sie, dass sie spürt, das galt ihr. Begutachtet die Riegel und rüttelt an ihnen. Das Feuer im Herd verglimmt. Die Mutter starrt prüfend in die erkaltende, schwarze Herdöffnung. Sie nimmt den Pisseimer. Vorbei an den Spinnen auf dem Treppengeländer steigen sie hinauf.. Anna legt sich ins Bett, lässt Licht brennen und stellt die Schulbücher um das Bett zur Barriere auf. Sollen die Ratten sich heute Nacht die Füße brechen! Horch, die Mutter strullcht in den Eimer. Draußen auf der Straße fährt ein Motorrad vorbei. Der Fahrer ruft etwas, eine Frau antwortet, beide lachen. Unter ihrem Federbett liegt Anna wach und denkt nach. „Der

Heilige Geist ist überall", hat ihr alter Pfarrer ihnen heute im Konfirmandenunterricht beigebracht. „Er ist überall gleichzeitig." Also konnte jemand zur gleichen Zeit hier und an einem anderen Ort sein. Sind die Liebe und der Heilige Geist sich auf irgendeine Weise ähnlich? Wie konnte das sonst sein, dass Robert zu gleicher Zeit in seinem wunderbaren Haus ist und bei ihr in ihrer Stube? In der Finsternis sieht sie deutlich, wie er sie mit seinen dunklen Augen anlächelt, seine Augen werden zu Schlitzen. Dass er an dem Tag vor einer Woche, als sie die Mauer zogen, aus Weimar von Thüringen hergekommen ist, ist alles, was sie von ihm weiß. Bestimmt ist er aus der Stadt, wo sie immer Heftpflaster auf Wunden kleben. Angeblich wurde der Vater von der Partei zur Grenzsicherung her versetzt. Woher bist du wirklich, Robert? Wie kommst du in unsere Wasser-Flecken-Stube? Ihr Herz flattert hin und her wie die Birke vorm Fenster. Ihre Augen blitzen Löcher in die Decke. Sie stellt sich vor, wie sie hinten auf dem Motorrad sitzt. Nur leicht hält sie sich fest, nur so eben, dass sie nicht runter fällt. Früher war sie oft allein. Sie schob ihrem Baum Zettel mit Geheimnissen in die Astgabel. Niemanden hat sie außer ihm, der, nachdem er geduldig zugehört hat, zustimmend mit seinen Blättern rauscht. Mit einem Schlag ist alles anders. Ungeheurer Stolz erfüllt sie. Love! So also sieht die große Liebe aus, von der er singt!

„Ihr Schlappschwänze, tut was! Was pennt ihr? Wacht auf, bevor es zu spät ist in dem verdammten Land! Die Partei ist das größte Arschloch." Beide Lieder auf die gleiche Melodie kommen die Straße runter gelaufen, machen vorm Haus halt, singen sich zur Haustür rein, die Stiege hoch und verwandeln

sich in Vaters Stimme. Anna schlüpft aus dem Bett, sie muss sich schnell einen Pullover überwerfen. Die Bibel liegt auf dem Fensterbrett bereit. Sie schlägt das zweite Buch Mose auf und wartet, bis er hochkommt. Wort für Wort buchstabierend, beginnt sie vorzulesen. „Du sollst den Feiertag..." wie ihr alter Pfarrer. Sie kommt bis „Sabbat des Herrn". Ihr Vater lacht, dann kriegt sie mit einem fliegenden Holzscheit.
Sie liegt in einer Kornkammer. Ein Speer verfolgt sie im Korn. Die Kammer ist so eng, sie bricht durchs Fenster aus. Er ist dicht hinter ihr. Da breitet sie die Arme aus und fliegt. Mühsam kommt sie zu sich. Erstaunt sieht sie sich um. Sie ist immer noch in ihrer engen Stube. „Hatten wir früher hier eine Kornkammer?" fragt sie die Mutter morgens. „Ich träume so merkwürdig." Die Mutter schweigt. Ein Teller fällt ihr runter. Das Zittern ihrer Hände verrät, wie die Frage sie aus dem Gleichgewicht gebracht hat. - „Eine alte Frau auf dem Weg bittet den Bauern, sie mitzunehmen", beginnt sie nach einer ganzen Weile. - Heute hat der Vater Geld gekriegt. 150 Mark Abschlag. Denkt Mutter gar nicht daran? - „Stockfinster, er lässt aufsteigen. Wie er seine Pfeife zu entzünden ein Holz anbrennt, sieht er das harte Gesicht eines Mannes neben sich und lässt die Peitsche fallen. Hol sie mir. Das Wesen redet kein Wort." - „Wenn du nicht bald redest", hatte der Lehrer gesagt. Sie nahmen den antifaschistischen Schutzwall durch. - "Kaum ist es unten, haut er mit der Leine auf die Pferde ein. Die Pferde rennen, was sie können. Das Wesen versucht sich am Wagenrand festzuhalten..." - Denkt Mutter nicht an den Geldtag? Ist doch der fünfzehnte. - „Geh schon!" Sie will ihr damit sagen, sie solle ihn herausholen. Also kämmt sie sich die Haare und läuft. In der Hennigsdorfer Kneipe sitzt ihr

Vater mit seinen schönen schwarzen Locken am Stammtisch und will gerade eine Lage Korn raus bringen. Das war für acht Männer. - „Wenn das meine Göre wäre, der würde ich den Arsch voll hauen, dass sie drei Tage nicht stehen könnte", sagt einer von den achten, als sie daherkommt. - „Also noch ein Bier, setz dich derweil", meint mein Vater zu mir und wischt sich forsch den Schaum am Ärmel ab. - „Nein." Ich fasse in seine Gesäßtasche, bezahle. - „Na guet, gehn wia...", will er sagen, aber hat das Glas zu stark und bestimmend aufgesetzt, will wohl das Heft in der Hand behalten. Das Glas zerbricht, schneidet seinen Daumen auf. Das Blut tropft ihm auf die guten Schuhe. So haben wir eine Blutspur im Schnee und jeder kann sehen, wo wir langgehen. Wir gehen am Graben lang. Der Vater will austreten, ich muss ihn von hinten stützen, sonst fällt er in den Graben. Wenn nur Robert nicht den Weg lang kommt! Wir haben Glück.

„Bringt 5 Knöpfe mit!" hatte die Rechenlehrerin gesagt, aber ihr Banknachbar hatte wohl fünf Frösche verstanden, die sich in großer Eile aus seiner Hosentasche entladen. Als sie die Unruhe nutzt und zum Morgengebet aufsteht, das sie von Mutter Bertha gelernt hat, hört die Lehrerin mit der Suchaktion auf und fordert auf, sie auszulachen. Erschrocken wartet Anna. Sie hat Glück, dass niemand reagiert. Franzi und Gisela zwinkern ihr zu. Von Angermeier wird sie am gleichen Tag nach vorn gerufen und soll das Wort „Alkohol" an die Tafel schreiben. Jeder weiss, dass sie das Wort wegen ihrem Vater schreiben muss. Sie schreibt es verkehrt, soll es verbessern, tut es nicht und muss sich mit dem Gesicht zur Wand drehen. Dem Vater verrät sie nichts, als er sie mit übermütiger

Stimme auffordert: „Komm Tochter, wir gehen auf unsere Insel!" - Heute wollen sie etwas Moos für Orchideen holen, das sich auf dem Alexanderplatz in Berlin gut verkauft. Von Sibirien wird dabei tüchtig erzählt, wo sie nur Kohl gegessen haben, den sie Kapusta nannten. Die Männer stiegen auf die Kohlberge und aßen und aßen und am andern Morgen waren sie tot. - „Eine Eiseskälte, trockene Kälte, weißt du..." Anna hat es gern, wenn der Vater so erzählt. Er ist stark und lustig. Bei Kapusta und Sibirien hören sie den krummbeinigen Polizisten nicht kommen, der ihre Beute kurzerhand auf den Hänger seiner Schwalbe lädt und davon knattert. Er sieht dabei so gewichtig aus, dass Anna sich mit Mühe das Lachen verbeißt. Sie werden erwischt, obwohl die Insel ihnen gehört. - „Nur jetzt ist alles Genossenschaft. Alles, was du siehst, die Gräser, die Käfer, sogar unsere Insel, die Maulwürfe und die Mücken, Anna, auch sie!"

„Geh einkaufen, Anna!" ruft Mutter gebieterisch aus der Tür, weil sie nichts als Ärger mit Mann und Tochter hat und jetzt noch die Polizei auf dem Hals. Sie will derweil saubermachen, die Obstkisten abwischen, die ihre Stühle bilden. Sie will auch frischen, weißen Sand in die Küche streuen. Holz reinholen, im Kohleherd ein mächtiges Feuer entfachen, dass man gegen Abend in die Zinkwanne steigen kann. Anna ist erleichtert. Zum Monatsersten dauern ihre Ausflüge länger und ziehen sich bis Niederschönhausen hin, weil sie nicht mehr in den ersten und zweiten Dorfladen können, wo ihre Schulden an der Kasse angeschrieben stehen. Heute würde es nichts ausmachen, sich einen Umweg zu gönnen. Ich muss zum Baum, denkt sie. An ihre Schuhe hängt sich der mit Lehm vermischte Schnee, als sie vorsichtig in die Astgabel tastet, um einen bestimmten

Zettel herauszufischen. Sie sieht von hier oben schwarze Flecke im Schnee. Durch die Äste schimmert die Straße, wegen des Mauerbaus umgeleitet, jetzt ganz in ihrer Nähe. Schnell, immer schneller fahren die Wagen über Birkenwerder aus Berlin heraus. Bis sie in der Ebene hinter Hohen Neuendorf mit dem Himmel verschmelzen. - Nur sie bleibt. Mit beiden Händen hält sie den Zettel fest, um ihn vorsichtig an seinen Platz zurückzulegen. Unschlüssig fasert sie an den Kätzchen, während sie ein Gurkenglas in der Hand balanciert. - Da geschieht es. Kurz vor ihrem Haus kommt er ihr entgegen. Sie ist auf der Stelle gelähmt als sie ihn sieht, von Kopf bis Fuß wie in Stein gehauen. Sie kann ihre Beine unmöglich bewegen. Sein Gesicht kommt näher, beängstigend näher. Den Kopf auf die Pfützen geheftet, versucht sie vorbeizukommen. - Da hört sie etwas wie „Hallo!" und sieht verschwommen ein Grübchen. Ihr läuft ein Schauder über den Rücken. Das Gurkenglas fällt herunter. Sie muss sich bücken, will die Scherben aufheben. Die Haare schlagen ihr ins Gesicht. Durch den Schleier von Haaren scheint es, als ob Robert sich nach ihr umgedreht hat. Was kann er an ihr wohl gesehen haben? Sie läuft nach Hause und stellt sich vor den halbblinden Spiegel.

„Wenn sie nicht weggeht, rufe ich die Anstalt an. Die müssen sie wieder abholen." - Jetzt wird die Stimme des Mannes entschieden...

Am Abend wird die Mutter abgeholt. Ganz in ihrer Nähe war ein Tunnel gegraben worden, der in eine Bäckerei in der Bernauer Straße auf der Westseite mündete. Zwei von ihren Nachbarn flüchteten über Nacht noch in den Westen. Anna berichtet dem Baum ihren wiederkehrenden Alptraum, im Tunnel steckenzubleiben. Bei der Vorstellung fängt er an zu frieren. Zitternd schlägt er mit den nackten Ästen um sich. Noch dichter wird der Draht in den nächsten Wochen, bewacht von Volksarmisten mit Maschinenpistolen. Der dürre Wald wird von Grenzsoldaten besetzt. - „Wer ist da?“ schreit der Vater lautstark in dieser Nacht. Er kämpft taumelnd gegen Riesen, die nur er sieht und die er allein zurückschlagen muss. Keiner hilft ihm. - „Ihr Schlappen, werdet endlich wach! Bald ist es zu spät für unser Land. Ihr werdet sehen! Ihr werdet schon sehen!“ - Am Morgen kommt die Mutter wieder, sie ist blass. Über das Verhör darf sie nichts erzählen. Nachdem sie die Gänse in die Genossenschaft abgegeben haben, gibt es häufig Kartoffeln zum Abendbrot, an die sie sich gewöhnen. Sobald sie gar sind, hebt Anna den Deckel ab. Aus einem geheimen Versteck bringt die Mutter ihr darauf ein Stück Schokolade. Es schmeckt bitter. Wenn sie es in den Eimer mit der frisch geseihten Kuhmilch tunkt, verliert es den bitteren Geschmack.

Eines Mittags werden Franzi und sie, als sie in die Schönhauser Allee biegen, von Rosi gesehen und verraten. Sie zeichnen David und den Riesen mit dem Schwert. Obwohl zwischen Schule und Christenlehre zwei Stunden Abstand sein sollen, rennen sie mit wippendem Ranzen zu Fräulein Wunderlich, um David zu malen. Drei Viertel der Klasse werden konfirmiert. - „Anna, du sollst dich beim Direktor Angermeier melden“, sagt die Lehrerin. - „Das entspricht nicht dem Verhalten, wie wir es an unserer Schule erwarten. Wir erwarten, dass du dein Gelöbnis ablegst“, baut er sich so dicht vor ihr auf, dass sein Mundgeruch tief in sie dringt. Zu Hause geht sie die

Reihe der Waschmittel durch und entscheidet sich, die Zähne mit Ata zu reinigen, bis ihr total schlecht wird.
„Seid bereit!" ruft Direktor Angermeier. - „Immer bereit!" schreien alle zurück. Es ist der Montag darauf. Kalt und frostig für den 12. April. Sie frieren in der Pionierkleidung. - „Achtung, stillgestanden!", befiehlt ein Pionier und erklärt dem Direktor: „Die Schüler sind zum Fahnenappell angetreten!" - Vorn beim Direktor stehen die zwei obersten von den Pionieren, hissen die Fahne. Heute ist ein besonderer Tag. - „Unser Bruderland hat ein Raumschiff ins Weltall geschickt!" Sein Kosmonaut heißt Juri Gagarin. Nach Juri Gagarin hat Direktor Angermeier merkwürdigerweise Annas Namen genannt. Sein Atem sieht wie eine weiße Wolke aus, so kalt ist es. Jetzt ist es raus! Anna und Gisela gehören zu den Klassenelementen. Krampfhaft überlegt sie, ob ein Element was Gutes ist. Doch wohl nicht! Die Fahne erklimmt die Spitze, noch einen Ruck, oben. Der Direktor salutiert mit einer Wolke vor dem offenen Mund. Er ist dick, steckt in einer hellen Weste und einer grauen Hose. Seine Hand fährt nach oben, auch dies soll mit Ruck geschehen. Durch den Ruck springt sein Knopf ab. Die Fahne steigt, während seine sinkende Hose umständlich eingeholt werden muss. - „Rührt euch", ruft der Direktor mit hochrotem Gesicht. Am selben Tag ist der Einsatz.
„Kennt ihr den?" tuscheln Gisela und Franzi. Man sieht nur die Mütze, unter der die schwarzen Locken vorquellen. Er ist es! Als er sie erkennt, bleibt er mit den Saatkartoffeln auf der Schulter schnurstracks vor ihr stehen. - „Mach dir nichts draus", flüstert er. „Angermeier kann dich gar nicht von der Schule schicken!" - Verschmitzt kneift er die Lider zusammen und lächelt wie über einen gelungenen Streich. Sie hält den

Atem an. Ihr Mund wird trocken. Weil er sich bücken muss, kommt sein Gesicht nahe an ihres. In seinen Augen liegt Bewunderung. Dicht vor sich sieht sie seine schwarzen Augen. Sie hebt ihr Gesicht zu ihm hoch. Wie erstarrt steht sie mit dem Kartoffelkorb in der Hand und wird über und über rot. Als er den Korb hochheben will, den sie noch krampfhaft festhält, berühren sich wie zufällig ihre Hände. Ihm scheint das nichts auszumachen. Lachend wirft er die Kiepe mit Schwung auf den Wagen. - „Wieso steht er mit der?" tuschelt Franzi verwundert und steckt den Kopf mit Gisela zusammen.

Im RIAS hört sie von der Ermordung des Präsidenten Kennedy, der sich vor fünf Monaten wegen der Mauer selbst einen Berliner genannt hatte, und schneidet sich aus einem schwarzen Lumpen einen Streifen, den sie auf den Rollkragenpullover näht. Dazu trägt sie den Pepitarock. Bestimmt würde Robert den Streifen sehen und sie drauf ansprechen! Aber er lernt bereits in den Kabelwerken Oberspree. Neben dem Abitur läuft die Ausbildung zum Industriekaufmann.

In FDJ-Kleidung treten sie ihre Klassenfahrt nach Sachsenhausen an. - „Lasst uns darüber diskutieren!" Sie sehen „Werner Holt". Erstmalig führen sie politische Diskussionen. Ihr Lehrer Meinert rät den bald Achtzehnjährigen, wenn sie bald an der Grenze stehen werden, nur in die Beine zu schießen. Sein mutiger Rat steht im Widerspruch zum Kampfauftrag der FDJ, der an ihrer Wand klebt: „Tragt den Hass gegen die Todfeinde, gegen die Militaristen und Faschisten in jedes Herz! Macht bei Grenzverletzung von der Schusswaffe rücksichtslos Gebrauch." - Mit ihrem inneren Auge sieht sie, wie ein Junge mit einem glänzenden Langlaufgewehr hantiert, in

Hohen Neuendorf am Grenzstreifen langsam das Gewehr hebt, mit seinen schmalen Händen anlegt. Sie will ihm ins Gewehr fallen. Sie streckt ihre Hand aus und fasst in das kalte Metall des Kohleherdes.

„Iß doch, Anna!" ruft die Mutter, die die Bewegung falsch deutet, und schiebt ihr die Kartoffeln herüber. Wenn die Geschichte auf ihrem Fasthöhepunkt angekommen ist, holt die Mutter ein großes Stück Schokolade, so dass Anna bald mit ihrem Gewicht zu kämpfen hat.

Als sie aus dem Jugendlager vom Werbellinsee kommen, fragt Gisela sie auf der Rücktour: „Sonnabend ist Tanz in Adlershof! Kommst du mit?" Sie hat keine Lust und lässt die Soldaten, die mit ihr tanzen wollen, abblitzen. - „Ach, nimm Franzi mit!" So fährt Gisela mit Franzi jedes Wochenende nach Adlershof oder Grünau, um mit den Soldaten zu tanzen. - „Du kommst nie raus. Mit sechzehn waren wir in Hinterpommern schon verheiratet!" Mit bedeutungsvollem Blick meldet die Mutter sie zum Tanzkurs in Pankow an.

Durch den Raum schwebt ein langsamer Walzer. Wie ihre Hühner im kleinen Stall auf der Stange, sitzen die Mädchen in einer Reihe. „Nun dürfen sich die Herren erheben und sich gemessenen Schrittes den Damen nähern." Sie wartet, sie hält den Atem an. Das gibt ein Gelaufe links und rechts von ihr. Sie knetet ihr Taschentuch in der Hand, während sie bemüht ist, sich auf keinen Fall etwas anmerken zu lassen. Sie hätte etwas darum gegeben, in den gelbschmutzigen Rillen der Dielen zu verschwinden. Auf einmal verbeugt sich vor ihr ein schmaler Junge mit Brille. Er nickt stark, die Brille verschiebt sich. Er ist so klein, dass er sich mühen muss, mit seinen Händen bis auf ihre Schultern zu gelangen. Er presste sie an seinen dürren

Körper, rückt noch mal an seiner Brille, und begann, sie im Tangorhythmus in verhaltener Leidenschaft zu drehen, dass ihr schwindlig wird. Ramtata, ramtata. Sie geben ein seltsames Paar ab. - Beim dritten Tango verschwindet er an einem Schild „Für Herren". Er lässt sich nicht mehr blicken. Noch eine Weile harrt sie am Herrenschild aus, bis sie den Braten riecht, ihr nasses Taschentuch nimmt, das liegt immer noch auf dem Platz, und zur Tür rennt. Den dunklen Flur lang und die Straße rauf zur Straßenbahnhaltestelle. Sie läuft noch, als sie keinen von den Tanzenden mehr sieht. Sie rennt, bis sie zu ihrer Hecke und zu ihrer Tür kommt.

„Die Woche hatte der See gebrüllt, weil er noch kein Opfer hatte." - Genau vor ihren Augen liegt das Schinkenbrot, als ob es hier auf sie gewartet hatte. Lass nur liegen, denkt sie. Sie braucht nichts als einen eisernen Willen. - „Mutter lass mich auf den See, schrie der Junge im Fieber." - Ihre Hand greift danach, ohne dass sie es erklären konnte. - „In ihrer Angst bleibt sie bei ihm sitzen, bis sie doch runter muss, den Teig rühren." - Als Anna spürt, wie das Brot ihr gut tut und Trost spendet, isst sie noch die Käsebrote und die Schokolade, die den meisten Trost gibt. - „Als die Mutter hochkam und nach ihm suchte, lag das Haus still."

Lehrer Meinert will mit ihnen nach Prag. Morgen soll sie zum ersten Mal weg von zuhaus und Mutter Bertha. - „Ehe du fährst, hackst du noch die Rüben, Anna!" - Sie muss zwei Reihen nehmen, die Mutter hackt neben ihr. „Auf dem Weg zum Markt ist eine Frau." Was für eine Frau, sie denkt an ihn, nur an ihn. „Im Wald begegnete ihr ein Mann: Frau, bring mir doch Reißzwecken aus der Stadt mit." Worte der Mutter hinter Schleiern, aber welche

Worte sind das, die Robert im Traum heute gesagt hat. „Stand wieder an der gleichen Stelle im Wald, der Herr. Nichts ahnend überreichte ihm die Frau die Zwecken." Dann hat er ihr die Hand gedrückt, bis Gisela vor Neid blass wurde. „In die Sohlen schlug er ihr die .Zwecken. Hörst du, es war Masch." Die Mutter kann freilich nicht wissen, dass sie nur Roberts Stimme hört.
„Wohin willst du noch?" Schon schluckt sie die Dunkelheit. Das Geräusch eines vorbeifahrenden Autos hatte etwas in ihr geweckt, das sie hochrennt und das schwarze Kleid überwirft. ‚Schwarz macht schlank, Anna!' Sobald sie im Finstern ist, läuft sie zum Baum und saugt den Blütengeruch ein. Sie flüstert dem alten knorrigen Stamm einen Namen zu. ‚Morgen bin ich weit weg.' Schüchtern lugt der Mond durch ein paar Zweige. - „Wohin...?" schreit die Mutter hinterher. Anna ist ein sehnsüchtiger Schatten auf der Straße. An ihr vorbei wandert das blinkende Auge einer Zigarette. Ihre Fenster sind mit Gardinen verhangen. Dahinter schimmert Licht. Sie will nichts weiter, als einen Zipfel davon zu bekommen. Sie sucht mit den Augen nach einem hellen Kammerfenster unterm Giebel. Jetzt wartet sie atemlos, bis eine Hand die Vorhänge zuzieht und sie seinen dunklen Kopf erspäht.

2

Ob der Mann Druck gemacht hat, sich belästigt fühlte? Gestern hat ihr Ute verboten, noch mal hinzugehen. - Schon einen Monat in der Klinik. Unversehens ist Sommer geworden mit bunten Blumen am Haupteingang und einem leichtem Wind in der Birke. Gestern wurde vor Haus Morgenglanz der Springbrunnen aufgestellt. An der Fontäne sitzen die Kranken. Sie schweigen. In Annas Augen sitzt ein Lachen.

Es war Juni und noch wie Frühling in Prag an der Moldau. Mädchen gingen eingehakt über den Wenzelsplatz, sie trugen weite rote Kleider und lachten. Ihr Lachen klang über den Platz. Anna kaufte sich ein rotes Kleid. Sie beobachtete das Geschehen auf dem Strade Mesto und dachte unaufhörlich an das linke Grübchen. Wie betäubt vor Liebe ging sie von der Kleinseite über die Karlsbrücke auf die Prager Burg zum Hradschin hinauf, ohne zu merken, was sie tat. In dem zauberhaften Ausblick auf die vieltürmige Stadt zog sein Gesicht mit ihr.

Nach den Sommerferien gab es keinen Prager Frühling mehr. Es regnete in Strömen. Anna befahl ihrem dummen Herzen, von Robert zu lassen. Endlich schien es zu gehorchen. Denn die Liebe hörte scheinbar auf zu existieren, seit russische Panzer einzogen. Jan Pallach hatte sich auf dem Wenzelsplatz verbrannt, man konnte sein Grab heimlich besuchen. Lehrer Meinert war plötzlich weg von der Schule, und ihre Klassenkameraden, bewarben sich für die Arbeiter- und Bauern-Fakultät in Halle. Sie wollten im Ausland Mathematik und Physik studieren.

In der Kneipe wird der Vater neuerdings ausgelacht, weil seine schlaue Tochter Theologie studieren will. Das ist ein schwerer Schlag, wenn man am Stammtisch gehänselt wird. Das kränkt einen sehr, wenn man sich die Anerkennung durch das Zerkauen von Biergläsern und anderen Kunststücken mühsam errungen hat. - „Wie bist du nur auf den verrückten Gedanken gekommen?“ Der Pastor in ihrer Gemeinde ist ein Greis, der sonntags in einer staubigen Kirche vor sieben Großmüttern steht. Niemand möchte in seiner Haut stecken. Es ist nur wegen dem Nachbarjungen. Sie will sich opfern.

Dabei ist die ganze Nachbarsfamilie so was von hochmütig. Wie die die Wohnung so schnell gekriegt haben. Der Vater soll etwas Hohes in der Partei sein. Anna macht aus Reinetrotz einen Riesenfehler... Robert soll seinen Irrtum einsehen, sie nicht zu beachten, denkt sie. Eines Tages...

An einem ersten September stellt sie sich früh um vier an die Straße vor seinem Haus, um per Autostop wegzukommen. Am Straßenrand wartet sie, bis jemand hält. Mutig hebt sie ihre Hand. Sollen die in dem wunderbaren Haus sie sehen! Sie dreht ihren Kopf nicht um. Gleich hört ihr die Bremsen quietschen! Tatsächlich hält ein Schwedenlaster. In Richtung Trelleborg fahren sie die F 96 durch Neustrelitz, Neubrandenburg immer weiter nach Norden, bis am Horizont drei gotische Kirchensilhouetten erscheinen. Kopfsteinpflaster. Greifswald. Im weißen klassizistischen Universitätsgebäude, die Theologische Fakultät. - Als sie gegen acht eintrifft und man sich bekannt gemacht hat, geht es in Lastwagen in eines der umliegenden Dörfer zur Kartoffelernte. „Mit einem Subodnik-Ernteeinsatz fängt Euer Studium an." Das Knie eines Jungen scheint sich auf dem dunklen Wagen zu verirren. Als es hell wird, gibt sich niemand zu erkennen. Vielleicht habe ich mich auch getäuscht, denkt Anna. Die Jungen schütten ihnen die Körbe aus. Zu ihr kommt selten jemand. Weg von zu Haus und von Mutter Bertha beginnt sie zu hungern. Schwarzer Pullover und Jeans, zwei Nummern enger gekauft, werden zum Ziel. Sie denkt in Pfunden, bewahrt kein Essen im Wohnheim auf und flieht Versuchungen. Aus Geldmangel reduzieren sie sich auf ein Glas alten gelbklebrigen Mostrich, der im Schrank von den Vorgängern stehen geblieben ist. An der Straße zum Judo

entdeckt sie essbare Mehlbeeren an den Sträuchern. Die Professoren kümmern sich rührend. Im Seminarraum warten die Studenten auf ihren Griechischlehrer. Klip, Klap, eilt er rein. Aus seiner Hosentasche zieht er eine klappernde Vitaminpillendose. Nachdem sie wieder bei ihm angelangt ist, ruft er die Deklination von Uranos und Thanatos ab. Sie diskutieren über Widerstand oder Zusammenarbeit mit dem Staat. Was bedeutet in meiner Situation die Nachfolge Christi? Dietrich Bonhoeffer wird ihnen eine Hilfe zur eigenen Orientierung.
Hinterm Bahnhof in Greifswald erstreckt sich die Wiese, eine grüne Barackenlandschaft, in der neben einer Ratte Suleika, Deutsch-Russisch-Studenten und anderen, jetzt auch Theologen leben. In ihrem Studentenwohnheim sind sie zu viert, Julia aus Dresden, Wenke aus dem Bitterfelder Raum, Sara aus Rostock. Links neben dem Fenster steht ein Doppelstockbett und neben dem Schrank das andere. Um dreizehn Uhr kommen Julia und Udo aus der Mensa. Sie sehen nicht, dass sie zusammengerollt auf ihrem Bett liegt. Sie achten auf nichts, weil sie sofort in das obere Bett müssen. Der Barackenraum füllt sich mit heimlicher Schwüle. Julia umschlingt ihn mit ihrer Fülle. Untermalt von „Let it be" tönt Udos besiegtes Seufzen. Julias Hände entkleiden den Kommilitonen flink und behände. Nun versucht auch er, ihr im Gegenzug die Jeans auszuziehen, doch verheddert er sich am Reißverschluss, der sich, statt aufzugehen, in ihren Bauch klemmt. Von neuem angespornt, bemüht er sich, das Ziel zu erreichen. Vergeblich. Dabei ist höchste Zeit. Schon ist Eile geboten. Anna schließt die Augen, sie hört auf zu atmen, bangt mit, dass alles zum rechten Ziel kommt. Julia entzündet die Kerze auf der Kadarkaflasche. Frieden. - Im unteren

Doppelstockbett liegt Anna reglos. Endlich tritt Stille ein.
„Ja, in dem 'Ekel' empfindet er Abscheu vor der Absurdität des Daseins. Doch denk an Simone de Beauvoir!" - Sie diskutieren über Sartre. Die beiden Militärmediziner mit echt aussehenden Uniformen klappern auf Fahrrädern wieder zu ihrer Vorlesung zurück. Unwillkürlich fällt ihr der Nachbarjunge ein. Sie schließt die Augen und will träumen. Ist die Liebe nicht etwas Wunderbares? Sie verwandelt den düsteren Barackenraum. Sie lässt sie verwegene dunkle Augen aufblitzen sehen. Wieder weckt sie ein Geräusch von nebenan. Ob er wohl ein Mädchen küsst, ob er auch solche furchtbaren Geräusche dabei verursacht? Mit einem Ruck steht sie auf.
Die Prüfung naht, Anna schlägt Bultmann auf. - „Stör mich jetzt bitte auf keinen Fall!" In der aufkommenden Ruhe hat Julia, die sich als Nachtmensch bezeichnet, gerade begonnen, ihre Patience zu legen. Sie holt eine Zigarre aus ihrer Westjeans und bläst Wolken in die Luft. Anna weiss, Julia wird gleich von ihrem finnischen Professor erzählen, mit dem sie sich auf Rügen trifft. Eines Tages saß sie weinend auf der Bettkante. Zwar würde sich ihr Missgeschick in der Negativen Dialektik von Adorno ins Gegenteil kehren, wie sie sagte, aber schließlich traten doch die Fakten zutage. Der Professor ist einfach jemand, dem sie Bericht erstattet. Drei Kommilitonen hören zu, einer in ähnlicher Lage sagt weiter, was sie gesagt hat. Früh um sechs, der Nordhäuser steht noch vom Abend, wird sie von zwei Männern aus dem Wohnheim geholt. Die das gesehen haben, schweigen. Adorno schweigt. Udo liegt jetzt bei Sara, die ihr Bett oben neben dem Fenster hat. Manchmal schreien die Fußbodenbretter ‚Wo ist Julia?' Niemand antwortet. - Udo schafft es nicht mehr, die Kerze

auf der Weinflasche zu löschen. Nachher schauen die beiden mit zersausten Haaren aus den Kissen, liegen und rauchen eine Cabinet, die sie bis auf den letzten Stummel miteinander teilen. - „Den Marokkaner in der 'Pest' meinst du?" Sie sprechen über Albert Camus.

„Komm," flüstert Robert über ihrem Bett. Er beugt sich über sie, dass sich ihr Atem vermischt. In seinen dunklen Augen liegt Zärtlichkeit. Sie spürt sein Drängen, heißer Wind berührt sie. Der Kommilitonin Anna scheint egal zu sein, was um sie geschieht, sie gilt als tolerant. In Wirklichkeit verfolgen sie Tagträume. - „Du mit deinem Robert", meint die Deutsch-Russin Nadja, die sie durchschaut. „Du weißt Nitschewo von ihm. Liebst du einen Traum?"

Nach drei Jahren Schlafentzug wechselt sie zur Friedrich-Schiller-Universität nach Jena, wo sie bei Professor Hertzsch erzählend predigen lernt. Sie liebt diese Stadt, in der die Vergangenheit von Hölderlin, Schiller und Claudius wohnt. Der Hunger, ein treuer Schatten, begleitet sie vom Jenzig an die Krankenbetten nach Weimar. Mit dem Rücken an Goethes Gartenhaus als Lehne, webt sie aus den Gesprächsfetzen eine Diplomarbeit. Sonntags geht er mit in die Dornburger Schlösser und auf den Fuchsberg, wo sie die Aussicht genießen kann, dass sie es gerade noch in die Mensa schafft. Kommilitonen drücken ihr im Vorübergehen ihren benutzten Teller in die Hand, den sie der Küchenfee vorhält. Die Küchenfee merkt sich nicht alle Gesichter. Mit gleichmütiger Miene klatscht sie Soljanka auf den Teller. Anna hungert und hört „Yesterday". Mit Uta sitzt sie in der Ratszeise. Sie reden über die Mauer und die Freiheit, nach der sie sich sehnen.

- „Der richtige Sozialismus, wie Robert Havemann ihn fordert“, bläst Uta zwei blaue Ringe ihrer „Karo“ in die Luft, „erlaubt sehr wohl Pressefreiheit für Andersdenkende!“ - Als sie „Erbsenbeilage mit zwei Gabeln“ für dreißig Pfennig, bestellen, sagt Uta beiläufig zu ihr: „Weißt du, dass du so dünn wie eine Feder geworden bist?“ - „Was hast du gesagt?“ Sie schnellt hoch.

„Warum hast du dich nie gemeldet, Anna?“ flüstert er. Er wird vor ihr an der Haustür stehen und in Verlegenheit geraten. Deutlich zeichnen sich seine kantigen Gesichtszüge ab. Sie zuckt zusammen. Die dunklen Haare, nein, das ist der Rauch, der durch die Ratszeise zieht. Das Gesicht löst sich auf. - „Was hast du eben gesagt?“ Für diesen Moment an der Tür hungert sie. Ich kann jetzt nicht schlafen. - Vorm Pulverturm wieder auf der nassen Straße. Die Welt ist bunt und verregnet. Sie entschließen sich, nach Naumburg zu trampen, von da aus über die Thüringer Berge zu dem Dichter vom Brief mit blauem Siegel nach Greiz. Bei der Rückkehr bekommen sie Frühstück im Priesterseminar in Erfurt, wo sie immer willkommen sind. Manchmal gehen sie nur ins Paradiescafé.

3

Der Frühling bricht aus: Sonnenstrahlen locken. Als der rote Klinikbus vorfährt, sagt Anna leise: „Ich fahre nicht mit.“ - Der Pfleger achtet nicht auf sie: „Einsteigen. Nicht während der Fahrt einpullern. Keine Vi-se-ma-tenten!“ Jetzt begreift er und kommt in weißer Kampfausrüstung beängstigend näher. - „Neii...in!“ ruft sie.

„Vater ist so krank. Wenn du kannst, komm!" In Strömen goss es. Den Brief fand sie durchweicht im Kasten, durchquerte die Plattenbautensiedlung von Lobeda, stellte sich an die Abfahrt Jena Eisenberg und wartete darauf, dass sie jemand mitnahm. Sie hob die Hand. Mit lautem Getöse kam ein roter LKW ruck-di-ruck zum Stehen. „Yesterday", schallte die Melodie aus dem Fahrerhaus. Der Fahrer trug eine dicke Hornbrille. So jung, so hässlich. „All my troubles seemed...", ihre Melodie! Anna konnte nicht anders, sie bekam Mitleid mit hässlichen Männern. Auch war er nicht mal imstande zu sprechen. Nach drei Kilometern bog er auf einen Seitenweg ab. Das war nicht die Strecke nach Berlin! Nach einigem Probieren gelang es ihr, die Tür aufzureißen. - Als er sieht, dass es ihr ernst ist, stoppt er, setzt die Brille ab, kommt herum. Sie will nicht abwarten, was weiter passiert und springt durch seine Arme durch. Sie rennt zwischen den dürren Bäumen durch den Wald, hört die Stimme von Elvis hinter sich und seine keuchenden Schritte. Endlich, er kann nicht mehr. Er bleibt zurück und sucht wohl seinen LKW. Da, wütend donnert er an ihr vorüber.
Mit eingefallenen Backen sitzt der Vater am Küchentisch und raucht heimlich seine Juwel. Er schwärmt von Berlin-Buch: „Wir bekamen Wahlessen!" Wozu nur, er bekommt keinen Bissen runter. Er flüstert ihr was ins Ohr und steckt ihr zehn Mark zu, als die Mutter aufs Außenklo muss. Von den zehn Mark will sie ihm in der Kneipe eine Flasche Rumverschnitt kaufen und in seine Kaffeetasse mischen, ehe die Mutter reinkommt. Wenn mir Robert begegnet, dachte sie erschrocken. Was dann? Ihr wird schlecht. Was mach ich, wenn er seine Haustür öffnet und mich sieht? Oh, Schreck! Sie benutzt die hintere Gartenpforte, um den Rum zu holen. Sie lässt sich

nicht vorm Haus blicken. Heimlich blickt sie durch die Küchengardine zu seinem vornehmen, verschlossenen Haus hinüber.
Erst als sie am letzten Tag unter den Bäumen Wäsche aufhängt, sieht sie ihn. Er raucht und läuft zwischen den Beeten auf und ab. Blitzschnell klettert sie auf den Baum, um ihn heimlich zu beobachten. Er horcht in ihre Richtung, als hätte er etwas bemerkt. Seine Augen blitzen auf. Nein, er ist mit sich beschäftigt. Jetzt lächelt er und scheint sich über etwas zu freuen. Deutlich kann sie seine Gesichtszüge erkennen. Plötzlich bildet sich eine Falte zwischen den Brauen und verrät, dass er ein Problem hat. Was bedrückt ihn nur? Ihr Atem stockt, ihn so nahe zu sehen. Er sieht schmaler aus, als sie ihn in Erinnerung hat, und trägt Jeans und eine schwarze Lederjacke, wie man sie nur im Westen bekommt. Am liebsten hätte sie ihn gerufen, wagt es nicht. Als er im Haus verschwindet, greift sie hinter sich in die Astgabel und bekommt ein beinahe zerbröseltes Stückchen Papier zu fassen. Ihre Lippen zittern, in der Kehle würgt etwas. Der Zettel wird schweißfeucht. Verstört legt sie den Fetzen in die Vertiefung zurück. Lautlos gleitet sie herunter.
Noch immer roch es in der Küche nach Kindheit. - „Lange hatten die Staatsorgane dem Masch nachgestellt..." - Nein, es war nicht so, dass sie sich bei den Plakataktionen und dem Fasten für den Frieden beobachtet gefühlt hätte. Auch nicht, dass Julia die anderen ausgefragt hatte, sie hat selbst mitgemacht. - „Es kam zum Prozess. Zeugen traten auf. Für jede seiner Taten riss man ihm einen Finger aus. Und als die Finger nicht ausreichten..." - Gerade sie, die über die Rüstzeiten wusste. Nach dem neuen Paragraphen hatte man eine Handhabe. - „So bleib doch. So hör doch zu." - Anna hatte die Jacke in der

Hand. Ihr war eingefallen, dass man jemand warnen musste. Ein Vorwand, das Haus zu verlassen. Die Mutter humpelte mit hinaus. - „Hast du was von Robert gehört?" Die Frage sollte beiläufig klingen. Die Mutter antwortete nicht. „Was macht Robert, Mutter?" - „Er, ...er soll eine aus Westberlin haben.", versetzte die Mutter zögernd. - „ So?" - Die Hecke verdeckte, wie Anna im Gesicht zuckte. Sie deckte mit ihrem Grün zu, wie sie abrupt ihre Hand am Straßenrand hochriss. Brummend hielt ein Barkas vor ihr. Sie trampte mit ihm durch bis Stralsund, um mit dem Dampfer auf die Insel zu gelangen.

Ein wunderbarer, ein heißer Tag. Sie ist wieder in der Klinik. Die Augen schließen, die Tablette wirkt, nichts denken, nichts tun. Die Pfleger haben gute Laune. Sie lachen und winken sich zu.

Im Schutz der Mauer liegen einige Freunde am Feuer. - „Havemann soll auf Vitte sein." - „Wer hat das eben gesagt?"- Niemand antwortet dem Frager, einem etwa vierzigjährigen Mann, der sich wie zufällig zu ihnen gesellt hat. Sie drehen „Yellow submarin" lauter auf. Sie werfen Zweige in die Flammen. Als keine Zweige mehr da sind, reißen sie Seiten aus ihren Büchern. Aber das Feuer ist am Erlöschen, es dämmert. Die Gesichter sind nicht mehr zu unterscheiden. Ab drei patrouillieren Soldaten mit Hunden auf der Insel. Um Mitternacht wird es Zeit, zur Nordspitze hochzuklettern, die der einsamste Ort im Land ist. Sie strecken sich auf die mit Moos und Algen verwachsenen Felsen nieder. Zum Greifen nah schimmert die Weiße Küste Malmö. – ‚Eine aus Westberlin

Augen wieder auf. Um sie nicht mehr zu sehen, springt sie über den Zaun, sucht irrend den Weg zur Donaubrücke. Die einzige Chance, aus der letzten Gegend der Welt augenblicklich wegzukommen.

Die Sonne brennt sengend. Wenn ich doch Brot hätte oder Äpfel. Annas Magen singt sein ewiges Klagelied. Er lamentiert und diskutiert. Er nagt und zerrt, so dass sie die Leute beinahe überhört hätte. Sie lachen, winken. - „Idi sjuda!" Sie soll in ihren klapprigen Renault steigen. Weiße Stadt. Knorrige Olivenbäume im Innenhof, darum herum ein hoher Lattenzaun, ihr Haus in Bucuresti. Dobra Poschalowatj! Herzlich willkommen, mein Haus ist dein Haus. Sie zerlegen ein Schaf mit dem Hackbeil in drei Stücke und rösten es. Am Morgen kommt eine von den Gojim ins Haus und zündet das Herdfeuer an. Weil Sabbat ist, rühren sie heute kein Feuer und keine Arbeit an und laufen mit ihr in eine schattige Synagoge, wo Anna für eine Jüdin angesehen wird. Sie umarmen sie, als wäre sie eine von ihnen, sie schauen ihr tastend ins Gesicht. Von oben überblicken sie, wie etwas herein getragen wird. Sie dürfen nicht nach unten, wo Männer mit Schläfenlocken sich hin und her wiegen.

Schalom, schalom, bricht sie zu spät auf. Die Sterne leuchten unglaublich. Gott scheint nahe, in einem wiegenden Maisfeld. Sie blickt lange in das Samt der Sterne. ‚Was erwartest du von mir, Gott? Was hast du nur mit mir vor, wenn ich ab September auf meiner Dorfpfarrstelle sitze?' Kienwalde, wo mag dieses Kienwalde liegen? Irgendwo ist ein Rauschen. Sie schläft tief. „Heute nicht von ihm geträumt," schreibt sie in ihr zerfleddertes Tagebuch.

„Ihr Klinikaufenthalt ist nicht von Dauer." - Was ist das hier schon? Ein behelfsmäßiges Bett, für ein paar Nächte aufgeschlagen. Allein unter einem weiten Nachthimmel.

Einsame Küste mit schreienden Vögeln. Struppige Büsche, nur Sand weithin. Der Pfad führt durch dichtes Kraut und stellenweise so nahe am Klippenrand vorbei, dass Anna Mühe hat, nicht das Gleichgewicht zu verlieren. Keiner soll mich finden. Die wüste Gegend bei Galati erscheint ihr ein sicherer Aufenthaltsort als ihre Stube bei Mutter Bertha. Hier verlangt niemand von ihr, dass sie unters Bett schaut und keiner, dass sie an den Türschlössern rüttelt. Die Einsamkeit lockt. Sehr weit hat sie sich von der Angst entfernt. Zwei Käfer sonnen sich im trägen Sand. Die Stirn zum Himmel, legt sie sich neben sie und beschliesst, so lange wie möglich ihre Gesellschaft zu genießen. - Als die Dunkelheit schnell und unerwartet einbricht, streckt sie sich auf der Erde aus, wickelt sich in ihre Decke wie eine Raupe. Ihre Hüftknochen wollen sich mit der harten Erde nicht vertragen. Die Nacht ist pechschwarz. Nur das Tosen der Wellen. - Sie versucht, sich an den Ozean und an die Nacht anzupassen. Teil davon werden, zur Ruhe zu kommen. So gegen drei in der Nacht wird sie davon wach, dass ihr jemand ins Gesicht starrt. Der Mond starrt wie ein Hallodri, starrt gnadenlos auf sie herunter. Ringsumher ist alles so sonderbar still. Auch das Meer hat zu tosen aufgehört. Am fünften Morgen wacht sie mit Kopfschmerzen auf. Glühend geht die Sonne überm Meer auf. In der Frühe kündet sich wieder ein brennend heißer Tag an. Umständlich wickelt sie sich aus dem Schlafsack. Sie greift die Zahnbürste, um ans Meer zu trotten. Als sie sich bückt, erscheinen rote Kreise. Die

Sonne ist eine gleißende Scheibe. Die Scheibe verfolgt sie, dröhnt auf sie herab. - Über dem Meer tanzt die Luft. Roberts dunkles Gesicht glüht vor ihr auf. ‚Anna!' Dumpf und gepresst klingt seine Stimme. Als sie das deutliche Aufblitzen seiner Augen in der wabernden Luft sieht, streckt sie die Hand nach ihm aus. Greift ins Leere. Taumelnd kehrt sie in die wüste Wirklichkeit zurück. In den Schläfen pocht es. Die Sonne ist ohne Gnade. Sie schafft es gerade noch zur Straße. Ein LKW liest sie auf. Endlich, ein kleines rumänisches Dorf, den aufragenden Ziehbrunnen sieht man von weitem. Der LKW-Fahrer hält abrupt und winkt den wartenden Frauen, die Tramperin vorzulassen. Den Eimer hinaufziehen. Es braucht seine Zeit, bis die Winde hochgedreht, der Holzeimer erscheint und sie mit der Hand schöpfen kann. Trinken und weiter nach Süden an Sonnenblumen, Maisfeldern und Brunnen entlang bis nach Plowdiw, das Ende der östlichen Welt.
Obwohl sie ihm durch Gesten erklärt, dass sie so etwas wie eine Gottesdienerin ist, will der Fahrer seine sonnengegerbten Finger auf ihre Brüste heften. Weil er ihr die Gottesdienerin nicht abnimmt, zeigt sie den schwarzen Judogurt. Jetzt bleibt nichts übrig, als Trick Nummer 3, den für Notfälle, anzuwenden. In vollkommener Unschuld fragt sie mit Hilfe eines Wörterbuchs nach einer Klinik zur Behandlung von Syphilis. Sehr höflich bedeutet er ihr sofort, auszusteigen. O nein, man hat nichts dagegen einzuwenden, sie wieder loszuwerden. Bis sie all diese Dinge drauf hat und gelernt hat, aus fast noch fahrenden Autos zu springen, ist sie in Griechenland. Jedenfalls beinahe und kauft in Burgas das weinrote Minikleid. Blitzend in der Sonne fahren die Wagen. - Hinter Achtopol ahnt sie die Freiheit. Du hast es mit deinen Augen

gesehen, aber du sollst nicht hinübergehen, sagt die Bibel. Der Hinderungsgrund ist denkbar einfach: Die bulgarischen Grenzsoldaten tragen MPs über der Schulter.
Als der Vollmond rund und schwer anzeigt, dass der August enden will, diese ganze heiße Straße zurück bis in ihr Zimmer in Jena, gerade rechtzeitig für das Telegramm: Der Vater ist gestorben.

Aber irgendwann muss sie Robert beim Trampen wieder getroffen haben. Da soll sie auf dem Weg nach Kienwalde gewesen sein. War das so?
Einen Blitz kann niemand beschreiben. Manchmal lehnte sie mit der Stirn an der Fensterscheibe und sah auf die Kienwalder Dorfstraße hinaus, die starr und stumm in ihrem Schlamm vor ihr lag. Sie dachte darüber nach, wie das gekommen ist, dass sie jetzt in Kienwalde und sogar Pastorin geworden ist.

4

Ihre Nachbarin hat ihr Haarnadeln mitgebracht und ans Kopfende gelegt. - „Wie war das mit dieser Sonja?" - „Nehmen Sie die Haarnadeln weg, Dr. Sorge. Ich kann sie nicht sehen."

- 8. Oktober 1979: In meinem Traum hat Robert nach mir verlangt. Er sog mich auf, als wollte er in mir ertrinken. Er berührte meine Stirn. Als ich wach wurde, stellte ich fest, dass ich allein lag. - Ich hörte Robert in der Küche hantieren. Er ging auf den Hof und begann, laut Holz zu sägen.
- 9. Oktober 1979: Sie hauste allein am Wäldchen. Abends leuchtete ihr Stubenlicht bis ins Dorf, dadurch wusste jeder,

dass Martha Borgmann noch lebte. Seit drei Abenden blieb ihr Gehöft im Dunkel. Heute hat der Briefträger sie gefunden. Ihr Nachthemd hatte sie noch ausgewaschen und auf die Leine hinters Haus gehängt.
- 12. Oktober: Unter der Ulme. Kein Geräusch. Eingehüllt in lautlos fallende Blätter. Schweben und Fallen. In der Luft liegt Geruch von Kartoffelfeuern. - In der Tagesschau kam: Zwei Familien sind mit dem Ballon über die Grenze geflogen. In Naila Oberfranken. Freiheit!
- 13. Oktober: Schritte schlurften. Ich hielt den Atem an. Mit zerzaustem Haar setzte sich Robert im Bett auf und lauschte. Auf nackten Füssen tasten wir mit der brennenden Kerze nach oben. Mir schlug das Herz bis ins den Hals. Nur Staub. Es riecht nach Mäusen. Wir tasten uns runter. Kaum liegen wir, hören wir es wieder. - Mittags kam die Postfrau, übergab mir mit spitzen Fingern ein kleines Paket. Ich brachte es in die Küche und schnitt die Schnüre auf. Martha Borgmann, die als Urne zu mir kam! Ich trug sie zum Friedhof. Wo ich sie doch gut gekannt habe! Seltsam, sie jetzt in meiner Hand, so federleicht! Was ist der Mensch? Kaum zu sehen, unverschämt klein steht das Kästchen auf dem rissigen Fußboden in der Totenhalle. - Bei strömendem Regen trugen wir sie zu Grabe. Der Aberglaube scheint den Umgang mit Urnen noch nicht intus zu haben. In ihrer Verunsicherung schafften es die Träger nicht, die Böcke rechtzeitig umzustoßen. Entsetzen lag in der Luft. Eine ungeheure Spannung. - „Befiehl du deine Wege!" wollte ich einsetzen. Als in diesem Moment die Trauergemeinde den Atem anhielt, sah mich eine Frau seltsam starr an. Anna Klüwe, die neulich das blutige Fleisch gebracht hat. - „Wenn dein Baby nicht kommen will, musst du Glühwein trinken", sagte sie leise, als die Träger

die Erde reinpolterten und die Leute sich verliefen. „Deine Mutter, ich meine jetzt deine richtige Mutter, hieß Judith", flüsterte sie. Sie hatte einen irren Blick drauf, die alte Frau. „Sie war schön. Sie hatte deine schwarzen lockigen Haare. Ihnen gehörte die Bäckerei. Weißt du, wo heute..." Neugierig trat ihre Schwiegertochter hinzu. Mitten im Wort hörte sie auf zu sprechen.

- 15. Oktober: Als Klüwe über die Brücke zuckelte, sah er wohl ein grünes Kopftuch im Graben. Ohne sich Gedanken zu machen, fuhr er zum Mittagessen. Bei seiner Rückkehr trieb sie oben. Wie ist es möglich, dass Anna Klüwe in einem Wasser, einsfünfzig hoch, ertrinken konnte? - Unter ihrem Bett finden Klüwes einen alten Speekarton mit Geldscheinen. Zwischen zwei Mausefallen liegt eine Keksdose mit Münzen, unter der ein Zettel klemmt: „Ich geh ins Wasser!" Klüwes wundern sich, wie sie ins Wasser gehen konnte, weit und breit kein Gewässer, nur der seichte Graben! - „Was meinte sie nur mit „Judith?" frage ich im Trauergespräch beiläufig. Ich habe das Gefühl, ich bin einem Geheimnis auf der Spur! Vorläufig soll Robert nichts davon erfahren. Ein bisschen kriege ich raus. In dem heutigen Kleinertschen Haus war einmal eine Bäckerei. Dort hat diese Judith gewohnt, die die irre Frau meine Mutter genannt hat. Ich hab es immer gewusst, dass mit dem alten Backhaus etwas nicht stimmt. Man erzählt, dass sie sich eine Zeitlang versteckt hielt. Man munkelt, hier im Pfarrhaus. Niemand weiß, was aus ihr geworden ist. - „Was soll ich damit zu tun haben, Frau Klüwe?" - „Sie haben sie an diese Judith erinnert, das hat sie gesagt." - Im Vorbeigehen betrachte ich mich im Küchenspiegel. Ich habe dunkle Augen und braune Haare.

- 20. November: Der eintönige Winter kommt mit unendlich langen Abenden. Ich schütte Waschwasser vor die Tür und lausche in das Dunkel.

Wenn sie ein Netz hätte, die Worte einzufangen. Die Vergangenheit wirbelt in ihrem Kopf umher.

Die Glocken läuten. Christus will zur Welt kommen. Die Nacht ist still und kalt. Mit der Krippe unter dem Arm geht sie mit Robert nach Sitwalde, um zu verkünden, dass Christus geboren ist, dass er gekommen ist, um alle zu retten. Auf dem dunklen Weg voller Furchen und Pfützen stolpern sie und kommen nur schwer voran. Durch das Gezuckel scheint das Kind in ihr tiefer zu rücken. Endlich! Hell leuchtet ihnen die Kirche entgegen. Sie haben für sie brennende Kerzen in die Kirchenfenster gestellt! - „Da machte sich auf auch Joseph mit seinem Weib Maria, die war schwanger", las sie aus Lukas. „Es begab sich aber zu der Zeit..." Auf dem Rückweg beginnt es zu schneien und es schneit und schneit. - Vorm Fenster wirbelt Schneesturm. Unruhig presst Anna das Gesicht an die zugefrorene Scheibe. Das Haus und die Dorfstraße liegen unter dem Schnee begraben. Man sieht und hört keinen Menschen. Am 3. Januar kommt sie ins Krankenhaus. Ist der Geburtstermin überschritten? Alles ist unklar. Mit Traktoren und Baggern bringen sie Schwangere aus entlegenen Gegenden durch die Schneemassen. Als das Baby trotz heißer Duschen nicht kommen will, droht ihr die Sankamethode, was heisst, mit dem Krankenwagen über Kopfsteinpflaster durch die Stadt zu fahren. - Sie verschwindet in der Mittagspause. Vielmehr steht sie nach ihrer Flucht ziemlich hilflos da, bis sie von einem Otternfänger aus ihrer Gegend im Auto mitgenommen wird.

Robert staunt, als sie ohne Baby zu Haus ankommt. Sie meint Anna Klüwes blasses Gesicht zu sehen: „Hilft nur Rotwein, Anna!" Sie wirft Zweige in den Kohleherd, sieht, wie sie in der Glut prasseln. Sie wartet. Ungeduldig sehnt sich ihr Körper nach ihm. Endlich hört sie, wie der Schlüssel sich im Schloss dreht. Lachend steht er vor ihr, öffnet die Flasche. - „Also bitte!" hält er ihr ein Glas hin. Wie er so vor ihr steht, fährt ein Strom durch ihren Körper. Ein Glas Rotwein nur, Robert. Seine Hände lösen ihre Zöpfe, sie spielen mit ihrem Haar. Sie lieben sich im Finstern. Roberts Arme um sich, die sie umschlingen, sein Haar an ihrem Hals, schläft sie ein. Wie Wellen spürt sie die Wehen heranrollen. Das Laken wird nass. Fruchtwasser. Nicht wieder weg von hier! Irgendwann rollt ihr Mann auf seine Seite und schläft. Sie unterdrückt die Schmerzen und lauscht, bis die Dorfhähne krähen. Der Morgen bricht an. - Robert wacht auf. „Was hast du?" - „Wehen." Anna stöhnt leise. „Ich will nicht ins Krankenhaus, Robert." - „Es wird nicht anders gehen." - Sie beisst in das Laken, die Wehen werden unerträglich. In der Morgenkühle warten sie, bis sie den Nachbarn auf dem Klo husten hören, der sie fährt.

Die Hebamme bekommt nach und nach mit, dass das Baby die Nacht über trocken lag. - „Legen Sie sich hin!" Sie sieht mit bösen Augen auf sie. - „Sie ist eine Alptraum", wie ihre russische Nachfolgerin sagte. Nur die Bettkante! Wenn eine Wehe beginnt, umklammert sie mit aller Kraft die Bettkante. Mit einem gellenden Schrei wird Emma geboren. Robert kommt. Stolz steht ihm in den Augen. Verwundert schaut Anna auf die Blutspritzer, die dort, wo die Kante sich eingegraben hat, aus ihrer Hand quellen.

- 10. Januar: Durch Wälle von Schnee fahren wir nach Haus. Robert hat ein Auto organisiert. Schön, ein Baby im Haus zu haben. Die Schmerzen sind vergessen. Der Himmel will, dass es eine Welt und Kinder drin gibt. Alles wirkt wärmer, man kommt lieber in das Haus.
- 1. März: Emma trinkt, schläft und lacht. Der Frühling naht mit eiligen Schritten. Auf den Schneewehen glitzert und gleißt die Sonne. Schneeschmelze. Man befürchtet, dass der Deich bricht und die Gegend überfluten wird.

Viel zu schnell hat er die Blätter aus der Hand gegeben. Fahrenkamp erinnerte sich schemenhaft daran, dass sie Angst vor etwas hatte.

Von Haus zu Haus geht Hackbart, um Anweisungen für die Evakuierung zu geben. Nachdem er hier und da einen Klaren genommen hat, sieht es so aus: Wenn die Sirene dreimal geht, ist der Fluss übergetreten. Dann wird es ca. drei Stunden dauern, bis er Kienwalde erreicht. Man hört ihn heranrauschen, das sagen die, die 1947 erlebten, wie die Russen das Eis sprengten. Mit Kähnen kamen Diebe zu den einsamen Abbauten und stahlen, wo sie konnten. Als ich meine Werke sah, da war es Haschen nach Wind. Mich verdross alles, um das ich mich gemüht hatte, weil ich es einem anderen lassen muss, der nach mir kommt. Die nach ihnen kamen, quartierten sich in den verlassenen Häusern ein, manche sitzen da noch heute! Überall reden die Leute über den Tag X und die Evakuierung.

Auf dem Deich haben sie eine Wache aufgestellt. Fenskes Ulf ist auch eingeteilt, erzählt seine Mutter stolz im Konsum: „Frau Pastorin, mein Sohn ist auch dabei." - Als sie den Ulf Fenske am Morgen ablösen kommen, finden sie ihn schlafend auf dem Deich. Die Flasche Kognak neben sich leer. Wenn der Deich gebrochen wäre! Morgen sollte die Versammlung sein, im Schaukasten steht's. - Ulf kam nach Haus, um seiner Mutter zu berichten: „Morgen soll die Versammlung sein." - Jemand reicht ihm, einfach so, die alte Wäschekordel übern Tisch. Sie essen Abendbrot in der Stube, wundern sich, dass er nicht wiederkommt. Ein Vorbeifahrender sieht Ulf über der tiefen Fuchskuhle hängen.

Gegen Abend langt Anna an ihrem einsamen Gehöft an. „Sie sind es Frau Pastorin?" Frau Fenske streckt ihr die Hand entgegen und zieht sie herein. Auf ihre Wimpern treten Tränen. Ihr Trost besteht aus einer merkwürdigen Begebenheit: „In der derselben Nacht hat er noch zweimal ans Fenster geklopft." - „Wie das?" - „Zweimal kurz. So machte er es immer, also wenn er von Güstrow aus der Disko kam. Mein Junge wollte mir ein Zeichen geben. Frau Pastorin. Er ist nicht tot. Es geht ihm gut, wo er jetzt ist." Mit großen traurigen Augen sieht sie sie an. - Anna wundert sich über den Vater, der nüchtern ist: „Jetzt tu ich mich total ändern. Nachdem das passiert ist." - Er schafft es nicht. Über Ulfs offenem Grab schwebt eine Wolke von Kognak.

- 18. März: Ein eiskalter Wind weht. Schneevermengter Regen fällt. Wir haben kein Futter für die Schafe mehr. Nur drei Minuten Angst!

- 20. März: Noch sind die Felder mit Schnee bedeckt, der Matsch gluckst unter den Schritten. Aber die Gefahr ist gebannt. Die Elbe wird nicht überfluten. Die Luft riecht nach Erde. Alles ist klar und durchsichtig. Ich sehne den Frühling herbei. In Schwerin habe ich mir ein dunkelgrünes enges Kleid gekauft. Ich möchte, dass Robert mich anschaut! Ich gehe in dem Kleid an ihm vorbei. Meine Brust streift ihn fast. In mir ist eine wilde Musik. Er hört sie nicht. Er sieht nicht, dass das dunkelgrüne Kleid neu ist. - Er arbeitet immer so lange, länger als alle anderen hier. Wenn er kommt, ist er todmüde. Mit geschlossenen Augen streift er seine Schuhe von den Füssen.

„Kann es sein, dass die Täter bei ihr etwas gesucht haben?“ fragt Fahrenkamp. - „Ich wüsste nicht, was man in einem Krankenzimmer suchen oder vermuten könnte, außer Bettlaken, Nachtschränken und Infusionen,“ lacht Dr. Sorge nervös und zuckt mit den Schultern. „Sie entschuldigen mich!“

- 10. April: Für fünf Tage sind wir in H. mit Bischof F. Einige versuchen ihn zu provozieren, er bleibt ruhig und gelassen. Er stellt seine Fragen, er gibt seiner Sorge Ausdruck. Ich mag ihn. - Die Kollegen nehmen inzwischen Wehrdienstverweigerer in ihre sonntägliche Fürbitte auf! Ich halte einen Vortrag über Jochen Klepper. In den Vortragspausen wandere ich mit Diethild und Thorgard durch Kieferngestrüpp. ‚Bruder Thorgard, wo Sie doch Pfarrer einer großen Gemeinde sind! Bitte unterlassen Sie künftig, Ihren Arm um mich zu legen.‘ Stattdessen gehe ich ihm schüchtern aus dem Weg, so dass er kühner wird. Beim Abendbrot setzt er sich eng neben mich. Er hat einen runden Buckel und eine furchtbar lange Nase. Er ist so hässlich, dass er schon wieder schön ist. Seine Hässlichkeit macht es schwierig.

- 14. April: Heute kam ich nach Haus. Inzwischen ist der Mandelstrauch aufgeblüht, unter ihm leuchten weiß die Narzissen. Die Luft ist weich nach dem Regen. Gras bricht aus der Erde. Der Garten duftet nach Blüten. Über allem geht der Mond auf. Emma schläft schon. Ich stehe lange vor ihrem Bett. - „Was sind das für Haarnadeln im Bad, Robert?" - „Sonja hat mir ein bisschen geholfen, wenn ich nicht klarkam." Ein Stich, ich ließ mir nichts anmerken.

Fahrenkamp fragt sich, woher ihre Angst kommt. Sie fühlt sich verfolgt. Von wem? Er versucht, Sonja Kleinert ausfindig zu machen. Sie scheint auf einer Dienstreise wegen der Agrarreform in Brüssel zu sein. - „Danach ist sie in der Normandie. Tut mir leid!" sagt ihre Sekretärin kurz angebunden.

5

- 10. Mai: Die Apfelbäume stehen in voller Blüte. Wir wollen Emma abhärten und waschen sie unter der Pumpe. Wir schütten das eisige Wasser über ihr Gesicht und ihre Brust. Nun schläft sie fest. Vielleicht ist es auch falsch, wir kennen uns mit Babys nicht aus. Abends auf der Bank. Weiße Blüten in Mondlicht eingetaucht. Knackt da etwas? Aslak hört nicht auf zu bellen.
- 11. Mai: Der Geruch von dieser Sonja klebt in der Küche. Er ist auf der Bank, wo sie gesessen hat. Ich schrubbe die Bankleisten mit Ata. Ich mache mich verrückt!
- 12. Mai: Mittags wurde ich wegen meiner Nachfrage zur Wehrdienstverweigerung zur Abteilung Inneres gebeten. Meine Stimmung ist so wie der graue Himmel. - „Also ich

könnt das nicht, Predigten schreiben und vortragen!" sagt ein dürrer Typ mit Brille und fragt beiläufig: „Mit wem bespricht man Predigten eigentlich vor?" Sie vermuten irgendwelche Zusammenkünfte. Wieso bin ich so wichtig für sie? - Als ich auf den Hof bog, stakten auf hochhackigen Schuhen Mütter-Beratungs-Frauen auf unserem matschigen Hof herum. „Wir wollen Ihr Wasser untersuchen. Ihre Tiere dürfen es nicht trinken." - „Und wir?" - „Sie sowieso nicht!" - „Woher kommt das?" - Sie zeigen vage auf die Schweineställe. Auf ihren spitzen Schuhen steigen sie in ihr Auto und lassen uns ratlos zurück. - Jeden Abend fährt Robert mit seinem alten Fahrrad, die Wasserkannen angehängt, drei Kilometer zu einer anderen Pumpe. Er ist losgefahren und nicht wiedergekommen! Ich sitze am dunklen Fenster und warte.

- 14. Mai: „Du warst noch klein. Deine Mutter hat dich auf ihre Weise sehr gern gehabt, Anna." - Ich denke, ich bin in einem Film, gleich geht das Licht an. Ich kann aufstehen. Der Film ist zu Ende. Sie sagt, es ist wirklich wahr und ich soll es glauben. Eine richtige Einladung hatte Mutter mir geschickt und den Tisch gedeckt, weil sie mir etwas sagen wollte. - Es kann nicht sein! „Du bist ihr ähnlich!" Sie bekam einen roten Flecken auf ihrer Backe. „Ich kann es nicht mehr für mich behalten." - „Wie, dann bist du nicht...?" - „Die Russen kamen hoch. Sie nahmen deine Mutter mit. Ein Missverständnis. Sie hatte die Angewohnheit, sich zu verstecken. Als der Krieg zu Ende war, versteckte sie sich immer noch. Jemand muss ihnen einen irreführenden Hinweis gegeben haben. Da oben sucht!" - Das konnte nicht stimmen. Die Wirklichkeit verschiebt sich. Das Zimmer mit den Kaffeetassen und der Kerze hebt sich aus den Angeln. - „Du ahnst ganz nach ihr." - Ich konnte sie

nicht ansehen. Andererseits wich auch sie meinem Blick aus. Beide gerieten wir ins Stottern und verabschiedeten uns mit Tränen in den Augen. „Wie hieß meine Mutter denn?" - „Judith!"
- 23. Mai: Irgendwie habe ich es geahnt. Ich erinnere mich, wie fremd ich mich in Niederdorf fühlte.
- 3. Juni: Jemand hat mich gerufen. Ich habe es deutlich gehört und gehe ums Haus. Da ist niemand. Auf einmal spüre ich einen kleinen Ruck, eine winzige Bewegung.
- 6. Juni: „Frau Pastor. Sie sehen irgendwie krank aus." Und das mitten im Konvent. Ich trete vor den großen Kuchenspiegel. Was sieht man? Braune Flecken breiten sich aus. Die Augen tief liegend. Erfahrene Frauen werden es zu deuten wissen.

„Guten Morgen, Frau Ulanow, wie fühlen wir uns heute?" Sie kann die Schwester nicht erkennen, will sich in die Dämmerung zurückziehen. Da ist sie sicher. Die Schwester drückt die Lauge aus dem Waschlappen und kommt beängstigend näher. - „Zeit zum Waschen!" - Sie rührt sich nicht. Schockiert, weil es nicht nach ihren Vorstellungen geht, kommt die Schwester mit dem Deo wieder, fängt an, sie einzunebeln. - „Ich kann nichts sehen!" schreit Anna.

Um elf stieg Robert auf den Dachboden und starrte in die flimmernde Ebene. - „Nichts, kann sie noch nicht sehen!" rief er nach unten. Während Anna also weiter die Winkel des alten Hauses putzte, dachte sie unentwegt an Mutter Bertha. ‚Was wirst du sagen, wenn du wieder Großmutter wirst? Für mich wirst du immer meine Mutter bleiben, hörst du!' So redete sie mit der unsichtbaren Mutter, während sie

Ulmenzweige auf die Tische stellte. Fertig bis auf einen großen Haufen ungeordneter Papiere, Kämme, Dosen und Kram. Weil sie nicht mehr konnte, kehrte sie den Haufen einfach hinter die Truhe. Die Stuben leuchten. Nicht mehr an Schränke und Schubladen rühren! Gleich will Besuch kommen!
Seit der Abholzung der Lindenallee konnten sie ungehindert weit sehen. Um eins stieg Robert noch mal in den Ausguck. Nichts, das Bruch lag reglos in der Hitze. Da wussten sie, dass sie noch Mittag essen und Emma ungestört panschen konnte, ihren Brei schleuderte sie neuerdings über den Tisch. Verschlafen scharrten die Hühner noch einmal in den Sandkuhlen. Am Nachmittag schaute der rote Hahn distinguiert zur Hausecke, weil das leise Mercedesbrummen sonst niemand hörte. Der Hahn, der die wichtigste Persönlichkeit auf dem Hof darstellte, über die Ignoranz nicht erbaut, zettelte einen Kampf mit ihnen an. Doch die in ihre Düfte gehüllten Frauen waren unangreifbar. So führte er seine Hennen gekränkt ins Kohlrabifeld, das Haus füllte sich mit riesigen Zahnpastatuben und Sprayflaschen. - Derweil gehen die Gäste auf dem Hof auf und ab. Sie bewundern die Brennesseln, die alternativen. Was hat sie geredet, Robert mäh sie ab! Robert grinst ihr zu. Sie sind aus der Stadt. Sie bewundern den schwarzen Kohleherd, die Vorstellfenster, die sich noch nach außen öffnen lassen. Die sieben Kachelöfen, wie schwer sind sie früh zu heizen. - „Ihre alte wunderschöne Truhe!" Von allen Seiten wollen sie sie betrachten und um die Truhe gehen. In dem Moment entdecken sie hinter der Truhe ihren Dreckhaufen! Sie mustern sie schweigend und schauen sich an. - Wieso ist er so zahm, fragt sich Robert, weil Johannsebastian sich an Frau Pohls Fuß reibt. Das scheint ihr zu gefallen. Frau Pohl soll auf dem Abbau

bei Fräulein Schley übernachten. Aber sie kann sich von ihnen und vor allem von Pfarrer Herzog nicht lösen, dem sie trotz der anwesenden Ehefrau Blicke zuwirft. - „Ich möchte nicht unhöflich sein, Frau Pohl. Das Fräulein Schley, wo Sie übernachten, geht früh zu Bett. Nämlich mit dem Dunkelwerden."
Am Morgen kam Frau Pohl hereingestürzt. - „Eine angebissene Maus auf der Toilette, hören Sie!" rief sie und wollte ein neues Quartier. Nie mehr dorthin! Auf ihrem Bett fand sie gestern Abend eine Taschenlampe mit Anweisung vor, diese zur Toilette zu benutzen. Wo ist die Toilette? Sie suchte in den Räumen, bis ihr schwante: Sie muss draußen sein. Um Mitternacht suchte sie den Weg durch die Büsche. Die Toilette, ein Holzhäuschen, tief im dunklen Ahorn, war selbstverständlich verschlossen. Sie musste den Schlüssel holen gehen. Als sie sich endlich niedersetzen wollte, wartete diese Maus auf sie. Angebissen. Das Haus lag in tiefem Schlaf, als sie zurück rannte. Niemand antwortete auf ihren Hilferuf. - „Aber Frau Pohl, lassen Sie sich erklären. Die Maus ist nur das Tagesgeschenk der fleißigen Katzen an ihre Herrin an einem Platz, wo sie sie sicher entdeckt." - Aber sie liess sich nichts erklären, und waschen konnte sie sich auch nicht richtig.

Der Besuch ist fort. Mit den jagenden Ahornblättern weggeweht. - Seufzend macht sich Anna daran, den Kirchraum für Sonntag zu richten. Überm Altar schwebt ein Spinnennetz. Emma liegt ruhig auf der Decke, vergewissert sie sich und steigt schwerfällig auf einen Stuhl! Als sie die Spinnenbehausung erreicht hat, muss Emma losgekrabbelt sein. Nur noch ein paar Blumen aus dem Garten, denkt Anna und ordnet das Altargesteck. Da sieht sie: Emma kniet vorm Katzennapf und schleckt laut schmatzend Johannsebastians alte stehen gebliebene Milch aus. Sein Grab ist einen Tag alt. Er ist der Tollwutepidemie zum Opfer gefallen. - Was war mit Emma? Wieso biss sie lachend in ihre Hand? Sie konnten sich auf ihr seltsames Verhalten keinen Reim mehr machen. Anna meinte Mutter Berthas Stimme zu hören, die warnte. Alte Geschichten kamen hoch. Sie fanden keine Ruhe, so dass Robert sich an dem stürmischen Novembertag mit ihr auf den weiten Weg nach Eberswalde machte.

„Woher kommt Ihr Name noch einmal?" wurde er dort gefragt. Der Spezialist zeigte mehr Interesse für ihren Namen als für die Tollwut von Emma. „Tatsächlich sibirisch?" nötigte er Robert, von seinem sibirischen Großvater zu erzählen. - „Er war Kulak und hatte 27 Pferde?" - „Er war Halbnomade." - Robert erzählte ihm, dass er vor der Revolution 1918 nach Deutschland floh. Sonst hätte man ihm die Kehle durchgeschnitten wie dem Bruder. Der Spezialist mit den lustigen Augen zuckte zusammen. Beiläufig erklärte er, dass Tollwuterreger durch die Magensäure abgetötet werden!

Nachdem Robert vom Hof gefahren war, ging Anna hinter ihren Garten, wo sie ein kleines Rübenfeld hatten. Unwetter schüttelte die Ulmenwipfel. - „Hallo, Sie!" hörte sie durch den Sturm und wurde an den Wahltag erinnert. „Bier, Schnaps, alles umsonst," rief Jandl ihr zu, der in seinen neuen Sachen die Dorfstraße herunter lief. Sie zog die letzten Rüben, als gegen vier die Wehen einsetzten. Den Weg ins Krankenhaus nahm sie wie durch Nebel wahr. - Zur Linken die durchdringenden Schreie einer Georgierin. Wehen packten sie mit voller Wucht. „Ich sterbe!" - „So schnell stirbt es sich nicht!" Es war diese Hebamme! - Sie biss in die Decke, um sich unsichtbar zu machen. In dem Geschrei der Georgierin zur Linken wurde Linde geboren. Augenblicklich legte sich der Sturm. Schnee fiel. Sie sah in die Flocken. - „Warum darf ich sie erst nach zwölf Stunden sehen?" - Die Frau hatte ein Taschentuch auf dem Gesicht, das von Tränen nass war. Sie fragte Anna, ob ihr Mann sie nun auch verlassen werde. Ihr russischer Offizier wolle sie verstoßen, weil sie ein Mädchen geboren hat. - Anna hörte ihr kaum zu. Immer wieder wanderten ihre Augen zum Ausgang. Sie atmete befreit auf, als Schritte näher kamen. Robert stand in der Tür, Emma auf seinem Arm. - „Diesmal hat sich Mutter Bertha geirrt!" rief er. „Ich musste einfach noch kommen und sehen, wie es dir geht! Darf ich die Kleine sehen?" - „Woher wusstest du, dass es ein Mädchen wird?"

6

- 1. Dezember: Der Kirchraum ist gewischt und gebohnert. Der Vorplatz zeigt freundliche Rillen von meiner Harke. Nun warte ich. Kein Mensch, keine Katze, einfach niemand kommt. Ich sehe immer wieder die Dorfstraße rauf. Umsonst, auch meine Predigt, die freilich bei den Vorarbeiten noch den geringsten Teil gebildet hat. - ‚Siehe, es kommt die Zeit, spricht der Herr, dass ich einen Hunger ins Land schicken werde, nicht einen Hunger nach Brot und einen Durst nach Wasser, sondern nach dem Wort des Herrn, es zu hören.' - Christus ist arm. Er hat keine Macht. Er klopft an die Türen. Wer hat den Mut, ihm zu öffnen?
- 24. Dezember: Fünfmal habe ich heute Weihnachten erlebt. Wegen der Kälte wurde der erste Gottesdienst schnurstracks von der Kirche in den gut geheizten Gemeinderaum gelegt.

Da stand ich nun mit meinen drei Schafwollpullovern unterm Talar und wischte den Schweiß von der Stirn. - Hinterm Tannenbaum rief Emma, als sie mich mit fremder, heiser gewordenen Stimme reden hörte: „Ist das wirklich Mama?“ - Die alte Frau Liesch lachte mit zahnlosem Mund. Mit ihren beiden Händen hielt sie sich rührend erschrocken den Mund zu. Der Segen, für heute Ruhe.

Sorgfältig beginnt Fahrenkamp das Gestrüpp um die Garage abzusuchen. Alte Flaschen, allerhand Unrat. Er ist beunruhigt, weil er so nicht weiterkommt. - „Die Dreckecke vom Pfarrhaus“, denkt er laut. Er tastet seine Warze und bleibt wie angewurzelt stehen. Auf der rückwärtigen Seite sind die Brennesseln runter getreten. Die Knickstellen verraten ihm einiges. Jedoch führt der Trampelpfad nicht zu dieser, sondern zur Nachbargarage. - Er setzt sich auf den Hauklotz und beginnt nachdenklich auf dem Daumennagel zu kauen. Einen Kaffee könnte man gebrauchen, woher nehmen weitab von der Zivilisation? Einer Eingebung folgend, entschließt er sich zu einer erneuten Inspizierung der Garage und entdeckt eine Verbindungstür. Durch die Tür hätte der Täter ungesehen von der Nachbargarage eindringen können. Wenn man einen Schlüssel hätte...

„Ich möchte mit Anna Ulanow sprechen“, unternimmt er telephonisch einen zweiten Anlauf bei Dr. Sorge. - „Sie ist... Ich weiß nicht, wie ich es Ihnen erklären kann. Sie können Sie noch nicht erreichen.“

- 26. Dezember: Ich wusste es. Hohes Fieber und Schmerzen. Ich dämmere den ganzen Tag vor mich hin, Klappern von Kohleeimern. Robert heizt. Er läuft mit Kohle und Aschekübeln

von einem Raum zum anderen. Geräusche, wieder Stille. Nur leises Klagen und Heulen.
- 27. Dezember: Der Wind tanzt im Ofen. Seit gestern wieder Glitzern, Eis an der Wand.
- 1. Januar: Die Pumpe ist eingefroren.
- 3. Januar: „Wenn wir drei Sack Weizen hätten, kämen wir durch", sagt Robert.
- 5. Januar: Die Stromdrähte sehen weiß geschwollen aus. Eine weiße Wüste dehnt sich um unser Dorf aus.
- 27. Februar: Die Erde ist dunkel und feucht. Sie bringen Dung auf die Felder.
1. März: Wir warten wie verrückt auf den Frühling. Die Schafe sind abgemagert. Kaum noch Futter im Stall. Wir wollen die alten Kontakte zu Gunnar aufnehmen, trotz allem.
- 5. März: Heute Morgen trafen wir uns mit Westpfarrern in einem Berliner Gemeindehaus. Ich erzählte von unserem Gemeindeleben. Immer in Hoffnung, warteten wir auf den zweiten Gottesdienstbesucher am Sonntagmorgen. Meinem Westkollegen stand der Schreck in die Augen geschrieben.
- 10. September: Gunnar Meier sitzt in unserer Wohnstube und zündet sich eine Juwel nach der anderen an. Er kommt jetzt fast jeden Tag und raucht die Stube voll. Ich habe ein ungutes Gefühl.

7

„Wie bist du hierher gekommen, Anne?" Anna stand am Mohrrübenfeld hinter Haus Morgenglanz.

„Ihren Stoppelschein!" Heftig verschluckte sich Emma, als das Auto mit der Genossenschaftsaufschrift vor ihnen auftauchte.

Sie wollten Mohrrüben stoppeln, der Stoppelschein fehlte. Der Vorsitzende musterte sie erstaunt. Nach einem Blick aus dunklen Augen auf die erstickende Emma und auf Linde im Wagen kam ein gutmütiges Knurren: „Weitermachen".
Feierlich läutete die Glocke durchs Dorf. Die Fliege in der Küche hörte auf zu brummen, nutzte die Gunst der Stunde und ließ sich gemächlich auf dem Braten nieder. Anna aber zwängte sich in die dunkle Jacke. Da sie ihre Idealfigur noch nicht wieder erreicht hat, versuchte sie, wenigstens einen Knopf zu schließen. Beim ruckartigen Öffnen der Tür riss er ab. An der Tür verlegen ein Mann und eine Frau, vor ihnen Anna, vornehm die Hände über der Brust gekreuzt. - „Entschuldigen Sie, Frau Pastor!" Frau und Herr Hackbart. Sie gehen ins Amtszimmer, in dem normalerweise ihre Spinnen hausen. Erschrocken setzen sie sich in Bewegung. Anna fragt. - „Arbeit war ihr ganzes Leben." Mehr ist ihnen nicht zu entlocken. Über die verstorbene Mutter möchte sie etwas erfahren. - „Wissen Sie..." beginnt der Mann. Die Frau sieht ihn an und räuspert sich. Doch der Schlag gegen das Schienbein hat das Ziel verfehlt und ihre ahnungslose Wade getroffen. Auf so schmerzhafte Weise lernt sie zu verstehen und bricht das Gespräch ab.
Der Abend kommt. Im Pfarrhaus ist es still. Aus der Ferne hört man das Dengeln einer Sense. Sie sitzt und brütet über der Predigt, wie Nachbars Glucke auf Kranicheiern. Die Zutaten fehlen. Wehe, wenn sie die falschen wählt. Unter ihren schwarzen Hüten würden sie sie erstaunt mustern, auf dem Heimweg, bevor sie in die Gehöfte biegen, noch lange zusammenstehen. - „Wissen Sie, nur ein Ratschlag, Ihr Vorgänger hat die Worte immer so gewählt. Nicht, dass wir Ihnen was wollen." - Es wird spät. Längst zirpen die Grillen

nicht mehr. Vor dem Fenster steht die Finsternis. Die Küchenfliege hat sich zur Ruhe begeben. Nur sie findet die Erlösung nicht.

„...nehmen wir Abschied von Aloise Hackbart, hundert Jahre alt.“ - Ihre Augen gingen in die Menge. Aus der ersten Reihe trafen sie dunkle Augen unter buschigen Brauen, die sie forschend betrachteten. Wo hab ich diese Augen, das Gesicht...? Ihr wurde heiß. Vor die Augen gerieten Mohrrüben. Natürlich, die buschigen Augenbrauen gehörten dem Vorsitzenden, der sie erwischte und verschonte! Vor ihren Augen begannen die Mohrrüben zu tanzen. Rot und erdverkrustet schwebten sie durch die dämmrige Kirche. Sie klammerte sich an das Wort, dass der Talar aus Menschen vollkommen andere Personen macht. Hatte der Talar aus ihr heute eine neue Person gemacht, sie war nicht wieder zu erkennen? Auf einmal, gerade als sie die Hände zum Segen hob, begann er unverhohlen zu grinsen. Sie sank in den Boden!

Wie sie Erde auf sie werfen, das spricht Bände. Mit zarter müder Hand die alten Frauen. Einmal, zweimal, dreimal Erde, als wollten sie sie streicheln. Aber seht die Schwiegertochter, wie sie hoch aufgerichtet über dem Grab steht, mit spitzigen Fingern den Sand fasst, ihn sofort von den Fingern reibt. Dann ist alles vorbei. Nur die Pfarrerin, was machen sie mit der? Die Pfarrerin steht am Friedhofsausgang, wieder unsicher, so außerhalb des Rituals. Soll sie gehen, soll sie nicht gehen? Tut vorsichtshalber so, als studiere sie die Friedhofsordnung. ‚Streunenden Hunden ist das Betreten des Friedhofs....' - "Dürfen wir Sie höflichst zu einer Tasse Kaffee...?“

- 30. Oktober: Wildgänse über Kienwalde. Zu Tausenden haben sie sich auf der Wiese niedergelassen. In der Luft klingt ihr wilder Schrei. Gegen Abend fliegen sie davon. Mit ihnen fliegen...

- 1. November: Ich habe eine List angewandt, um die Ehebetten mit alten Kissen an beiden Seiten künstlich zu erhöhen. Nagende Geräusche in der Wand, knistern und knacken. Ich hoffte, dass Robert und ich in unserer ehemaligen Kuhle zusammenkommen. - Gerade als wir so weit sind, macht es klick. Ein hoher Schrei kommt aus dem Kinderzimmer. Robert springt aus dem Bett. Reißt das Fenster auf, wirft die Maus in die Dunkelheit, ordnet den Speck neu. Wir fangen wieder an. Fallen gegeneinander und seufzen tief. Wieder klick. Vierzehn mal klick, vierzehn gingen in die Falle. - Nun geben wir auf. „Ein andermal, Anna!" - Der Fensterladen klappert lose in den Angeln. Und da ist es wieder! Mit angehaltenem Atem liegen wir und lauschen.

- 20. November: Einige Krähen marschieren pickend über die Wintersaat. Nebel, Nässe, Kälte. Schlamm bedeckt ganz Mecklenburg. Wege, Wiesen und Felder versinken. Auf die Felder fahren sie hintereinander mit drei Traktoren. Gespenstische Fahrt im Nebel zum Pfarrkonvent. - Zusammenarbeiten oder vielmehr Widerstand leisten? Wir diskutieren, was Nachfolge für uns heute bedeutet. Ein Schmied hat ein Schwert zur Flugschar umgeschmiedet! Schwerter zu Flugscharen, der Ruf geht durch die Gemeinden und ist nicht aufzuhalten! - Auf dem Tisch zu Hause liegt ein Zettel. „Bin zu Kleinerts, was besprechen." Auf einmal ist die fiebrige Sehnsucht da, wie früher durch die Dunkelheit zu gehen und auf ihn zu warten. Meine geheimen Ängste wachen auf. „Robert halt dich fern

von Kleinerts." - „Aber Sonja ist nicht wie sie." - „Ach, warst du bei ihr...?"
- 21. November: Es geht nicht mehr anders. Wir müssen Korn besorgen.
- 22. November: Wir haben hin und her diskutiert. Heute sprach ich Gunnar Meier an. Ich habe an die alte Verbindung angeknüpft. Hundertfünfzig Mark für drei Sack Getreide.

8

„Irgendwann müssen Sie doch gemerkt haben, dass sie im Dorf Ihrer Mutter waren?" fragt Dr. Sorge. Ich hätte es wohl nie gemerkt, wenn nicht...

„Für die Anmeldung brauchen Sie eine Geburtsurkunde", sagte die Frau hinterm Schalter in Berlin. Solange Mutter noch lebte, hat sie das für mich erledigt. „Moment, Sie müssen dorthin, wo Sie geboren sind. Ihr zuständiges Standesamt ist in Güstrow." Also doch. Sie dachte an Anna Klüwes seltsamen Blick.

Es riecht nach Anis. Es ist ein Puzzle, dessen Teile sich auf einmal wie von selbst zusammenfügen. Aber sie hat das Gefühl, darüber verrückt zu werden.

Über die Gegend jagte Nordwind. Alles verwehte. Schnee hüllte ihr Haus ein. Keine Straße, kein Weg, nur eine einzige weiße Weite. Am Morgen fanden sie sich eingeschneit und schaufelten einen Gang zum Briefkasten. Geborgen, keiner kommt mehr durch zu uns. Unentrinnbar, dachte Anna, als sie auf den Dachboden stieg, um die Tabakblätter auf dem Boden zu

wenden. Dabei stieß sie an eine verschlossene Tür, die sie vorher nie bemerkt hatte. Sie war rostig und ließ sich nach einigem Zerren öffnen. Ihr Herz schlug bis zum Hals. Sie hatte Angst, aber konnte nicht zurück. Etwas trieb sie weiter. Zitternd tastete sie sich an einer Wand lang. Ein Versteck? Tatsächlich stieß sie mit ihren Fingern an eine Holzkiste. Sie schleppte sie ins Flurlicht. In der Kiste lagen eine Puppe und ein festverschnürtes Päckchen. In ihr erwachte die Ahnung von etwas Ungeheuerlichem. Als sie die Schnur löste, fielen gebundene Briefe und Papiere heraus, die auf den Namen Judith Ungerer lauteten. Was sie in den angegilbten Briefen fand, ließ ihren Atem stocken:
‚Liebe Bertha, - Frau H. kam heute in den Laden und hat ihre Brotbestellung abgemeldet. Ihr Mann ist in der Partei. Auf der Straße geht sie eilig vorüber. Sie kriecht fast in die Häuser hinein. Merkwürdig, wie Leute sich verändern können, die man vorher doch so gut gekannt hat. Auch Mathilde K. wechselt die Straßenseite, wenn sie mich sieht. - Kannst du uns Unterschlupf geben? Es geht nicht mehr lange gut. Vielleicht in Eurem Pfarrhaus? – Judith'
Sie versuchte das Datum zu entziffern: Eventuell 30. März 1944. - In einer Schatulle lagen weitere Briefe: ‚Wenn das Kind geboren ist... Auf dem Dachboden gibt es eine Kammer.'

Es riecht nach Anis. Es riecht so gut. Furchtbar lange ist es her und nur mit Hilfe der Aufzeichnungen vom Dachboden zu erinnern... Der Bäckerladen am Ende des Dorfes atmete Gemütlichkeit, vor allem durch die Mutter Judith. Ein kleiner Tratsch überm Ladentisch. Die Bestellung für morgen wie immer? Irgendwann holte die eine oder andere ihre Brötchen nicht mehr ab. Das schon ausgewogene Mehl nahm die

Mutter wieder von der Lade. Anna sah mit großen Augen zu. Eines Tages stiegen die Mutter und sie eine steile Treppe hinauf. Sie blieben oben. Kein Backen mehr. Sie versteckten sich, weil sie jüdische Vorfahren hatten. Als die Befreiung kam, wollte sie das Versteck nicht verlassen. Sie wurde merkwürdig. Kam wohl nicht darüber weg, dass ihr Ludwig, Annas Vater, nur vier Wochen nach der Hochzeit gefallen war. Bertha, das gutmütige Dienstmädchen vom Pfarrer, kümmerte sich um sie und um die dreijährige Anna. - Stiefelschritte kamen die Treppe hoch. Auf einem Lastwagen wurde sie mit anderen Frauen von den Russen nach Osten verschleppt. Es hieß, nach Irkutsk. Bertha nahm sie mit nach Randberlin. Irgendwann wurde Bertha zu ihrer Mutter. - Was aber bedeutet Mathilde K.? Vielleicht Mathilde Kleinert? Stand H. für Hackbart?

„Was machst du hier?" Nackte Sohlen tappen über den Fußboden. Mit Mühe gelingt es ihr, sich aufzurappeln und in die Wirklichkeit zurückzukehren. Diese Wirklichkeit ist Emma, die sie fragend mit großen Augen ansieht. Als Anna runter kommt, steckte eine Gabel in der Margarine. Sonst ist im Haus nichts zu essen. Im Bad hat Emma probiert, ihr Kleid mit einem Stück Seife auszuwaschen. Geschirr türmt sich in der Küche. Inzwischen ist es Nacht geworden. Nur der glitzernde Schneeumhang draußen gibt Licht. Sie ist erschöpft und erfroren.

9

‚Was tue ich hier nur?' fragte sich Anna, als sie am anderen Morgen lautlos die Pforte zum verschneiten Kleinertschen Gehöft öffnete. Die Schneepolster dämpften jedes Geräusch. Es zog sie zu dem alten Backhaus. Sie hielt es nicht mehr aus.

- „Darf ich mir Ihr altes Häuschen einmal anschauen?“ versuchte sie in gleichgültigem Tonfall zu sagen, während ihr Herz zum Zerspringen klopfte. Sie hatte die Zeit gut gewählt, dass sie Frau Kleinert allein antraf. - „Wenn Sie solchen Wert darauf legen“, stapfte sie ihr voran, schloss die rostige Tür auf. Da waren die Eisenhaken, die schweren Steine, die den Backofen umgeben. Der Raum war dunkel und klamm. Es roch nach Mäusen. Sie hielt den Strahl der Taschenlampe auf den alten Backofen. Tränen stürzten ihr aus den Augen. Hals über Kopf rannte sie hinaus...
„Was ist mit dir?“ fragte Robert am Abend. „Du siehst abgespannt aus.“ Warum sahen ihre Augen so bedrückt aus? Etwas, was er auch früher nicht begreifen konnte, tauchte darin auf. Hing es mit Sonja zusammen? Machte sie sich wohl darüber Gedanken? Das musste sie nicht mehr. - „Ach, es ist nichts.“ - „Aber ich mache mir schon Sorgen um dich. Willst du es mir nicht sagen?“ Unruhig legte er den Arm um sie. Beide hingen ihren Gedanken nach. Sie würde ihm gern sagen, dass aus der Zeit ein Gefühl geblieben ist. Sie möchte sich verstecken. Wie in der Kindheit, als sie aus der Dunkelheit in helle Fenster sah. - Geht da jemand? Weißwandelnde Nebelhexe. Eine Gestalt zerfließt im Nebel.

„Zuerst hörte ich Schritte auf dem Flur“, sagt die junge Nachtschwester. „Als ich zu Frau Ulanow kam, stand das Fenster weit auf.“ - Im ersten Moment denkt Dr. Sorge an Sinnestäuschung. Ein langer Arbeitstag liegt hinter ihm. Er ist müde und tritt ans Fenster, um sich einen Augenblick am Fenster auszuruhen, als er eine Gestalt aus dem Schatten des Parks treten sieht. Sie bleibt stehen und schaut zu den

Fenstern hoch. Trotz der Entfernung meint er ihren Blick zu spüren, dass ihm unheimlich wurde. Augenblicklich verschwindet sie im Nebel.

- 6. Mai: Gunnar war da. Morgen Nacht also. Um Mitternacht werden wir die Tore öffnen. Er wird die Fuhre reinfahren. Wir werden die Tore schließen, abladen. Einige Sack vom letzten Jahr.
- 7. Mai: Am schlimmsten waren die Scheinwerfer, die sie auf uns richteten. Wir sind in eine Falle getappt! Wegen einem Auffahrunfall verbrachte Robert die Nacht im Schweriner Krankenhaus, so dass sie nur mich antrafen. Kaum war die Fuhre auf dem Hof, ich schloss gerade das Tor, war alles taghell erleuchtet.
- 9. Mai: „Ich habe mich hart wie ein Stein gemacht." Sie starrten mich mit großen Augen an. Heute ist niemand in der Kirche eingeschlafen. Ich predigte an gegen die Unmöglichkeit zu predigen, wenn man als Getreidediebin gilt.
- 10. Mai: In Polen laufen Demonstrationen für die unabhängige Gewerkschaft Solidarnosc. Sie gehen auf die Straßen.
- 12. Mai: Ich kann nicht mehr einschlafen. Irgendwas wird passieren. Ich wage nicht mehr, wegzufahren.
- 30. Mai: Beim Stillen sah ich eine ungewöhnliche Hochzeitsgesellschaft auf der Straße. Voran ging unsere Nachbarin Doris Kulke. In einem engen roten Kostüm winkte sie würdig den Nachbarn in den Fenstern zu. Neben ihr der Gegenwärtige, dürr wie ein spannenlanger Hans, zur Feier des Tages eine große Zigarre im Mund. Beide strebten ihrer Hochzeit in Richtung Baracke zu. Als Trauzeugen liefen an die zwanzig Gänse durch den gelben knietiefen Schlamm, den

unsere Straße im Moment darstellt, hinter ihnen her. Wie sie auf der Mitte des Schlammbettes anlangten, fiel sie. Er versuchte, ihr beizustehen, vergeblich. Zu allem Überdruss senkten die Trauzeugen ihre Hälse.

- 1. Juni: Wilde Rosen blühen am Hang. Es ist so ruhig. Zu ruhig. Zu friedlich. Ich habe gedacht, dass es eine Reaktion auf meine Predigt geben wird. Aber Schweigen.

- 10. Juni: „Potschemu?" Vor Sanders Haus hockte ein Mann mit grauen wirren Haaren und schlug mit dem Kopf gegen die Hauswand. - „Helfen Sie mir!" rief Frau Sander. „Stellen Sie sich vor, das ist mein Mann!" Jetzt erkannte ich ihn. „Gestern Nacht klopfte es am Fenster. Das Jahr Gefängnis ist um. Ich hab nicht dran gedacht. Er spricht nur noch russisch." Die Hose flattert an ihm wie eine Fahne. Er tanzt und schlägt mit seinem Kopf auf Beton. Anschließend sitzt er reglos hinter der Gardine und starrt uns an. Er hat den Verstand verloren. Wo war er?

- 21. Juni: Ich laufe von der Hecke bis zum Ende des Zauns. Die Unruhe treibt mich auf dem Hof hin und her.

- 24. Juni: Eine gute Nachricht: Der Sitwalder Kirchturm wird wieder aufgebaut. Ein erhebender Anblick: Arbeiter stehen auf Gerüsten. Es wird.

3. Teil

Odyssee

1

Landschaft fliegt vorbei, braungewelltes Gras, in der Ferne winzige Kühe. Vor den Autoscheiben flimmert der Glutatem eines Augusttages. Sie kommen aus Freiburg von der Gutachtendiagnostik. Sie duckt den Kopf tief zwischen ihre Schultern. Sie presst ihre Handflächen gegen die Scheiben. Niemand soll sie sehen.

Am Morgen hielt vor dem Pfarrhaus ein schwarzer Moskwitsch, dem drei Herren entstiegen. Noch konnte Anna sie nicht sehen. Unter schattigen Pflaumenbäumen saß sie und schrieb in ihre blaue Mappe, um sich auf die Einweihung der Sitwalder Kirche vorzubereiten. ‚Es ist der 15. August 1981. Der Turm ist fertig und soll morgen eingeweiht werden.' Wieder war es der Hahn, der mit missbilligendem Blick um die Ecke Fremde anmeldete. - „Frau Ulanow?" eilte ein großer Mann mit schnellen Schritten auf sie zu. - „Ja?" Zerstreut blickte sie von ihren Aufzeichnungen hoch. - „Wir möchten Sie bitten, mit uns zu kommen." - „Warum?" Sie ist sprachlos. Hatte Robert einen Unfall? Er müsste längst zurück sein. Soll sie ihn identifizieren wie Frau Kulak den Heinz? - „Nein, es betrifft Sie selbst." - „Ich kann die Kinder nicht allein lassen." Er muss wohl zu Jandls rüber gelaufen sein. Mit einem jovialen Lächeln erschien er am Hoftor. - „Geklärt. Frau Ulanow. Jetzt fordern wir Sie auf, einzusteigen." Die Mappe mit der halbfertigen Rede blieb auf dem Tisch liegen. - „Was soll das bedeuten?" Frau Jandl schrie laut über den Hof und hielt Emma an der Hand. An ihrer Hand sah Anna Emma auf dem Hof zurückbleiben und nahm ihren erstaunten Blick mit. Auf den Rücksitz, im Schweiß der beiden eingeklemmt, ging die Fahrt aus dem Dorf in Richtung Güstrow. Sind das die Häuser von Bützow? Das Schloss. An Schwaan vorbei nach Rostock. Allmählich begann sie zu begreifen. Hinter ihr schlossen sich Tore.

„Sie meinen, dieser Polizist mit der Warze will wiederkommen und mich befragen?" - Über ihr baumelt ein Spinnennetz. Sie haben sie in diese Klinik mit hohen Decken zurückgebracht, wo ein Gewebe über ihr schwebt. Essigfliegen wagen sich in seine Nähe. - In dem Augenblick ist die Vernehmung von damals wieder gegenwärtig. Das Gefühl, dass sich über ihr Unheil zusammenbraut, ohne dass sie es bemerkt hat. Ihr war einfach schlecht geworden...

Ihr Magen rebelliert, ihr ist nicht gut. Anna sitzt gekrümmt auf einem Stuhl. Vor ihr hockt ein Vernehmungsoffizier an einer uralten Adlerschreibmaschine. Er trägt eine eckige Hornbrille und sieht wie der LKW-Fahrer von damals aus, der die Strecke nach Berlin nicht wusste. Der Vernehmungsoffizier sagt: „Sie trafen sich mehrere Male mit Gunnar Meier, um ihr Verbrechen vorzubereiten. Am 19. August äußerten Sie sich..." Das Fensterviereck zeigt einen blauen Himmel. Das Fenster muss auf den Hof führen. - „Am Abend des 7. Mai, um 23 Uhr haben Sie Meier genötigt, ihnen heimlich das Getreide der Genossenschaft zu verkaufen." - Bei den letzten Worten Zucken im Gesicht, sie will antworten, besinnt sich. Wenn man sich an das Fenster stellt, hat man einen Blick über den Hof und weit über die Stadt Rostock. - „Wer hat Sie dazu angestiftet?" - „Angestiftet?" Hätte sie nur nichts gesagt! -

Jetzt hakt er ein. „Ihr Mann sagte aus, dass ihre Ehe hauptsächlich auf platonischer Ebene bestand." Niemals hat Robert das gesagt!

„Ich muss hier raus, Dr. Sorge. Ich halt das nicht mehr aus", spricht sie ihn hastig an. - „Sie sind hier nicht gefangen," lacht er, dass seine weißen Zähne blitzen. - „Also kann ich Montag gehen?" - „Die Frage ist, ob Sie wirklich zurückkehren wollen. Erst wenn Sie sich wieder erinnern können..." Das Schließen der Tür, wieder horcht sie darauf wie damals...

Sie konnte sich gerade noch zusammenreißen, bis die Tür hinter ihr zufiel. Als sie allein war, warf sie sich in eine Ecke. - „Am 19. August äußerten Sie sich..." Worte hinter Büschen, helle Nacht. Am meisten verwirrte sie, dass einige Leute wie Gunnar, mit denen sie zusammengelebt hat, nun ihre Feinde sein sollten. Sie fühlte sich unbehaglich. Sie schwankte hin und her, sie zu verstehen, war versucht, sich auf ihre Seite zu stellen. Vielleicht hatten sie Recht und der Fehler lag einzig bei ihr. Nicht anpassungsfähig. Kienwalde, das sollte aus und vorbei sein? Würden die beiden jungen Männer in der letzten Kirchenbank eine Schlussakte schreiben? Sie zog die Beine an und presste sie gegen ihren Bauch. Wie kann man so müde sein? Sie will schlafen, nur schlafen. - Es ist merkwürdig. Die Hecke blüht gelb. Demnach ist Frühling. Durch ihre blühende Hecke schlüpft sie auf den Schotterweg. Die Sonne scheint hell. In der Sonne will sie stehen bleiben, auf ihn warten. Eine Stimme stört die Bäume, das leuchtende Bild. Wo kommt die Stimme her? Also sind die Hecke, der Frühling und diese Sonne nur ein Traum gewesen? Voller Scham wacht sie davon

auf, dass jemand über ihre Beine streicht. Sie sieht sich um, immer noch das gleiche winzige Fenster, der Schrank. Nichts hat sich in der Nacht geändert. Eine Fliege krabbelt auf ihrem Fuß. Sie will nicht wach werden. Mühsam reißt sie sich von den hellen Bildern los, um in die Wirklichkeit zurückzukehren. Sie befindet sich in einem schmalen Raum mit einer dunklen Decke. Es ist sieben Uhr. In drei Stunden ist die Einweihung des Sitwalder Kirchturms. Wer wird jetzt die Rede übernehmen?
„Ziehen Sie auch BH und Schlüpfer aus!" sagte die Stimme, als Anna mühsam blinzelnd zu sich kam. Durch die Klappe reichte eine Hand drei Garnituren Unterwäsche und griesgraue Kleider. Ungeschickt, umständlich versuchte sie, sich Hemd und die Strümpfe überzustreifen. Ob der verkrampfte Typ mit der Hornbrille hinter dieser Klappe steht? Ob er seine Freude hat? Sie verhedderte sich an der Öffnung des Hemdes. Sollte es also tatsächlich für länger sein? Die Sachen fielen ihr auf den Boden, wo sie sie eilig aufraffte. - Die Fliege krabbelt, ohne dass sie sich gegen ihre Zudringlichkeit weiter zur Wehr setzt. Eintönig tropft der Tag aus dem kaputten Wasserhahn. Auf ihrem Hocker stützt sie den Kopf in die Hände. Wie mögen Robert, Linde und Emma zurechtkommen? Niemand hat Schuld daran. Die Schuld liegt bei ihr selbst. Diese Schafherde, die von Jahr zu Jahr größer wurde! Was hat Gott mit ihrem Fehler vor? Irgendetwas muss es zu bedeuten haben. Der Gedanke setzt sich fest. ‚Alle deine Wogen gehen über mich.' In welchem Psalm war das? - „Nimm deine Sachen mit!" ruft die dicke gutmütige Schließerin und schlurft ihr schlüsselklappernd voran. In einen Raum mit zwei Doppelpritschen treten sie ein. Zwei Mädchen, die ihre Köpfe gegenseitig nach Verlorenem abzusuchen scheinen, geben nicht groß Obacht. - Nur eine sieht ihr offen ins Gesicht

und drückt ihre Hand: „Barbara heiß ick! Tach. Pflanz dir hin!" Nun sind sie zu viert. Es ist eng. Aber was ist das gegen das Alleinsein vorher? Mittagessen. Durch die Gitter verirrt sich ein Sonnenstrahl. Anna sitzt mit drei schmatzenden Mädchen und isst aus einem tiefen Teller. - Die massige Wärterin zeigt auf eine der Pritschen und weist ihr auf die Weise ihre Ecke zu. - „Bau erst mal dein Bett!" Das hieß wohl, der Deckenberg soll ordentlich gefaltet und Falte auf Falte aufeinander gelegt werden. Sie macht sich an den Tüchern und Decken zu schaffen, die sich ineinander verwursteln, und kommt nicht klar weil sie ihr zugucken! Zu Hause hat Robert die Decken gerichtet. - „Und du sagst, du hast zwei Kinder?" Sie gerät unter Druck, die Sache noch hinzukriegen. Unter allgemeinem Gelächter flüchtet sie in das Gewurstel und wühlt den Deckenberg auf irgendeine Weise über sich. Sie verkriecht sich in die Decken. Sie will nichts sehen.

Natürlich, in den Gärten werden die Hunde kläffen, wenn sie es schafft, bis ans Dorf ranzukommen. Einige Stücke Fleisch, in Papier gewickelt. Sie wird fliehen. Mit etwas Fleisch gelingt es, sie abzulenken. Sie wird den Feldweg nehmen. Auf der Straße könnte ihr jemand begegnen. Am Bach windet sich der Weg lang und führt bergauf. Sie ist jetzt auf der Anhöhe bei den alten Kopfweiden. Die Nacht ist hell. Vor sich sieht sie das schlafende Dorf. Jandls Hähne krähen, bald wird Morgen sein. Wo kann sie sich verstecken? Ihr fällt kein anderer Ort ein als ihr Dachboden, vor dem die Dorfbewohner eine panische Angst haben. Niemand würde sich auf den gespenstischen Boden wagen. Wenn sie an der Stelle in ihrer Vorstellung anlangt, rollt sie sich in das klamme, vom Körper warm gewordene Laken und sucht Schlaf. - „Hosianna in der Höhe!“ Mit mächtigem Akkord verstummte die Orgel, so dass in der Kirche unheimliche Stille eintrat. ‚Wie lautet meine Antwort?‘ fragte sie verwirrt. Ratlos sieht sie auf die Oblate in ihrer Hand. Die versammelte Gemeinde schurrt mit den Füssen. Ihr Warten, ihr Schweigen, ihr Stöhnen wird unerträglich. Signalhorn tutet, schweißnass wacht sie auf. Das Stöhnen kam von ihr! Zum Glück, ein Traum! Licht geht an. Wecken. Niemand verlangt von ihr, dass sie ihren Part sagen kann. Essenwagen rollt über den Flur. Barbara sitzt auf der Toilette. Unweigerlich hört man die Entwicklung mit und ist nachher beinahe genauso erleichtert wie sie. Anna denkt an die Mutter auf dem Eimer früher. Zurückgeworfen auf die Natur ist sie am Anfang nur neu verwundert. Aus dem Radio hören die Frauen, dass die Gespräche zwischen Jaruzelski und Walesa keine Entspannung brachten. Die Gefahr einer Intervention besteht. Der Bundeskanzler soll zu einem Besuch in die DDR aufgebrochen sein. Ausgerechnet nach Güstrow. Warum ausgerechnet nach Güstrow?

„Jemand stand vor ihrem Fenster.“ - „Und sie?“ - „Schweigt sich aus.“ - „Falls Sie mich fragen: Er muss etwas bei ihr vermutet haben, aber was?“ mutmaßt Dr. Sorge. Am Morgen erhascht sie einen Blick auf das Gesicht. Durch die Fensterscheibe wirkt es blass, verschwommen, nur diese Augen...

Am Morgen werden ihr eigene Sachen ausgehändigt. Sie riechen vertraut, mächtig nach Schweiß. Ob sie etwa, beginnt sie zu hoffen! In einem Kleintransporter, der in kleine Käfige unterteilt ist, wird sie aber über das Kopfsteinpflaster, durch die Stadt ins Gerichtsgebäude gefahren. Auf Grund von Zeugenaussagen wird Anna Ulanow wegen „Diebstahl und Schädigung der Gesellschaftsordnung“ zu sieben Monaten verurteilt. - „Sieben Monate. Das ist gnädig. Sie haben großes Glück gehabt“, kommentiert der Pflichtverteidiger. Darüber denkt sie in ihren Nächten nach. In der Zelle ist es düster. Also hätte alles noch schlimmer kommen können!

„41, Sie haben Besuch!“ In Gegenwart des Wachmannes saßen sie sich gegenüber. Sie dürfen nicht über den Prozess sprechen und nicht über die Zelle, dann würde die Besuchszeit sofort abgebrochen. - “Was machen die Kinder?“ - „Sie warten auf dich. Sie haben Sehnsucht nach dir.“ Roberts schwarze Augen heften sich mit einem tiefen Blick auf sie. Beide schweigen und sehen einander in die Augen. Er zieht die Brauen hoch, seine Augen lächeln rätselhaft. Unter seinem Blick wird ihr schwindlig. Von der Tür aus blickt Anna noch einmal zurück. - Die Erinnerung an dieses Lächeln trug Anna mit sich in die Zelle. Das Waschbecken und die Pritsche stellten die Umgebung für ihre Träume. Die Wildtaube gurrt. Ein Sommerabend in der Kindheit. Auf der hohen Heufuhre sitzt sie neben dem Vater. Erleichtert darüber, die zerstochenen Füße abends in den Lehnitzsee zu halten. Brauchst du ein Pflaster? Vor ihren Augen ziehen Ereignisse vorüber. Er kann dich nicht von der Schule werfen! Graublaues Eis auf den Pfützen vor der Schule. Die Gesichter ihrer Kinder im Schlaf. Der Tümpel an den alten Weiden. Situationen glitten durch ihre Erinnerung bis wieder das Signalhorn hupte. Deckenlicht wurde eingeschaltet. Darmentwicklungen nahmen ihren natürlichen Gang. - Die Kollegen und die Leute aus der

Gemeinde setzen sich ein. Briefe und gute Zeichen erreichen sie und tun ihre Wirkung. - Eigenhändig rückt sie ihre Pritsche ans Fenster, um sich von dem zu lösen, was sie in letzter Zeit vergiftet hat! Die Sterne! Unentwegt blickt sie in die Nacht und sieht die niedrigen Häuser von Kienwalde. Sie läuft die sandige Dorfstraße hoch. Über ihrem Haus kriecht Rauch in die Höhe. Das erleuchtete Fenster am Giebel. Robert, der eben noch auf der abgetrennten Seite des Riesenbettes lag, bewegt sich zu ihr herüber. Nun ist er über ihr, um sie im Halbdunkel zu umarmen. - „Komm!" flüstert er. „Ich muss dir etwas sagen!" Sie presst ihm die Hand auf den Mund. - „Still, es darf uns niemand hören!" Er gehorcht, um sie traurig anzulächeln. Eine Wolkenwand schiebt sich vor den Mond.

In einer dieser Nächte spürte sie das rhythmische Hartwerden der Bauchdecke. - „Ist es ein Mädchen?" fragte sie sofort. Bei ihrer Geburt hatte Claudia schwarze Haare, die sie nach Wochen verlor. Blonde Stoppeln wuchsen. Sie hielt ihr Gesicht so nahe an das Gesichtchen, bis es vor den Augen verschwamm, die Züge der Vorfahren ahnbar wurden. Hat die Nase nicht einen kleinen Huckel? Sie stillte viel, weil jemand erzählte, dass man das Kind behalten durfte, solange man stillte. Kleinigkeiten, an die sie nicht mehr gedacht hat. Wie sich die Frau über das Herdfeuer beugte, es anblies, das Feuer qualmte, die Thora wird herein getragen, die Männer unten wiegten sich im Gebet. Wie sie ihr tastend ins Gesicht sahen. Mimi und Isolde kichern. Sie ist in Bucuresti und nicht hier. Mit dem Finger fühlt sie den Bogen ihrer Nase nach. Dass es ihr nie auffiel. Sie hat eine gebogene Nase. Nach ihrer Mutter, die sich versteckt hat. Sie hat die Nase nach ihrer Mutter! Nimm dein Kind, mach dich auf in das Land Morijah und bringe es dort hinauf!

Licht geht an, Donnern gegen die Tür, sechs Uhr. Waschen, Bettenbauen. 41 Antreten zum Zählappell!
„Glauben Sie, es ist besser für das Kind." - „Wohin bringen Sie mein Kind?" - „Sie können sich beschweren!" - „Wozu Tabletten?" - „Zum Abstillen", sagte die rundliche Schwester und riet, sie auch wirklich zu schlucken.

„Der Himmel ist gewaltig über dem Bruch, Claudia." - Es sind vier Schritte bis zur Wand. - „Wenn du dem Gehöft näher kommst, Claudia." - Noch zwei Schritte hat sie. - „Du gehst am Bach lang, hörst du, immer..." - Da steht der Schließer, er will etwas, er schreit. - „Du hörst den Bach die ganze Zeit, kannst ihn nicht verfehlen, Claudia." - Der Wärter steht vor ihr, schüttelt sie. - „Das Gehöft aber..." der greift sie am Arm, „....liegt nun vor dir. Du siehst es die ganze Zeit. Im Sommer taucht aus dem Bach der Otter auf, nur kurz, Claudia, du musst Acht geben, dann verschwindet er wieder in seinem Reich..." - Was wollen sie von ihr? In Einzelarrest. In der Schule nannten sie das Eckenstehen, das Gesicht zur Wand. Wann hat sie sich angewöhnt, für die Wirklichkeit nicht mehr erreichbar zu sein?

Hinter ihr knarrt die Tür und reisst sie in die Gegenwart zurück. „Warum schweigen Sie?" dringt Dr. Sorge in sie. „Wer war gestern bei Ihnen, Frau Ulanow?" Sie schweigt und lächelte ins Licht. - Diese Angewohnheit ist ihr aus der Zeit geblieben.

Nach fünf Tagen Eckenstehen wieder in ihrer Gesellschaft, sieht sie auf die Rücken ihrer Zellengenossinnen. Ihre Träume gehen durch den Türriegel. - „Sobald alles still ist, beginnt auf

dem Boden das Gepolter." - Jetzt werden sie früh mit einer Klingel geweckt. Anna arbeitete am Fließband in einem Walzwerk. - „Du gehst nach oben." - Sie hat ihren letzten Drahtkranz zu langsam umwickelt, nun stauen sich die Kränze auf dem Band. - „So geht das die ganze Nacht, Claudia." - Sie drohen am Ende vom Fließband zu stürzen. - „Du schaust oben nach. Aber du siehst nichts."
Die Hupe geht. - „Nur die Wipfel sind es, die schlagen gegen das Hausdach, vorm Haus drei Ulmen, Claudia." - Auf der Mauer sitzt ein Sperling und plappert das Frühlingslied. Die Freistunde auf dem Hof beginnt. Auch hierher will der Frühling kommen, mit lauer Luft, einem leichten Wind und Gezwitscher. In den Sonnenstrahlen läuft Anna auf und ab. Hin und wieder ein Wort mit einer Monika, die aus Buntpapier sieben große A ausgeschnitten und in ihr Fenster gehängt hatte, ihre Wohnung lag über dem Rat der Gemeinde. Es dauerte dreißig Minuten, dann waren sie da. In Handschellen, so wie sie stand und ging, abgeführt. A stand für Ausreise. - Vom Generalstaatsanwalt trifft ein Schreiben mit der Verfügung über die Einweisung von Claudia in ein Berliner Kinderheim ein. Die Adresse wird nicht genannt.
Als die Luft anfing nach Nässe und Erde zu riechen, redete sie auf dem Hof mit einer Beate, die hinter Eisenach aus einem Zug geholt wurde. Es schien einfacher, mit Leuten zu sprechen, deren Darmentleerungen man nicht jeden Tag mithören muss. Schon ist Mittwoch, Zeit für das Erziehungsgespräch. Tag um Tag vergehen noch mal vier Wochen. Im Traum sieht sie ihre Katzen in Kienwalde. Sie spielen auf den Pflaumenbäumen, bis ein leises Knacken ertönt. Aus dem Fliederbusch schielt der verrückte Sander, er lädt sein altes braunes Gewehr nach.

Die schwarze Mündung ist auf Kater Johannsebastian gerichtet. Wo bin ich, fragte sie im Aufwachen, mühsam zu sich kommend. Ein diesiger Morgen brach an. Sie bat um Briefpapier und wandte sich an den Generalstaatsanwalt, um Claudias genauen Aufenthaltsort herauszubekommen.

2

Zur gleichen Zeit saß Robert in ihrer Küche in Kienwalde und grübelte über einem persönlichen Brief an Honecker. Neben ihm versuchte Emma auf der Bank eine Leiste anzunageln. Sie holte einen Nagel aus ihrer Werkzeugkiste und hockte sich hin, um ihn einzuschlagen. Sie hatte sich vorgenommen, ihren Vater so weit sie konnte, zu unterstützen. Als er sie nicht beachtete, wandte sie sich schmollend ab und trottete in Richtung Kinderzimmer, ihre Werkzeugkiste mit Hammer und alten verrosteten Nägeln hinter sich her schleifend. Geschrei drang aus dem Kinderzimmer. Linde schien ihren Frust an Emma auszulassen. - „Also komm!" lenkte der Vater ein. - „Ich will bei dir bleiben, Papa!" Mit Linde auf dem Schoss versuchte er weiterzuschreiben. - Robert hatte lange gebraucht, um zu begreifen, was passiert war. Der Tag, als er von der Arbeit kam, stand ihm immer noch vor Augen. Frau Jandl hatte ihm die Kinder rüber gebracht. Von ihr erfuhr er auch, wo Anna war. Im Konsum verstummten die Gespräche, wenn er Milch holen kam. Von einem Tag auf den anderen schien er in ihren Augen eine feindliche Welt zu verkörpern. Er glaubte immer noch, dass er derselbe geblieben war wie vorher. Er zwang sich zur Unauffälligkeit. Zwei Wochen später, nachdem die Tischlerei ihm gekündigt hatte, bekam auch er ein

Verfahren. Zum Gerichtstermin hatte er Emma und Linde auf seinem Schoss. Seine Strafe wurde zur Bewährung ausgesetzt. Schmidt und Honecker trafen zu einem gemeinsamen Besuch in Güstrow zusammen. Als Robert das erfuhr, suchte er nach einer Möglichkeit, an die westdeutsche Delegation heranzukommen, um auf Annas Lage aufmerksam zu machen. Aber unmöglich. Enttäuscht fuhr er mit Emma und Linde nach Kienwalde zurück. - In Polen wurde das Kriegsrecht verhängt. Der Protest aus dem Westen war verhalten. Nur Rumänien und Ungarn verhinderten die Intervention. - Von früh bis spät arbeitete er, um sich abzulenken. Die Nachbarinnen reagierten auf ihre unbeholfene Art mitfühlend. Seit er Sonja mied, gab es jedoch kaum jemanden, mit dem er richtig reden konnte.
Als er zurückkehrte, geriet beim Aufräumen Annas alter Pullover vor seine Augen. Wahrscheinlich hatte sie ihn für Emma bereit gelegt. Er nahm ihn in die Hand und betrachtete ihn. Ein dicker grauer Wollpullover, den sie als Kind getragen hatte. - Diesen unförmigen Pullover hatte sie fast immer angehabt, wenn sie vor ihrem Haus auf ihn wartete. Auf einmal ist das Bild da. Wieder hört er das Knirschen des Schotters, wenn er vorm Haus vom Rad sprang und sie schüchtern auf der anderen Straßenseite wartete. Schweigend steht sie und starrt mit seltsamen, beharrlichen Blicken rüber. Sie wirkt unglücklich, warum, vielleicht weil der Vater trank. Anfangs hatte er sie kaum bemerkt, der graue Pullover wölbte sich über dem Bauch. Als einzige wagte sie dem Direktor zu widersprechen, so dass er sie zu bewundern anfing. Sie war anders als die anderen Mädchen. - Fröstelnd knetete er den Pullover in den Händen und setzte sich auf den Küchenstuhl. Als sie in

Greifswald studierte, verloren sie sich aus den Augen. Er lernte in den Kabelwerken Oberspree. Von Fürstenwalde aus traf er sich mit der Westberlinerin Ilona, bis seine Armeezeit in Eggesin begann.

Etwas Feuchtes rann über sein Gesicht, das er mit dem Pulloverärmel abwischte. Ein braungebranntes Mädchen in ausgebleichten Jeans am Straßenrand. Das war ein fremdes Mädchen, was da stand und wartete. Ihre braunen Haare, ungebändigt in einer wilden Mähne, vom Wind zerzaust. Er dachte wieder an den Moment, als er unwillkürlich auf das Bremspedal trat. Er konnte nicht anders, weil der Ausdruck ihrer dunklen mandelförmigen Augen ihn seltsam bannte. Am unbeholfenen Gang und ihrer Schüchternheit erkannte er sie im nächsten Augenblick, doch zu spät. Er war sich bewusst, dass darin eine Spur von Wahnsinn war. Als ihre Augen sich beim Einsteigen trafen, war es nur eine Sekunde, die einen Wirbel von Gefühlen in ihm auslöste. Er konnte ihre Verlegenheit förmlich spüren. Sie wusste nicht wohin mit den Händen. Aufgeregt riss sie Blütenblätter ab, die sie im ganzen Auto verstreute, und brachte kaum ein Wort raus.

Er erinnerte sich an seine Kopflosigkeit in den folgenden Tagen, wie er keine Ruhe fand, bis er sich endlich überwand. Im strömenden Regen suchte er das alte Pfarrhaus. Wie in einem Traum die ersten Wochen. Aber ihre Hochzeit geschah gegen den Willen seiner Eltern. Sie konnten ihn nicht verstehen. Er schluckte würgend und drückte den Pullover vors Gesicht. Sorgsam strich er ihn mit den Händen glatt und legte ihn in den Schrank. Von der linken Brustseite kam ein dumpfer Schmerz. Er ging in die Küche, blickte sich aufmerksam um. Jede Ecke erinnerte an sie. Anna sah ihn mit ihren grauen

Augen ruhig an. Er streckte die Hand nach ihr aus und fasste ins Leere. Er kam zu sich. Mit steifen Fingern zündete er sich eine Zigarette an.
Wenn er Emma in den Kindergarten gebracht hatte, nahm er Linde mit heraus. Mit einem Eimer rannte Linde hinter ihm her. „Ühner füttern!" quiekte sie. Er fühlte sich im Haus eingeschlossen. - Er vermisste Anna.

3

„Sie haben eine schwere Zeit erlebt." Anna erschrickt. In dem Strom aus der Therapiehalle taucht dieser Fahrenkamp auf. „Da erwacht in einem der Wunsch, sich zu rächen. Haben Sie selbst die Bremsleitung durchtrennt? Dann kam an diesem Tag alles anders, als Sie gedacht hatten? Es hat Sie selbst erwischt. War es so?" - Anna starrt ihn mit großen Augen an.

Es ist ein Nachmittag, als sie von der Arbeit geholt wird. - „...und auf das Wasser musst du Acht geben, Claudia, niemals darfst du aus dem Wasserhahn..." - In die Kleiderkammer geführt, bekommt sie eine neue Zahnbürste, Zahncreme und Seife. Sie soll in den Wagen steigen, das weiß sie schon. - Aber Claudia muss jetzt drei Monate alt sein, da muss sie schon lächeln können. - „Vom Westen aus können Sie mehr erreichen für Ihre Tochter." Sie folgt dem Ratschlag des Anwalts, innerlich widerstrebend. ‚Eigentlich muss ich bleiben!'
Auf einmal geht alles sehr schnell. In Karl-Marx-Stadt erwartet sie eine komfortablere Unterkunft. Offiziere bemühen sich um sie. Ein blonder Offizier lächelt sie an: „Bitte nehmen Sie doch und bitte.... Hier sind Ihre persönlichen Sachen". Ihre

weiße Sommerbluse mit vertrautem Geruch. Immer noch riecht sie nach ihrem Augustschweiß von Kienwalde, nach ihrer Angst zwischen den beiden Herren. Auf die Weise bringt sich der heiße Tag in Erinnerung. - Für Anfang März und Schneeregen sind die dünne Bluse und die Sandalen ein wenig luftig. Annas Herz klopft zum Zerspringen. Ob ihre Entscheidung richtig war? Ob Robert mit den Kindern überhaupt ausreisen darf? - Ein Bus fährt vor. Auf einmal sind sie viele Politische. Der Bus braust durch die Landschaft. Führt sie unerbittlich fort von hier. - ‚Ich möchte nicht weg, ich möchte nicht!'
Trotz allem, was sie erlebt hat, ist die vorüberflirrende Landschaft Heimat. Wie würde die Fremde sein? Irgendwann bricht Jubel im Bus aus. Durch ein Labyrinth von Zäunen, Toren, Kontrollhäusern fährt ihr Bus ohne Aufenthalt an der Schlange der wartenden Wagen vorbei. War das nun die Grenze? Eigentlich müsste sie sich jetzt freuen, aber sie hat überhaupt kein Gefühl mehr. Sie sitzt in dem Bus ohne irgendein Gefühl. - ...in das Land, das ich dir zeigen werde.... Alles geht so schnell. - „Sie können aussteigen. Sie sind frei!"
Sie öffnet ganz vorsichtig die Augen. Sie hat das Gefühl, gleich das Bewusstsein zu verlieren. Weiße Häuser, Parkplätze, alles ist fremd. Alles sieht genauso so erschreckend wie das Gefängnis aus, das wenigstens bekannt und vertraut war. Gießen also, eine mittlere Stadt in Hessen. Ein großes Tor bewacht stacheldrahtumzäunte weiße Häuser. An diesem 4. März quillt das Lager über von Wellensittichen, Hunden, Männern, Frauen, Kindern. Und Journalisten auf Schritt und Tritt. ARD-Reporter laufen geschäftig im Lager herum und fragen jeden nach seiner Geschichte. Sie steht da, sieht mit blödem Gesicht in die Kamera und erzählt ihre nicht. Was ihr passierte, ist so

unglaublich. Sie hat sich schon im Gefängnis vorgenommen, ihre Geschichte hier nicht zu erzählen. Ich möchte ihn sehen, denkt sie. Sie meint, sein Haar, seine Haut in der Nähe zu spüren. - Sie stellt sich an, um sich registrieren zu lassen und erhält die Nr. 523.

Plötzlich ruft einer ihren Namen, wie sie ihn seit langem nicht mehr gehört hat. Wie elektrisiert dreht sie sich um. Robert! Vor Freude und Schreck stürzt sie zu ihm hin, zittert und schwankt. Er umarmt sie, presst sie fest an sich. Jetzt schiebt er sie ein Stück von sich fort, strahlt sie mit seinen diamantschwarzen Augen an. Unter dem Blick vergeht sie. Sie war bereit, in dieser Minute, unter all den fremden Leuten.... Nur er konnte das Verlangen in ihr erzeugen. - „Wo, wo ... ist Claudia?" - „Ich dachte, sie käme mit dir." - Anna blickt ihn ratlos an. „Aber du weißt doch, woher ich komme. Wie kann ich da...?" flüstert sie erstickt. Sie lässt ihr Gesicht auf seine Brust sinken. - „Wir werden sie finden!" murmelt er.

Robert drehte den Schlüssel um. Mitten im Raum blieb er stehen und schaute sie unverwandt an. Er brachte kein Wort heraus. Etwas schien seine Kehle zusammenzupressen. Anna ging auf ihn zu. Sie sah ihm in seine dunklen, eigentümlich traurigen Augen, bis die Spannung nicht mehr zu ertragen war. Ihr Mund nähert sich seinem. Tausend Jahre musste es her sein, seit ein Mann ihr so nah war. Er öffnet seine Arme und drückt sie an sich. Seine Augen leuchten im dunklen Raum. Sie spürt seinen schnellen Herzschlag. Erschauernd drückt sie ihre Stirn an seine Schulter, während Wellen durch ihren Körper jagen. Ihre beiden Lippen verschmelzen. Sie lässt sich mitreißen. Sie vergisst, dass sie noch die alte Jeans mit dem kaputten Reißverschluss anhat, die ist oben mit einer Sicherheitsnadel zusammengesteckt. Er kennt die alte Ostjeans und ihre Tücken nicht mehr, er zerrt am falschen Ende. Die Nadel springt auf und sticht in seine Hand. Er liebt sie nun mit blutenden Fingern, heftig, ungeschickt und ungestüm. Es erinnert an ihr erstes Mal, damals im Pfarrhaus in Kienwalde, als er nur auf einen Tee zu ihr gekommen war. Sie fallen auf eines der grauen Lagerbetten.

Auf ihre Papiere gebeugt, fragte die Frau hinterm Schalter: „In welches Bundesland?" - Ratlos blickten sie die Frau hinterm Glas an. „Wissen Sie nicht, wohin Sie wollen?" fragte die Glasfrau so, dass sie die Tragweite ihrer Entscheidung spürten. Sie wussten nichts über das Land. Sie musterte sie mit großen Augen. - „Können wir eine Nacht Bedenkzeit haben?"

„Bist du jetzt glücklich, Anna?" - „Ja, sehr." - Aber sie will das Gesicht nicht sehen, die Frau mit den blonden Haaren. Wie in der Zelle presst sie die Knie in den Bauch, um sich zu flüchten. Wildgänse haben sich auf einer Wiese niedergelassen. Ein Mädchen läuft hinter ihnen, will sie fangen, sie erheben sich.... Das Mädchen ist Claudia. - Sie wird wach und fragt nur: „Wo ist es ländlich?" - „Lass uns nach Niedersachsen gehen!" - „Mama, deine Haare sehen jetzt aus wie alte Omas Kaffeelöffel!" Vor der Zeit haben sich helle Stellen an ihrer Schläfe eingenistet, um von hier aus das gesamte Gebiet zu erobern. - „Ich weiß, in der Zelle sind sie silbern geworden. Ich will sie mir tönen." - „Nein, Mama, du siehst super aus mit deinen Silberhaaren!"

Als Linde mit ihrer Mutter am Morgen durch Gießen ging, bückte sie sich in die Rinnsteige. „Was suchst du, Linde?" - „Ich möchte nur sehen, ob sie heute Geld hingelegt haben." - „Geld? Wieso?" - „Frau Jandl hat gesagt, dass im Westen das Geld auf der Straße liegt", meinte Linde in vollem Ernst. - Aber was ist mit der Mutter? Sie hat Panik. Sie kann nicht antworten. Eine Folge des Gefängnisaufenthalts. Die Orientierung ist ihr in den Monaten verloren gegangen. Linde nimmt sich vor, nächstes Mal lieber Emma mitzunehmen, wenn sie nach dem Geld suchen will. - „Mama, die Häuser, guck, wie in deinem alten Bilderbuch", ruft Emma und sperrt die Augen auf. Im Zug fahren sie durch eine hügelige hessische Landschaft. Ein Dorf fällt in das andere. War das in ihrer Kindheit oder in einem Bilderbuch der Kindheit? Die Dächer sind rot, kein bisschen kaputt sind sie. Nicht mal die Dachrinnen sind abgefallen oder haben irgendein Loch an der Seite. Hinter jeder Kurve tut sich ein neues märchenhaftes Dörflein auf. Die Felder sind abgezirkelt, unglaublich klein, bilden gelbe und grüne Mosaike. Sie biegen in ein weites Tal und erreichen das Lager Friedland. Rote-Kreuz-Schwestern fahren ihre acht Koffer auf kleinen Wagen in das Lager.

4

Als sie im Lager die Koffer auspacken, staunt Anna, dass in jedem Koffer ein Ölgemälde steckt. Jetzt sind sie im Westen mit acht Ölgemälden, ohne dass die Kinder die Schlüpfer zum Wechseln haben. „Weißt du, was die hier an Wert haben?" zeigt Robert auf die acht Winterlandschaften. „Ich hab ein Schild gesehen. Da stand Kleiderkammer drauf. Geh doch mit den Kindern hin." - „Geh du, Robert! Ist mir peinlich." Als sie in der Kleiderkammer eingekleidet werden, fühlen sie sich, als ob sie vorher nicht bekleidet waren. Sie sagen „Danke". Stolz stapelt Robert die Schlüpfer auf dem Doppelstockbett, weil er die Sache angepackt hat und ihm nichts peinlich ist. Jemand rät ihnen zur Andacht zu gehen, weil der Pastor nach der

Predigt Toilettenartikel verteilt. Sie sagen sich, dass sie nicht deswegen kommen, aber nehmen sie doch. Es ist Lavendelseife. Und fangen im Hinausgehen einen Satz auf: ‚Diese Häftlinge sind doch alle Kriminelle.' Wo kam das her? Die Seife in der Jackentasche riecht durchdringend.
Die Luft ist klar wie Kristall. Vor der Baracke blühen die Tulpen. Tausende Tulpen, was man hier an Blumen hat, du kannst sie nicht zählen. Ein Pirol singt, fast so schön wie in Kienwalde. Auf der Bank in Friedland sitzen die Aussiedler und dösen. Eine blonde Frau und ihr marokkanischer Mann, beide über Rabat in den Westen geflüchtet. Ein ehemaliger Häftling, über und über tätowiert, mit Frau und Zwillingen. Die blonde Frau und der Ehemalige freunden sich an, wie das so ist, wenn man länger auf einer Bank vor tausenden Tulpen sitzt und einem Pirol zuhört. Am Abend gehen sie aus. Wo kann man hier ausgehen? Der Marokkaner passt auf die Kinder auf, denn die Frau vom Ehemaligen ist nicht mehr ansprechbar. Wenn ich rauskomme, trinke ich eine Flasche Mariacron leer, hat sie sich in Dresden versprochen. Im Bett zu fest angeschnallt, begannen die Zwillinge furchtbar zu schreien. Das Geschrei aber weckt die Aussiedler auf, richtige Aussiedler, aus Kasachstan. Eine alte Frau mit gelbem Kopftuch, ihr Mann, ihre zehn Kinder samt Schwiegerkindern und zig Enkeln.

Es dauert lange, bis sie endlich einschläft. - „Was haben Sie?" fragt die Schwester. Irgendetwas muss der Patientin einen heillosen Schrecken eingejagt haben. - „Das Gesicht, das Gesicht!" schreit sie und versucht sich aufzusetzen. Mitten in der Nacht erwacht sie von ihrem eigenen Schrei.

Christos woskres, flüstert die russische Großmutter. Sie streckt die Arme aus, um Anna nach russischer Sitte dreimal zu küssen. Heute ist Ostern. Ostermorgen im Lager Friedland. Er ist wahrhaftig auferstanden. Babka! Die Kreatur feiert Ostern. In jedem Winkel der Welt geht das Licht der Auferstehung auf. Die alte russische Frau reicht ihr eine eingewickelte Osterkerze. Am Friedlanddenkmal starren sie weit ins Land. Wie hast du die Monate verbracht? Ihre Silhouetten schweigen in die untergehende Sonne. Wäre ich im Osten geblieben, würde ich um diese Zeit gerade meinen fünften Ostergottesdienst hinter mir haben und gemütlich auf den Hof biegen, denkt Anna, aber sie sind nicht mehr im Osten. In blauer Dämmerung geht es ins Lager, sie wollen sich früh hinlegen, das Einzige, was man hier tun kann. - „Legen Sie den BH auf die Luke", schnarrt die düstere Stimme. Licht geht aus. Hinter der Luke lauert er mit seinen verkrampften Blicken. Anna zieht sich aus. Jetzt kommt er rum. Er setzt die Brille ab, wie der Mann, der die Strecke nach Berlin nicht kannte. Anna rennt durch den dürren Wald. Er keucht hinter ihr. Er kommt näher. Seine Arme greifen nach ihr. Behaarte Arme wollen sie zerren. Gleich hat er sie. Gleich....
"Anna, was ist mit dir?" ruft Robert erschrocken. - „Wo bin ich?" In ihren langen Lagerhemden von der Arbeiterwohlfahrt steht die Familie vor ihrem Bett. - „Ach, ich bin gar nicht mehr im Gefängnis?" Sie setzt sich auf und versucht, zu sich zu kommen. „Ich dachte.... Ich hab nur geträumt.... Ich hab so geträumt!" Da fällt ihr Blick auf die schrecklich langen Nachthemden. „Was habt ihr für Nachtzeug an!" Jetzt müssen sie lachen. Während sie auf die Enden ihrer Hemden treten, fallen sie auf die Koffer. Sie lachen und stürzen, bis die anderen Aussiedler mit ihren Besen gegen die Wand donnern. - „Ich vermisse unsere

Jolanthe." Emma hat plötzlich Tränen in den Augen. „Sie hat unser Leben gerettet", behauptet sie mit leiser Stimme. Nun erzählen sie, dass sie in den letzten Tagen in Kienwalde nur noch Jolanthes Eier gegessen haben, ohne die sie verhungert wären. - „Wo habt ihr die Hühner gelassen?" - „Hat die Frau Jandl in ihren Stall gesperrt. Dafür hat Herr Jandl uns zum Bahnhof Friedrichstraße gefahren."

„Vom Westen aus können Sie mehr erreichen für Ihre Tochter!" Anna meint wieder die Worte des Anwalts aus dem Gefängnis zu hören. Sie brennen darauf, mit ihrer Suche zu beginnen! 5000,- DM möchte der Göttinger Anwalt als Pauschale für seine Bemühungen. In Wirklichkeit tappen sie im Dunkeln. Vor ihnen ist Göttingen, eine alte Stadt mit einem Gänseliesel am Brunnen und einem behäbigen Rathaus. Sie schauen mit ihrem "so-sieht-also-der-Westen-aus" Blick. Fachwerkgassen geben den Blick in andere verträumte Gassen frei. Hinaufgehen, träumen, zu einem Glas Rotwein einkehren! Kein Dachziegel fehlt. Häuser, die grüne Fensterläden haben. Anna sieht sich auf der schlammigen Dorfstraße durch Kienwalde laufen. Sie ist verrückt, weil sie nach Kienwalde will, wo die Dachrinnen scheppern, wenn Sturm ist. Jetzt ist es sieben Uhr. Um sieben klappern sie Bier holen. Ein paar Tränen geraten in die Augenwinkel. Schöne, fremde Welt. Der Westen mit erleuchteten Schaufenstern hat ungewohnte Gerüche. Eine Frau eilt an ihnen vorbei, schaut sie nicht an. Wo sollen die Tränen hin? Kein Taschentuch zur Hand. Meinst du, auf uns hat hier einer gewartet? Vielleicht brauchen sie uns hier gar nicht? Ungewissheit, Erwartung, ein Chaos von Gefühlen! Endlich können sie sprechen. „Silber steht dir. Du bist noch schöner geworden, Anna! Du bist so..."

In Mingerode soll eine Wohnung frei sein. „Aber Sie bekommen Wohngeld, nicht wahr?“ Der Makler lächelt freundlich durch seine Brille. Das haben sie nicht gewusst. Doch beinahe scheitert es an Fräulein Papke. - „Ach, ich weiß nicht, Leute aus der Zone.“ Das war leise gesagt, aber sie haben es doch gehört. Robert hat wohl nichts darauf durch die Zähne gezischt. Muss der Wind gewesen sein. Eine Woche später stehen sie wieder auf dem Bahnhof. Und immer kommen neue Russlanddeutsche ins Lager. Frauen mit tief ins Gesicht gezogenen Kopftüchern. Die Schwestern eilen auf sie zu. Am Sulberg vorbei fahren sie ihrem neuen Zuhause zu. Zeit der Kornreife. - „Dann die Garben, Claudia, man stellt sie zu Hocken auf, in den Hocken ist man unauffindbar.“ - Woher werden sie Möbel nehmen? - „Nur Fetzen blauen Himmels sieht man durch die zusammenschlagenden Ährenbündel über sich, vergräbt man sich tief genug...“ - In Duderstadt ist niemand auf dem Bahnhof, der sie erwartet. Nur ein Gesicht lächelt sie an, es wirbt für Deutschen Weinbrand. - „Aber überall Schlangen im Bruch, Claudia, wenn du nicht Acht gibst...“ - Mingerode ist ein Dorf mit engen Gassen, Blicke hinter Gardinen spürbar. - „Die Hunde, Claudia, mussten in die Hocken, die Schlangen aufzustöbern.“ - Da winkt sie schon, Fräulein Papke, die neue Heimat winkt ihnen mit einem großen weißen Taschentuch zu. „Siehst du, hier liegt das Geld auf der Straße“, hebt Linde einen Glückspfennig vor ihrem neuen Zuhause auf. Sie hat es immer gewusst. - ... euch aus dem Elend führen, in das Land, wo Milch und Honig fließen.

5

Draußen hustet ein Wagen. Plötzlich ist alles still. „Er ist es! Er kommt!" Unruhig setzt sich Anna auf und zieht ihren Schuh an. - Wie Blätter im Wind werden sie weitergefegt, als ihre Odyssee ins Eichsfeld geht. - Sie erinnert sich an ihre Sehnsüchte, ihre Hoffnungen, besonders aber an Roberts Fernrohr, dass er vor ihr zu verbergen versuchte.

„Aber ein Fernrohr, sind Sie verrückt, wo anderes nötiger wäre." Robert läuft, das Fernrohr im Tragekorb getarnt, an Fräulein Papke vorbei auf den Wäscheboden hinauf, als ob das Haus in Flammen steht. Die Mansarde können sie mitbenutzen. Am höchsten gelegen ist das Mansardenfenster, da müsste es doch möglich sein. Ein Stück Straße, Zaun mit Stacheldraht, Freifläche, ganz glatt, wieder ein Zaun, dahinter eine Straße, Häuser. Robert hält das schwarze Fernrohr vor die Augen, er sitzt auf dem Toilettenbecken. An seinem Kinn klebt ein blutgetränktes Stück Göttinger Tageblatt. Sein Adamsapfel hüpft. Fräulein Papke kommt hoch, sie will was, geht kopfschüttelnd wieder runter. Es ist drei Uhr, es wird vier, um fünf sieht er Rauch aufsteigen. Fenster gehen auf. Um fünf kommen sie im Osten alle von der Arbeit. Tatsächlich tritt eine Frau raus, unterm Arm einen Wäschekorb und an der Hand ein Kind. Die Frau trägt eine rote Schürze und erinnert ihn an.... Deren Brief knistert in der Tasche, eigentlich ist er eben nur hoch gegangen, ihn zu lesen. Sie hat ihm aus Kienwalde geschrieben. Er hat den Postboten abgefangen. Heute hat sie ihm geschrieben, dass sie ein Kind von ihm erwartet. Robert kann das nicht glauben. Er geht die Situationen in der dunklen Tischlerei

durch. Außer einmal, als er ihr über die Haare streichelte, fällt ihm nichts ein. Gibt es das denn? Filmriss, keine Erinnerung, nichts? Immer wieder liest er zweifelnd die Zeilen.
„Nur nicht auf die Rabatten, Kinder!“ ruft Fräulein Papke von unten. Die Ostkinder trampeln auf die Astern, wenn sie den Ball holen. „Der Garten, Claudia, der ist von einer hohen Mauer umgeben und in den Fliederbüschen...“ So haben die drei auf der Terrasse ihre Gedanken. Fräulein Papke stopft ihre Strumpfhosen. Strumpfhosen kosten eine Deutsche Mark, doch es geht ums Prinzip. Das Prinzip von Fräulein Papke heißt Sparen an allen Ecken und Kanten und keinen ins Haus reinlassen. Die Leute aus der Zone können das nicht wissen. Und vor allem, nichts unterschreiben! Tief unter der Bluse verbirgt Fräulein Papke ihre Meinung, dass die Grenze nicht so schlecht ist. Doch hat sie zwei weitere Häuser zu vermieten. So schaut sie auf ihre Strumpfhose runter, denkt sich ihr Teil und informiert über Küchenherde mit Mikrowellen. Anna fallen die drei schwarzen Ringe ein, die sie auf den Kohleherd stellten. Dann schoben sie ein Stück Holz in den Herd und machten Feuer an. Sie muss jetzt häufig an den schwarzen Kohleherd denken. - Sie würde Frau Papke gern von ihrem schwarzen Kohleherd erzählen. Wie das war, wenn so langsam unten die Glut anfing zu brennen und man wusste, jetzt dauert es nicht mehr so lange. Nur noch eine halbe Stunde, da kommt Mutter bis zu der Stelle, wo Masch die erste Frau ermordet. Aber sie ist sich nicht sicher, ob Frau Papke das verstehen würde. - Also läuft sie nach oben. Bald dringt das Ticken einer Schreibmaschine runter zu dem Fräulein und zu Roberts Mansarde hinauf. - „Bitte ich Sie, uns zu helfen... haben wir seit achtzehn Monaten keine Nachricht.“

Über alldem kommt der Sommer ins Eichsfeld und nach Mingerode. In Sommernächten grillen sie im Freien. Im Tal mischt sich der Ost- mit dem Westrauch. Schon fünf, Robert muss hinauf. - „Aber Herr Ulanow, immer rübergucken, so geht es doch nicht weiter", hat er sich erschrocken. Wie ist das Fräulein rein gekommen? „Das ist nun vorbei. Integrieren Sie sich. Haben Sie sich überhaupt schon um Arbeit bemüht?" Sie meint es nur gut. Robert lächelt. Er will auch gleich kommen. Er trinkt neuerdings ein bisschen, weil Bier hier ganz billig ist. Besonders bei Getränkebayer, wo die Männer im Stehen ein Bier trinken.
Warum sitzt der Vater oben in der Dunkelheit? Was grübelt er allein? Linde holt ihn. Gerade rechtzeitig, um in Farbe zu sehen, wie der Bundeskanzler Kohl mit dem Staatsratsvorsitzenden Honecker in Bonn einen mattgelben Händedruck tauscht. Honeckers Worte bei seinem Staatsbesuch „Realitäten ... zwei souveräne deutsche Staaten" aber rauschten vorüber. Denn früher in Kienwalde waren die Erntekombines, die Maidemonstrationen am Alexanderplatz sowie die ganze Welt schwarz und weiß gewesen. Auf einmal erhält diese Welt Farbe, so, dass Honeckers Gesicht etwas grün aussieht im Gegensatz zu Kohl! Danach lächelt die Tagesschauansagerin mit rosa Wangen. Am späten Abend folgt ein wunderbarer Liebesfilm in Blau. Der Farbfernseher ist vom Verkauf der acht Ölgemälde aus den Koffern, die keine Antiquitäten waren. Das hat der Trödler gesagt und sie für achthundert Mark genommen, weil er kein Unmensch ist. Zweihundert Mark sind übrig.
Ein dicker Herr mit einem silbernen Koffer schnauft den Weg rauf. - „Ulinow?" fragt er mit Blick auf die Klingel. Er stellt den silbernen Koffer ab, um den Schweiß zu wischen. Linde wundert

sich, dass sie in der Gegend schon bekannt geworden sind. Der dicke Herr ist in Sachen Versicherungen unterwegs und ob er mal kurz reinkommen könnte. Auf der Gemüsekiste nimmt er schnaufend Platz. Gespannt beugen sich die Kinder vor, als er seinen silbernen Koffer aufklappt. Zettel sind drin, mit Kreuzen an den Stellen, wo die Eltern unterschreiben sollen. Sie wundern sich mit ihm, wie sie bis zu dem Tag überleben konnten, ohne anständig versichert zu sein. Er lächelt auf die Kinderschar, appelliert so lange an das Verantwortungsgefühl der Eltern, bis sie auf seinen Zetteln neben den Kreuzen ihren Namen schreiben. Als er seinen silbernen Koffer zugeklappt hat und gegangen ist, lässt er seinen Geruch auf der Couch. Sein Geruch klebt auch an Tores Händen. - „Und an meinen!" ruft Linde. - „Rasierwasser", sagt der Vater anerkennend. Er meint, dass sich die Männer in der Gegend morgens damit einreiben. Morgen früh will er das ausprobieren.
Aber am Morgen ist alles anders. Arbeit ist gefunden! Beim Kallis, das Feld ist abgeerntet, soll er neu pflügen. Er ist doch Tischler. - „Seien Sie doch froh, dass Sie erst mal was haben." Anna ist auf dem Feld nebenan, sie erntet Frühkartoffeln. Emma übt mit Linde am Wegrand über Pfützen von Ost nach West springen. Anna hört, dass der Traktor muckt, aber nein, er tuckert weiter. - „Und die Wiese, Claudia, von Weidengestrüpp umgeben, die an den Bach grenzt. Wenn du bis ans Wasser gehst, dich hinunterbeugst, siehst du kleine Fische, Wurzeln und Zweige. Das Gras wächst unterm Wasser weiter. Hörst du, Claudia, es wächst unterm Wasser weiter." - Das Tuckern klingt gleichmäßig. - „Aber eine Stelle im Bach, die friert niemals zu..." - Der Traktor ist längst auf der Straße. Merkt Robert nicht, dass er die Straße eggt? Er merkt es, zu

spät! Die Eggen sind stumpf und verbogen. Der Bauer tobt, war man mitleidig und nun das. Da hat er sich fest vorgenommen: Heute Abend sage ich es ihr. Wieder keine Möglichkeit.
„Wenn wir an die Bildzeitung gehen, Robert?“ ruft Anna begeistert. - „Die Presse? Das können wir nicht. Der Anwalt hat dringend davon abgeraten. Wir würden sie nur gegen uns aufbringen.“ - „Aber die Zeit vergeht. Wie viel Zeit haben wir noch?“ - „Wir rechnen damit, dass ihre Tochter adoptiert wird.“ - „Was bedeutet das?“ - Der Anwalt meint zögernd: „In dem Fall bekommt sie einen neuen Namen. Wir können sie gar nicht mehr finden.“

Emma soll eingeschult werden. Wieso denn? Sie ist das größte Kind in der Familie und lebt gegenwärtig im Inselland, wo sie allerlei Kämpfe durchzustehen hat. Wenn sie sich an den Tisch setzt, führt sie eine Leine mit, weil sie ihre Hunde anbinden muss, die nur sie sieht. „Gibt es denn noch etwas, was Emma lernen muss?“ fragt Linde.
Für die Einschulung hat sie kein Kleid. „Was machen wir da, Emma?“ Man sieht dem Kleid nicht an, dass es aus der Kleiderkammer der Caritas ist, denkt Anna. Es ist blau mit weiß, zu Emmas weißen Haaren und blauen Augen und hat einen weiten schwingenden Rock. Als sie in die Schule kommen, starren die anderen Mädchen Anna an. Sie machen Bemerkungen, über die sie kichern müssen und stoßen sich gegenseitig an. „Neben der in dem komischen Kleid will ich nicht sitzen!“ flüstert ein Mädchen seiner Mutter zu. - In der Pause verschwinden alle, bis sie mit Geschrei zurück gerannt kommen. „Sie hat mich impotent getreten“, schreit die Heizungstochter. Aber eine Minute später fragte sie die Emma, ob sie neben ihr sitzen will. Auf ungewöhnliche Weise errang Emma ihre Anerkennung.

Jetzt soll der größte Tag in Emmas Leben gefeiert werden! Ausführlich schäumt der Vater sein Kinn mit weißem Schaum ein. Er steht vor dem Spiegel und setzt die Klinge am rechten Ohr an. Weil er die westlichen Rasierer ablehnt und seine alte verbogene Rasierklinge aus dem Osten benutzt, bringt er es fertig, sich zu verletzen. Mit einem blutigen Stück Bildzeitung auf dem verletzten Kinn kutschiert er sie über Berg und Tal in den Märchenzoo Ziegenhagen. Auf der Kirmes, Runde um Runde. - „Können wir uns das denn leisten, Robert?" - „Kinderheim, hat die Kassiererin gefragt", grinste Robert verstohlen. - „Und was hast du gesagt, Robert?" - „Gar nichts, ich habe genickt." Robert lachte, das blutige Zeitungsstück auf seinem Kinn wackelte hin und her. Aber er hat eine Sünde auf sich genommen, weil Nicken genauso ist, als wenn man Ja sagt. Der Himmel ist blank und blau. Der Sommertag glüht. - „Pass auf, Claudia! Schaukle nicht so hoch!" Es ist nicht Claudia. Ein fremdes Kind mit blonden Haaren, die Mutter schaut Anna verwundert an. Anna sieht ihre Tochter. Sie ertappt sich dabei, dass sie ihr übers Haar streichen will und ins Leere greift.

„Lies das!" Ein Bericht im Spiegel über Zwangsadoptionen verstärkt ihre Angst. - „Robert, ich habe keine Ruhe mehr. Wenn sie inzwischen tatsächlich adoptiert wurde?" Er kramt die alte Mitteilung der Jugendhilfe Berlin hervor, in der als Begründung stand, dass die „sozialistische Erziehung und allseitige Entwicklung in ihrer Familie nicht gewährleistet sei". Robert verlor vorm Anwalt die Nerven. - „Sie müssen doch herausbekommen, in welchem Kinderheim sie sich befindet!" Von dem Tag an führen sie ein Doppelleben. Sie verkaufen ihren Passat, um einen klapprigen Ford zu erwerben, der ihnen unauffälliger erscheint. Sieh dich nicht um und bleib auch nicht stehen in dieser ganzen Gegend! Am Tag macht Robert eine Umschulung zum Tischler. Er ist doch Tischler. Nein, irgendein Papier fehlt noch. Nun hantiert er mit Bleistift und Lineal für die Lehre in Göttingen. Linde steigt morgens in einen kleinen Bus, der sie über die Dörfer in den Kindergarten bringt. Anna schält Kartoffeln. Nach außen führen sie ein unauffälliges Leben. Es sieht so aus, als würden sie sich allmählich integrieren.

Anna fühlt sich beobachtet, legt die Decke fest über ihre Augen.

Niemand ahnte ihren Plan! Zum Ersten im Monat nahm Anna Arbeit im Büro auf. - „Denken Sie daran, Kaffe bitte schwarz mit einem Stück Zucker." Die Chefin erscheint. Anna darf den Kaffee für sie kochen. Getuschel der Angestellten, dabei ist sie doch neu. Anna ist im Westen, um für eine Chefin Kaffee zu kochen. Und dieses gilt als Auszeichnung. Steht die Fußbank an der richtigen Stelle, surrt das Heizgerät? Anna sitzt vor der Chefin mit einem Block und Bleistift. Ist der Bleistift auch bitte angespitzt? Anna soll doch in Steno schreiben. Inzwischen hat die Chefin ihre zweite Tasse Kaffee geleert und diktiert mit müder, wegwerfender Stimme einen Brief an einen Herrn Ministerialdirektor und an eine Freifrau von Odenshofen. Sie hat etwas Schwierigkeiten mit den Adelstiteln, weil sie die im Osten nicht kannten. Unten auf der Seite fehlt das Komma, die Seite noch einmal! Sie kann das nicht Frau Jandl in Kienwalde berichten, weil sie sich

furchtbar schämt. Sie kann niemandem schreiben, wie sie hier lebt. Niemals würden sie in Kienwalde glauben, dass sie für das Surren von Heizgeräten und fehlerfreies Abschreiben fremder Gedanken zuständig ist und das nicht mal gut kann. - Als ihr an der Hecke zwei Mitarbeiterinnen entgegenkommen, hört sie deutlich, wie sie sagen: „Da geht diese Anna." - „Sie soll drüben einen Laden überfallen haben." - „Nein, sie hat..." Ihre Schritte entfernten sich. Anna stolperte zu ihrer gemeinsamen Bank. Sie will den Frauen erzählen, wie das war. Munter redet sie los. - „Im Gefängnis gesessen?" Die Frauen bleiben an ihren Schuhen hängen. Das habe doch bestimmt seinen Grund gehabt, meint eine mit rotem Mund und mit einem huschenden Blick auf die staubigen Schuhe. Ob man sich nicht mit dem Staat arrangieren müsse. Auch hier! Anna guckt auf ihren roten Mund. Sie kann nichts erwidern, weil die Chefin schon in die Hände klatscht. Fleißig dürfen sie auf ihre Tasten hämmern.
Anna nimmt ab. Häufig am Tag, beim Essen oder im Schlaf spürt sie die graue Decke aus der Zelle über sich und flüchtet sich in Arbeit. Doch durch ihre Arbeit und Roberts Umschulung fliesst Geld ins Haus und weiter zum Anwalt, um seine Zunge zu lösen. - „Es gibt Neuigkeiten", berichtet er. Claudia Ulanow befindet sich im Kinderheim in der Tretjakowstraße in Potsdam.

6

„Riechst du das, Anna?" Hinter Ziesar begann es nach Kiefern zu riechen. - „Sprich nicht. Kein Wort. Mir wird mulmig vor Angst!" Ein Ford älteren Baujahrs fuhr über eine verlassene Autobahn. Es regnete. Auf dem Transitweg durch ihre ehemalige Heimat.

Magdeburg, Ziesar, Brandenburg. Sie hatten alles gut kalkuliert. Kurz nach Michendorf würde der Reifen kaputtgehen, der eigens für die Transitreise gekaufte uralte Ford würde sie zwingen, verbotenerweise abzufahren. Es ging nicht anders. „Potsdam 3 km". - Natürlich war es auch möglich, dass man ihnen folgen würde. - Es war ein weißer Wartburg. „Halt an, Robert!" - Trotz ihres Verfolgers versucht Anna, die Beifahrerseite zu öffnen und aus dem rollenden Auto zu springen. Der weiße Wartburg setzt sich vor. Der alte Ford wird gestoppt. - „Es ist der Reifen, ich schaff es gerade noch bis zur Werkstatt." - „Moment, Sie fahren doch Transit und wo is Ihre Frau nu?" fragte jemand in unverkennbarem Sächsisch. Da war Anna bereits heraus und mit dem Bus weiter. Das Kinderheim lag in Babelsberg. Als sie ankam, wurde sie erwartet. - „Ihr Pass!" Sie waren vor ihr da. Wer hat sie unauffällig beobachtet? Die Hoffnung hat sich ins Mauseloch verzogen. - Der Anwalt zieht die Brauen hoch: „Am Ende haben Sie mit ihrer Unternehmung sich selbst geschadet. Vorläufig kann ich nichts für Sie tun." Eiszapfen ragen von den Dächern. An den Scheibenwischern bleibt grünlicher eisvermengter Schnee haften. Bei starkem Frost reisten sie nach Uhingen, weil die Mutter auf ihre Berufung aus ist. Sie denkt nur noch an Gottesdienste und Beerdigungen. Wozu ist sie überhaupt auf die Welt gekommen, wenn nicht dafür? Im Auto kramt sie ihren dunklen Sommermantel aus der Tasche. - „Es liegt Schnee, Mama!", sagt Linde vorwurfsvoll. - „Aber im Sommermantel sieht man mir nichts an." Das Baby will in vier Wochen zur Welt kommen. Es geht um die Zukunft. „Was mach ich, wenn man mich bittet, meinen Mantel abzulegen? Dann sag ich, mir ist so schon kalt."

Vor der Amtstür kommen sie nicht weiter, weil eine schwarzhaarige Sekretärin sie hindert: „Ich muss nachschauen, ob er zu sprechen ist!“ Derweil begannen sich Linde und Emma um einen kleinen roten LKW zu zanken. Das setzt sich fort, als er zu sprechen ist und sie von der Schwarzhaarigen hineingerufen werden. Das Gespräch im Amt dauert genau fünf Minuten, der Mann ist Zankereien von kleinen Kindern über rote LKWs nicht gewohnt und bittet Anna gar nicht, ihren Mantel abzulegen. „Das ist super gelaufen, weil Mama sowieso nicht wusste, was sie sagen soll!“ findet Linde. - Also hat Anna wenig Erfolg. Warum wurde sie berufen, wenn Gott sie jetzt wie ein wertloses Werkzeug in der Ecke liegen lässt? Auch die Chefin hat sie gekündigt. Dabei hat sie unbedingt gewollt, dass Anna etwas aus dem Osten erzählt. Nun übernimmt Robert eine zweite Arbeitsstelle, die um fünf Uhr abends beginnt. Zwischen zwei Kartoffeln, die Anna schält, liest sie eine halbe Seite aus Maxie Wanders Tagebuch. Sie versucht, sich in die Pflichten einer hiesigen Hausfrau einzureihen. Turnschuhe für die Kinder nicht vergessen. Trotz der Bemühungen erreicht sie nicht die Welt der anderen Frauen. In der Kienwalder Küche hörten wir beim Abwaschen Radio Montreal BBC London, den Wetterbericht für alle Provinzen: Quebec 10 Grad, Montreal sonnig. Wir wussten, irgendwo hinter der Mauer gibt es das andere Leben, die Alternative und irgendwann, wenn wir das alles hier satt haben, die Küche, das Abwaschen, das Ganze hier, gehen wir da hin.... Aufgehört zu träumen! Mit einem Schlag sollen wir erwachsen sein! Wo gehen wir jetzt hin?

7

Glühender Mittag. Kein Mensch ist zu sehen, als Anna langsam über den Platz läuft. In der Mitte der Anstalt ist ein Platz, holprig gepflastert mit Katzenköpfen.

Das Kopfsteinpflaster ist halsbrecherisch, aus den Fugen quillt die Schafgarbe. Sechs, sieben Bündelchen Hoffnung. Die Hitze. Sie muss langsamer gehen, das Baby bewegt sich. Die Enge in den Gassen. Gegen den Berg ist sie gebaut, die Stadt Fulda. - Die Pferde, die Sonne und der Brautstrauß, das jüdische Dorf aus der Welt von Chagall ist noch in Annas Kopf und das Liebespaar fliegt über den Himmel. In eines der Häuser hier unten eintreten, im dunklen Flur stehen und die Kühle der Jahrhunderte spüren. - Eigentlich wollte sich Anna auf dem Markt Schokolade kaufen. Gönn dir etwas. Da erblickt sie einen Bottich mit sauren Gurken. Das hätte nicht kommen dürfen. Als ihr das Wasser im Mund bereits zusammen läuft, dringt die Stimme an ihr Ohr. - „Hilft mir keiner?" Ein alter Mann mit teigigem Gesicht greift haltsuchend hinter sich in die Mauerrisse. Im Gewirr scheint ihn niemand zu hören. Finsterer werden die Gassen. Er schließt vor ihr ein Vorhängeschloss zum stallartigen Gemäuer auf. Drinnen liegt ausgebreitet sein Leben. Hosenträger, Tabak, Schüsseln mit dickem Belag. Einen Wassereimer neben sich kniet Anna in ihrem blauen weiten Kleid am Boden. Gerade will sie einen neuen Eimer Wasser heben, als das Wasser sich über die Hosenträger ergiesst, den Tabak einweicht. Glühendes Eisen scheint sie zusammenzupressen. Sie hört nicht, wie der Mann flucht. Schmerz flammt in ihr wie Feuer. Mit weit aufgerissenen Augen sieht sie verständnislos um sich, ohne zu

begreifen, wie sie hierher geraten ist. - Sie hält sich am Tisch und stöhnt. „Haben Sie ein Telefon?"
„Sie können nicht mehr weg. Die Geburt hat begonnen", zog die Hebamme sie am blauen Tonnenkleid zurück. - „Ich wollte nur zur Untersuchung. Termin ist erst in einem Monat. Ich.... Mein Mann wartet." Ihre alte Angst vorm Krankenhaus kam hoch. Sie zeigte mit der Hand in den Park, wo man Robert mit den Kindern ungeduldig auf und ab gehen sah. „Gleich ist fünf, seine Arbeit!" - „Der Pförtner sagt ihm Bescheid." Unter Schmerzen musste sie lachen, weil Mutter Bertha wieder Recht hatte. Über ihr Lachen leicht irritiert, weil sie Mutter Bertha nicht kennt, wies die Hebamme einen jungen Mann an, ihr einen nassen Lappen auf die Stirn zu legen. ‚Merkwürdig, Wehrdienstverweigerer brauchen hier also nicht nach Rüdersdorf und ähnlichen Orten, sondern legen den Müttern feuchte Lappen auf.' Wieder packten die Wehen sie mit voller Wucht. Als der Junge Berti zur Welt kam, durfte der kleine Bursche an ihrer Seite liegen bleiben. Sie liess sich nicht anmerken, wie verwundert sie war. - „Wo haben Sie vorher entbunden?" Sie lag zur Wand gedreht, um nicht zu hören, was sie gefragt wurde. Immer noch nicht hier angekommen, dachte sie. - In der Gasse blüht Schafgarbe. Ein Fuß tritt drauf, sie treibt Wurzeln, einfach so. Als Anna mit Berti aus Fulda heimkommt, fahren die Fische, Pferde und Sonnen von Chagall mit.

Auf dem Katzenkopfpflaster sammelt sich die Hitze. - „Ihre Tochter Claudia hat angerufen. Sie kommt heute." - Anna lächelt. „Endlich!" Wie sie sie entbehrt hat. Nach Bertis Geburt ging es ihr nicht besser. Unsicherheiten, Ängste um Claudia hatten sie gequält. Sie hatten wenig Hoffnung, bis der ersehnte Brief kam. Es war soweit! - Sie wird nie vergessen, wie ihr Herz bei Claudias Ankunft in Helmstedt klopfte...

Ihr Herz hämmert so wild, dass sie denkt, der Anwalt neben ihr muss das hören. Robert sieht erschreckend blass aus und raucht eine F6 nach der anderen. „Sie müssen zwei Stunden warten", sagt der Beamte hinterm Schalter. Sie warten mit Berti, Emma und Linde. Was bedeuten zwei Stunden, wenn man fünfundzwanzig Monate gewartet hat? Bis zum letzten Moment können sie nicht dran glauben. Das Herz ist außer Rand und Band! Robert hat seine zweite Schachtel leer geraucht. - Endlich! Der fünfzehnte Juni 1984 an der Grenze in Helmstedt: Eine kleine Gestalt steht vor ihnen. Verwirrt hält das Kind seine Stofftiere, einen Affen und eine blaue Giraffe, fest. Verschüchtert starrt es sie aus dunklen Augen an. Es ist wie ein Blick in den Spiegel. Das weiße Gesicht, große, traurig verschleierte Augen. Anna sieht sich selbst wieder. Aus den verschlossenen Augen blickt ihr ihre eigene Kindheit entgegen. Anna hat Angst, dass die Kleine sich sofort in sich zurückziehen würde. Deshalb sagte sie nur leise: „Hallo!" Das Mädchen sagt nichts. Ihr Blick geht von Annas Jeans zur weißen Bluse hoch und bleibt auf ihrem Gesicht hängen. Als Anna ihre Hand nehmen will, löst sie sich wieder, aber steigt wortlos mit ins Auto.

Auf der Bank wärmt sich eine Katze. Aus Hopfendolden entweicht betäubender Geruch. Zwei große Bleche Kirschkuchen sind gebacken worden. Danach soll es Schokoladenpudding geben. Auf den Bänken, auf den Treppenstufen, auf Stühlen, die aus der Nachbarschaft geborgt sind, sitzen Leute und blicken neugierig auf Ulanows Tochter, die wie vom Himmel gefallen ist. Der Wind fährt in die Birke. „Birke und Auto..." wird ihr abwechselnd vorgesagt. Das Mädchen sitzt zusammengekauert und sieht sie mit großen Augen an, ohne Birke und Auto zu sagen. Als eine Biene aus den Hopfenblüten kosten will, nimmt Robert die Tochter hoch, zeigt ihr die Biene und beginnt unbeholfen mit ihr zu schmusen. - „Ich zeig dir, wie man imkert. Wir wandern mit den Bienen in den Raps. Dann kosten wir als erste den Honig, nur wir zwei!" Zum ersten Mal huscht ein Lächeln über ihr Gesicht.

Die Fensterladen ächzten. Der Herbst kam angestürmt. Anna sah zu, wie der Wind Zweige von den Bäumen riss und über die Straße fegte. - „Hiermit möchte ich Sie bitten, mir Angaben über Frau Judith Ungerer mitzuteilen." - In ihrem Heimweh erinnert sich Anna an die Gespräche mit Anna Klüwe. Erna Jandl kommt vor ihre Augen. Sie sieht Sander vor sich, wie er mit dem Kopf an die Hauswand schlägt. Letzte Worte, letzte Begegnungen auf der sandigen Dorfstraße. Ein Teil von ihr ist immer noch nicht angekommen. Wenn Anna Heimweh hat, schreibt sie solche Briefe, die ohne Antwort bleiben werden. Auf dem Boden spielt Claudia mit einem roten und einem weißen Spielstein. - „Ich bin Erni und wer bist du?" hört die Mutter im Ächzen des Sturms. Erstaunt sieht sie sich im Raum um. Niemand ist hier außer Claudia. Sie muss es sein, die gesprochen hat! - „Wo hast du Bert gelassen, Claudia?" Aber Bert steckt in ihrer Nase.

Unheimlich knarrte das Fensterholz. Frost stellte sich ein. Am Fenster blühten Eisblumen. Der Brunnen fror zu. Mit dichtem Reif waren Baum, Zäune und Pumpe überzogen, als Anna in den Hof trat, die Post aus dem Kasten holen. Es begann zu schneien, bald fielen große Flocken vom Himmel. Einen Augenblick stand sie still und atmete die klare feuchte Luft ein. Plötzlich hörte sie einen gurgelnden Laut hinterm Haus. Angestrengt spähte sie in den Flockenwirbel und entdeckte etwas Braunes an der Pumpe kauern. Eine kleine Gestalt klebte mit der Zunge an der Pumpe. Sie drehte sie vorsichtig um und sah in Claudias schreckstarre dunkle Augen. - „Du musst heißes Wasser holen und die Zunge in einem Zug abreißen", hört sie ihre Mutter Bertha sprechen. - Mechanisch holt sie heißes Wasser und löst die Zunge. - „Du brauchst keine Angst haben", beruhigt Claudia ihren Affen. Sie holt einen Legostein und legt ihn unter seine Achseln. Die Folge ist, dass er das Bett hüten muss. Schützend hält sie die Arme um ihn und legt sich daneben. Anna und Robert fallen von einem Schreck in den anderen. Claudia, immer nur Claudia! In dem Winter beginnen Emma und Linde ihr eigenes Leben. Sie führen einen Bandenkrieg gegen die Neuzugezogenen von Berlepsch. Jeden Morgen ziehen sie mit zwei Schlitten und einem kleinen kläffenden Hund los, um ihre Rechte zu verteidigen. Linde schläft nur noch ein, wenn der braune Kasten neben ihrem Bett parkt. Seit März ist sie bei einem Geigenlehrer angemeldet. Die Geige unter ihrem Kinn, fiedelt sie nach „Kuckuck, Kuckuck" in kurzer Zeit Zigeunerweisen. Sie hat vor, Jan aus ihrer Klasse zu heiraten, um nach dem ersten Konzert auszuziehen! Aber es soll nichts werden mit Jan. Anna hat sich um eine Pfarrstelle in Essen beworben. Weiter ins Land wollen die Eltern. - „Bringt doch nichts, durch den Draht zurückzusehen!" murmelte der Vater. - Mit einem hochgepackten Schlitten, auf dem ihre Waffen liegen rücken die Berlepscher an. Drei Besen und eine alte Mistgabel. Sie wissen nichts von der Abreise der Gegner und greifen an. Ratlos sehen sich Emma und Linde an, ihre Waffen sind schon im Möbelwagen. Sie ziehen sich aufs Dach zurück. Das ist flach und mit Teerpappe gedeckt. Unerschrocken feuern sie mit Schneebällen, die sie mit mittleren Steinen spicken, auf die Angreifer. Zum letzten Mal verteidigen Emma und Linde ihre Stellung, bevor sie ins Auto klettern, das sie ins Ruhrgebiet entführt.

8

„Nach drei Jahren wurden sie Pfarrerin im Westen. Haben Sie sich einen neuen Anfang erhofft?" fragt Dr. Sorge. Sie schweigt verwirrt.

‚Ich bin doch nicht noch mal eingeschlafen, o Schreck?' Schweiß rinnt über Stirn und Nacken. Kerzengerade sitzt Anna im Bett. Ratlos starrt sie auf ihre nackten Füße. Wo sind ihre Sandalen, wieso liegt sie im Schlafanzug? Sekundenlang glaubt sie, wieder auf einer polnischen Autobahn zu trampen. ‚Psiakrew, psiakrew!' Allmählich kommt sie zu sich. Gegen die Leitplanke der Autobahn, nur wenige Meter von ihrer Schlafstube entfernt, ist ein polnischer Laster gerast. Es hat einen mächtigen Knall gegeben, dem Minuten später eine Polizeisirene und polnische Flüche folgen. Neben ihrem Pfarrhaus war ein grüner hoher Berg, den man in der Gegend Halde nannte. Unmittelbar folgte die Autobahn. Doch durch die Hintertür gelangte man in einen Innenhof mit einer mächtigen Kastanie, die Geborgenheit gab. - Nach einem Blick auf den Wecker reibt sich die Pastorin die Augen. Verschlafen, muss mich beeilen! Angst, Freude! Heute wird ihr erster Gottesdienst im Westen sein.

Energisch zupft Berti an der Mutter. - „Nur aus Versehen!" ruft er, als sie das Fenster schließt und ihn verstehen kann „Ich hab dein Kirchenkleid mit der Wasserpistole nass gespritzt." Sie hört nicht. „Ich weiß, dass es ein Gottkleid ist, Mama. Ich bin vier." Eilig hat sie sich vor den Schrank gekniet, um alte Pullover aus den Fächern zu wühlen. Als er sieht, dass sie sich für einen uralten Pullover entscheidet und den Talar schnell entschlossen drüberstülpt, ruft er erschrocken: „Willst du Gott beleidigen, Mama?" - „Mir passt nichts mehr", murmelt sie vor sich hin. Weil sie ihm nicht antwortet, kriecht Berti unter den Teppich, um für ein paar Stunden darunter zu verschwinden. Er zieht sich in sich selbst zurück, während die Mutter im schwarzen Kirchenkleid in einer schwarzen Kirche arbeitet.

„Lobe den Herren, den mächtigen König der Ehren...", schallt das Lied, während Anna am Altar, die noch feuchten Talarschöße um die Beine, mit Wiedersehensfreude auf das Gloria Patri wartet. Vier Jahre lang hat sie den Augenblick herbeigesehnt. Endlich schmettert die Orgel „Ehr sei dem Vater!" Ihre Augen gleiten über die Gesichter der Kirchenbesucher. Viele unter ihnen sind Bergleute, die sie von Anfang an ihre Zuneigung spüren lassen. Das hilft sehr. Kyrie Eleison! Die Orgel braust zum Gloria auf. Ob wohl in Kienwalde heute die Glocken läuten? - „Der Herr segne dich und behüte dich," spricht sie den aaronitischen Segen. ‚Er schenke euch grenzenlosen Frieden, und keine Mauer,' fügt sie heimlich hinzu und merkt erstaunt, wie die Vergangenheit sie noch hält.

Noch ahnt sie nicht, dass zuhause eine Gelegenheit auf sie wartet, das alles zu vergessen. - „Moment!" ruft sie, während sie den Talar ablegt. Ratlos steht sie in dem uralten Pullover da. Es klingelt anhaltend an der Tür. Draußen streckt eine

Frau flehend die Hand aus, mit vier Kindern, deren Gesichter von Schründen entstellt, deren Körper nur teilweise von Lumpen bedeckt sind. Neugierig kommt Berti unter dem Teppich vor, bohrt mit dem Finger in der Nase und starrt die Kinder an. Noch nie hat er solche Kinder gesehen. Hier scheint ein echter Notfall vorzuliegen. - „Kommen Sie herein!" Linde teilt die Essenportionen neu auf. - „Nein, danke!" rufen sie, schieben die Teller zurück, ihre Lage klärend. Sie brauchen dringend 300 DM. Hinterm Sekretär hat Robert achtzig Mark für Reparaturen versteckt. Glücksfall. - Robert stellt seine Tasse mit Kaffee verblüfft auf den Tisch zurück. - „Meinst du die", runzelt er die Stirn, „die eben um die Ecke in den Mercedes stiegen? Der hatte ein Unnaer Kennzeichen." - „Ihre Kinder sahen so zerschunden aus", wunderte sie sich. - „Als sie in ihr Auto stiegen, haben sie sehr gelacht!" - „Aber ihre Gesichter..." - Robert sieht sie verschmitzt an: „Weißt du, was man mit Tomatenketchup alles anstellen kann?"
‚Christus ist arm. Christus hat in ihrer Gestalt an meine Tür geklopft!' wiederholt Anna für sich. Sie macht sich kleinlaut an den Abwasch. Als sie der Katze Milch raus bringt, knickt sie in den klebrigen Kastanienhülsen um, stutzt, geht das Stück zurück und versucht sich zu erinnern. Seit Wochen ist ihr übel. Sie schiebt es auf die Chemiefabrik in ihrer Nähe. Als die Kastanie ihre Dolden ins Fenster wirft, dämmert es, warum die Sachen nicht mehr passen wollen. Robert bricht die Arbeit ab um Berti auf Schalke und Linde zum Geigenunterricht zu bringen. - Whe are the champions! Aus den Wagen schwenken Fahnen. Blau leuchtet es durch die Kastanienzweige. You ll never walk alone. Unbeschreiblich ist das Gemeinschaftsgefühl im Ruhrgebiet. Mit Berti gerät die

Familie bald in den Sog dieses Gefühls, niemals mehr gehst du allein. Die Reise hat mir mein Mann geschenkt. Frau Kazmarek fährt nach München! Hat er auch nötig nach seiner Affäre, sagen ihre Nachbarinnen. Nicht nur Frau Kazmarek, das Ruhrgebiet gerät aus den Fugen. Die Straßen sind leer gefegt. Thon schreien sie auf den Straßen. Heute will Berti mit Zaunkarte auf Schalke. - „Verraten Sie mich nicht, Frau Ruzinski!" ruft er, bevor er hinübersteigt. „Blau und weiß..."
Bald kommt die Bewährungsprobe für dieses unbeschreibliche Gefühl von Zusammengehörigkeit. „Wovon soll ich die Blagen satt bekommen?" Fassungslos deutet die Nachbarin auf die Zeitung. Der Morgen brach mit einem Schrecken an. Tausende Bergleute sind von Entlassung bedroht. Never walk alone. Die Gegend um Gelsenkirchen und Essen gerät in Bewegung. - „Wo kommst du her, Nachbar?" - „Wir waren in Bonn, wir haben uns vor der Regierung angekettet", berichtet der Nachbar mit Stolz. - „Was können wir tun? Wie können wir euch unterstützen, ein Stück mit euch gehen?" - In den Mahnwachen faltet sich manch schwielige Bergmannshand zum Gebet. Als Anna zur Mahnwache fährt, kommt sie auf den Gedanken, auch in ihrer Kirche einen Solidaritätsgottesdienst zu halten. Unterstützt von den Zechen, sprechen Bergleute ihre Befürchtungen aus. - Wie die Jünger auf dem Weg nach Emmaus, beten sie: „Bleib bei uns, Christus, wenn es dunkel wird!" Als Zeichen für das verbindende Netz sollen Berti und Claudia einen großen Kohlebrocken in einem Netz halten. We shall overcome! Bereits bei der ersten Strophe fällt der Brocken mit einem Knall auf den hellen Kirchenboden. Beide schlagen erschrocken die Hände vors Gesicht. Weinend verlässt Claudia die Kirche, während Berti einfach weitersingt:

Deep in my heart I do believe. Schließlich fusionieren zwei Zechen. Der Arbeitskampf, der so viele hier, wie auch ihre Gemeinde erfasst, hat vorläufig Erfolg.

„Sie hatten im Westen erreicht, was Sie sich wünschten. Warum wollten Sie zurück, Frau Ulanow?" Dr. Sorge kaut auf seinem Stift und sieht sie forschend an. Sie presst ihre Finger an die Stirn, als ob sie nachdenken will. Robert, denkt sie.

„Generalsekretär Gorbatschow, wenn Sie nach Frieden streben, wenn Sie Wohlstand für die Sowjetunion und für Osteuropa wünschen, dann kommen Sie zu diesem Tor", rät US Präsident Reagen vor dem Brandenburger Tor. - „Mr. Gorbatschow, öffnen Sie dieses Tor!" fordert er noch einmal vor 25000 Zuschauern. Seine Worte wecken Hoffnungen. Es ist der 12. Juni 1987. Robert, der das Turnzeug in die Schule nachgebracht hat und eben den Fernseher angeschaltet hat, starrt wie gebannt in das Gesicht des amerikanischen Präsidenten. In ihm wächst die Ungeduld nach Kienwalde. Ihr Versuch, per Visum einzureisen, ist wieder einmal gescheitert. Noch immer befindet er sich in einem eigenartig schwebenden Zustand von Erwartung, Trauer und Hoffnung. Er ist aus Kienwalde losgegangen und nirgendwo angekommen. Geräuschvoll künden sich die Kinder an und holen ihn aus seinen Grübeleien. Auf der Türschwelle nimmt er ihnen den Tornister ab, lässt sie die Hände mit Seife waschen und essen, was er gekocht hat. Spaghetti mit Tomatensoße. Unter seiner Aufsicht übt Emma ein Diktat und Linde zeichnet eine Landkarte. Claudia zieht sechs Birnen von zehn ab und muss fünf Reihen „Mimi" abschreiben.

„Wie hielt Ihr Mann die ungewohnte Position als Hausmann aus?" - „Ich weiß nicht."

Bis er mit Berti zum Spielplatz kam, wurde es fünf Uhr nachmittags. Der Junge rannte zu seinen Steinen. Bereitwillig machten die anderen Mütter auf der Bank Platz. Wie jeden Nachmittag war Robert der einzige Mann in ihrer Runde. Links und rechts von ihm entspannen sich Müttergespräche über die Kinder und ihre Entwicklung. Robert lauschte zurückhaltend und sah gedankenverloren dem Jungen zu, wie er Steine in ein Loch verbuddelte, bis er einen Martin entdeckte und mit ihm über Pfützen sprang. Hinüber, herüber. Martin schien das einzige Kind ohne Begleitung zu sein. Robert betrachtete das Hinüberherüber und sagte sich, dass das, was er hier tat, sehr ungewöhnlich für einen Mann war, doch genauso notwendig wie seine Arbeit früher. Strahlend zeigte Berti zur Kletterbahn: „Ich gleich hoch, Papi!" - „Seht, wer da kommt!" tuschelten die Frauen, als an der Kletterbahn eine zierliche junge Frau erschien. Sie trug eine weiße Bluse und Jeans. Ihr helles Haar wehte hinter ihr her. - „Sie ist allein erziehende Mutter!" tuschelten die Mütter. Das also war Martins Mutter. Eine Außenseiterin. Waghalsig kletterte Berti die Kletterbahn hoch. Als er zur Schaukel rüberhangeln wollte, rutschte er ab und hing hilflos vier Meter über dem Erdboden in den Seilen. Er schlug mit den Armen um sich und schrie. Hilflose Schreie tönten von der Mütterbank. Behände kletterte diese Frau ihm entgegen und konnte ihn gerade noch abfangen. Als Robert ihn von ihr entgegennahm, erinnerte sie ihn sekundenschnell an Sonja.

Als sie mit einem verlegenen Lächeln hinter der Biegung verschwand, musste er eingedöst sein. Robert träumte schwer, dass er unter einem Sack erstickte. Er wollte ihn abwälzen, aber hatte keine Kraft in den Händen. Um ihn schlangen sich Arme. Eine Stimme wisperte in seinen Hals. Bebende Finger streichelten ihn. Ein Traum von Kienwalder Herbsteinsätzen, was für ein Traum, aus dem er durch Bertis Geschrei aufwachte. Ratlos starrte er die Mütter an, die an ihm zerrten, ihn zu wecken versuchten. Der Junge wälzte sich schreiend im Sand. Wie der Vater ihn hochhob, führte das zu Gestrampel und neuem Gezeter. Mit beiden Händen wühlte er auf seinem Kopf. Mit einem Ruck erhoben sich die Frauen. Blitzschnell griffen sie sich ihre kleinen Jungen, um vom Spielplatz zu verschwinden. Eine warf Robert einen flehentlichen Blick zu, aus dem er nicht schlau wurde.

Wie er am Abend auf Claudias „Mimi" sieht, fällt ein schwarzer Punkt auf „Mimi". Der I-Punkt auf Mimi fehlte ja, das fällt jetzt erst auf. Doch der Punkt, der vom Himmel fiel, setzt sich in Bewegung. Der Punkt ist schnell und rennt übers Blatt und weg. Man weiß nicht wohin. Beim Gute-Nacht-Sagen will Robert dem Berti über den Kopf streicheln, da sieht er die Bescherung. Auf seinem Kopf lebt eine kleine Kolonie von Einwohnern, die es sich gemütlich gemacht haben. Robert hält den Berti mitsamt Schlafanzug unter den Wasserhahn, so dass sie in schwarzen Scharen durchs Waschbecken stieben. Der Junge schreit, weil Robert ihn verkehrt rum hält, mit den Beinen nach oben. Bertis Filzlatschen fliegen Robert auf den Kopf. - „Was schlägst du ihn?" Vom Geschrei angezogen, kam Anna rein. Unverrichteterdinge ging sie in die Waschstube. Wie sie in der Wäsche ihre weiße Bluse entdeckte, erinnerte sie sich, dass sie die an dem Tag getragen hatte, als Robert in ihr Pfarrhaus gekommen war und sie zum ersten Mal geküsst

hatte. Sie nahm sich zusammen und unterdrückte ihr Weinen. An Schlaf nicht zu denken, ihr Herz hämmerte. Vor ihren Augen rasten Bilder vorüber. Er stand vor dem Haus und nahm einen großen Karton auf. Wieder hörte sie das Quietschen der Bremsen, er hält an, um sie mitzunehmen. Was wäre, wenn sie sich nicht wieder getroffen hätten? Und plötzlich stieg in ihr Angst hoch, vor der der Alltagsstreit seine Bedeutung verlor. Sowie seine Mutter in der Kirche Dienst tat, bekam Berti einen Umhang um.
Als die linke Kopfhälfte rasiert war, fingen die Glocken an zu läuten. Der Vater beschleunigte und stellte den Rasierer auf höchste Stufe. Schon wehte ihr Talar herein. "Der arme Junge, bist du wahnsinnig!" Diesmal lachte sie nur. Robert lachte auch und ließ es auf Bertis Kopf stehen, wie es war. Und so, mit einer linksseitigen Tonsur, spielte er den dritten Hirten an Heiligabend.

„Warum ich zurückwollte?“ sagte sie. „Ich habe Ihnen nicht die Wahrheit gesagt. Es lag nicht nur an Robert. Ich spürte deutlich, dass wir noch nicht angekommen waren. Wie Blätter im Wind. Der Wind wehte uns bald hierhin, er zerrte uns bald dahin!“

Im Rhythmus von Konfirmandenunterricht, Jugendgruppe, Seniorenstube und Gottesdiensten zogen die Tage hin, so dass Anna kaum bemerkte, wie still und merkwürdig Robert wurde. Er hat eine Frau Sonja im Fernsehen gesehen, sagte Linde. Wie konnte das sein? - Anlässlich des Jahrestages der DDR rief Gorbatschow der Partei zu: „Ich halte es für sehr wichtig, keine Chance zu vertun. Wenn wir zurückbleiben, bestraft uns das Leben." Als er Unter den Linden einen Kranz niederlegte, schwenkte die Kamera auf zwei Frauen, die unausgesetzt riefen: „Gorbatschow hilf!" In einer der Frauen glaubte Robert Sonja erkannt zu haben. Die Frau trug ein weißes Kleid. Ihre Haare hingen in Locken herunter. Polizisten griffen ein. Ihr Kopf wurde von einem Polizeihelm verdeckt. Wie war das möglich? Die Sonja, die er kannte, vergötterte die Partei. Sieht sie die Sache heute anders? Gehört sie zu den Demonstrantinnen, die in den Kirchen Kerzen entzünden und Widerstand leisten? Fragen über Fragen zermartern Roberts Kopf. Wenn er allein ist, läuft der Fernseher. Anna ist auf Reisen.

„Drei Lilien, die pflanzt ich auf mein Grab, da kam ein stolzer Reiter und brach sie ab." - In einem modernen zweistöckigen Reisebus mit Toilette für Notfälle, war sie mit der Frauenhilfe in Richtung Mosel unterwegs. Frau Sovinski holte ihr Taschentuch aus der Handtasche und schnäuzte sich, weil sie jetzt an die dritte Strophe kamen, wo es heißt: „...sterbe ich noch heute, so bin ich morgen tot, vallera, dann begraben mich die Leute ums Morgenrot..." - „Guck dich mal die Berje an. Wat hoch die sind!" will Frau Kopka ihre Nachbarin trösten. Sie zeigt auf die Gegend. - „Wem Gott will rechte Gunst erweisen, den schickt er in die weite Welt..." - Bonn, Koblenz, St. Goar, Berge, Täler, weiter Blick. Anna sah Weinberge, Weinstuben. - „Wenn alle Brünnlein fließen, so muss man trinken!" und soooo schön! Das hat man gar nicht gewusst, als man noch im Osten war. Sie muss sich unauffällig kratzen, weil die Einwohner sich auf dem Hinterkopf etwas die Füße vertreten wollen. Hinter ihr sitzt Frau Sovinski und kann ihr genau auf die Stelle sehen. Wird sie das tun? Ist das jetzt das deutsche, das richtige, das Urdeutschland? Hoffentlich entdeckt sie die

Eier nicht, die in den Mulden sitzen. - „Dich mein stilles Tal grüß ich tausendmal..." Anna macht die Augen kurz zu, damit sie hinter den wundervollen Tälern und Bergen ein Haus mit drei Ulmen sieht. Rauch steigt steil aus dem Schornstein hoch. Ihr schwarzer Hahn hört auf, am Kohlstrunk zu picken, Fremde, meldet er mit erstauntem Blick. Wie kommt Johannsebastian in das Bild? Alles verwirrt sich. - „Aussteigen, wir sind in Cochem!" Sie kommt zu sich, um zum ersten Mal die Mosel sich schlangengleich durch Weinberge winden zu sehen. - „Muss i denn zum Städtele hinaus", fragt man sich traurig. Im Abendglühen geht es heraus aus Cochem und heimwärts. - „Kein schöner Land...", stimmt die Frauenhilfsschwester Iljewski an, ihr Vorrecht als Vorsitzende. „...als hier das Unsere weit und breit...." - In dem Augenblick erscheinen die heimatlichen Schlote.

Der Sommer fuhr in die Kastanie, um sie rotbraun zu färben. Im Fernsehen sah Robert, wie in Sopron ungarische Grenzsoldaten mit Drahtscheren die ersten Löcher in den Eisernen Vorhang schneiden. Hunderte riskieren bei Sopron die Flucht über Ungarn. Ein Neffe von Frau Liesch meldet sich überglücklich bei ihnen. „Mir wurde durch een tiefes Tal geschleust, hinterm Berg, was meent ihr, do lag Österreich." Nun sucht Robert selbst Lücken. Das Loch im Zaun.

Der Geruch vom Osten klebte an ihnen. Gleichgültig, wie weit sie sich hier im Westen wegen der Arbeit vergraben hatten. Den Geruch wirst du nicht los.

Die Ereignisse überschlugen sich. Am 9. November verkündete ein Günter Schabowski: „Ab sofort sind die Grenzen offen."

- „Ab wann?" - Schabowski wendete seinen Zettel und nuschelte zögernd. „Wenn ich richtig informiert bin, dann gilt diese Regelung unmittelbar." - Sesam öffne dich. Tausende strömten über die Grenze. „Wir Deutschen sind heute das glücklichste Volk der Welt." Bei den Worten des Berliner Bürgermeisters schoss ihr Wasser in die Augen. Sie legte den Kopf an Roberts Schulter und konnte sich nicht halten. Keine Skepsis konnte den Jubel zerstören, der in ihnen war. Die Mauer fällt! Leute tanzen drauf!
Es war neun Jahre her, dass sie, ohne die Möglichkeit eines Abschieds, aus dem Haus mit der Veranda aus Ziegelsteinen weggegangen waren. Sie wussten immer, dass sie zurückkehren würden. Es ging nicht so weiter, dass sie den steinigen Weg, wie er sich hinter der Hecke ins Bruch öffnete, vor ihren Augen sehen.

„Ich will nach Hause." Seit Tagen quälte sie der Wunsch. - „Ich kann Sie noch nicht entlassen! Nach meiner Einschätzung ist es zu früh!" reagierte Dr. Sorge irritiert. „Sie werden Leuten begegnen, an die Sie sich nicht erinnern können. Auf Grund meiner Erfahrungen rate ich davon ab. Ich bitte Sie dringend, mit der Rückkehr noch zu warten!" - Aber es nützte nichts. Die früheren Stimmen kehrten wieder. Sie riefen und zerrten. Sie spürte, dass sie nach Kienwalde musste. - „Sie haben mir sehr geholfen. Sie haben mir... die Augen geöffnet. Dr. Sorge, ich möchte mich verabschieden! Adios, Schwester Ute." Sie zitterte. Etwas Neues ergriff Besitz von ihr.

4. Teil

Träume und Wirklichkeit

1

Sie starren ins trübe Morgenlicht, um den Moment nicht zu verpassen, wenn am Horizont die Silhouette ihres Hauses erscheint. Endlich. Über den holprigen Sandweg schaukelt eine Schafherde. Der Hirte rührt sich kaum vom Fleck! Ungeduldig warten sie. - Das Gras ist hoch und stoppelig. Voller Spannung fiebern die im Auto Sitzenden dem Moment entgegen, dass sich der Blick auf die drei Ulmen öffnet. Da sind sie! Noch ganz winterschwarz. Annas Herz klopft bis zum Hals. Der Kiesweg ums Haus. Das Tor klemmt. Robert öffnet es mit einem Ruck. Jetzt bleibt ihr Herz einen Augenblick stehen. Die Holztreppe und die Vorstellfenster. - „Die Birke ist so alt wie du, Emma!" Die Haustür trägt noch Roberts Anstrich, weiß und blau, abgeblättert. - „Schalkemäßig!" ruft Berti. - „Du mit Deinem Schalke, Berti." Das Zylinderschloss ist rostig. Die Tür öffnet sich schwerfällig. Die Läden sind geschlossen. Hier war er. Die Hände suchen nach dem vertrauten Lichtschalter, ohne Erfolg. Ungeheure Schatten werfend, tasten sie mit der Taschenlampe durch die Stuben. Die Luft ist feucht und klamm. Im Ofen gilbt ein Rest Asche, halb verkohlt eine alte Rechnung, wie sie es verlassen hatten. Emma tastet in der Rumpelkammer nach ihrem Holzpferd. In der Ecke stand der Schreibtisch. Als sie die Laden aufmacht, die sich quietschend öffnen, spürt Anna genau an diesem Quietschen, wie es sie mit aller Macht hierher zurückzieht. - Die vorwärts rasende Zeit hört für einen Moment mit ihrer Raserei auf, es riecht nach Jauche. Als in die Räume Licht flutet, sieht sich Anna aufmerksam die Wände an. Jede Riss-Stelle erinnert an ihr früheres Leben. Wieder wird alles lebendig und flammt neu auf.

Nachdem Linde in alle Winkel, in den Schuppen und in den Garten gesehen hat, hält sie es nicht mehr aus und klopft an die Tür des Nachbarhauses. Knarrend öffnet sich die Tür. Verwundert sieht die Kulak vom Kartoffelschälen hoch, als ob sie sich die neun Jahre nicht ein Mal vom Platz wegbewegt hat. - „Ich suche Jolanthe. Weißt du, wo sich Jolanthe versteckt hat?" erkundigte sie sich. „Kennst du mich nicht mehr? Ich bin Linde, die aus dem Kindergarten hier nach dem Westen gegangen ist." - Da kriegt die Frau große Augen. Sie lässt ihr Schälmesser fallen, sucht ihr Taschentuch, weil das Wasser aus den Augen fällt, und umarmt das Mädchen. - „Hier," zeigt sie auf ein hinfälliges Kreuz hinterm Dunghaufen. „Hier habe ich ihren Kopf vergraben. Die Gute ist gestorben. Sie war doch vor neun Jahren schon uralt, Linde." - „Linde, mit wem sprichst du?" ruft der Vater aufgeregt. „Ach Frau Jandl?" Ihm ist was ins Lid geraten, dass er sich die Augen reiben muss. Sie brachte auf den Tisch, was im Haus war. - „Die Nachbarn", zeigt sie mit dem Kuchenmesser auf die Häuserreihe, „sind arbeitslos. Kulke ist in den Westen. Seine Frau hat sich scheiden lassen." Vor Erregung hängt sich ein brauner Tropfen an ihre Nase. Kirche würde nun bei ihnen selten sein, nur alle vier Wochen. „Und wenn Sie...", Sie hustet, dass die Kuchenkrümel auf das weiße Tischtuch stäuben, „wenn Sie...", flattern die übereifrigen Krümel auf die Sitzenden, „zurückkommen, Frau Ulanow?"
Verlassen liegt das Pfarrhaus in der fahlen Januarsonne. Aus den Dachrinnen lugt das braune vorjährige Gras. Auf Inserate wären Interessenten gekommen, sie hätten das Pfarrhaus und seine sieben Kachelöfen mit mitleidigen Blicken gestreift, um auf Nimmerwiedersehen zu verschwinden. - Robert, einmal durchs Dorf, hat niemanden angetroffen. Sie fahren wieder

westwärts in Richtung Helmstedt. - „Wenn wir nun wirklich zurückgingen?“ - „Robert, unsere Kinder? Was sollen die ohne Schalke 04?“ - „Wir könnten uns in Kienwalde Tiere halten, wir könnten...“ - Anna schiebt ihre Bedenken vor Roberts forschendem Blick beiseite. Also stimmen sie ab, zwei Gegenstimmen, Emma und Linde. - „75% sind für Kienwalde.“ – ‚Wer will ihm sagen, wie es werden wird‘, steht in der Bibel.
„Was, gehen Sie wieder in die kalte Heimat? Nach Ostpreußen hätten mich keine zehn Pferde mehr gekriegt.“ - Neben dem Möbelwagen humpelt Herr Saretzki heran: „Vielleicht sehen wir uns noch mal wieder.“ - „Das glaub ich nicht“, lacht er. - „Über Bottrop hängen sie schon mit den Füssen raus. Über welche drei Dinge wundert man sich im Himmel? Erstens, wer alles hineingekommen ist, zweitens wer nicht, aber am meisten...“ Adios, Herr Saretzki, Frau Chaminski, adios.

2

„Mama ist entlassen!“ schreit er, als er sie sieht und stürzt lachend auf sie zu. - „Willkommen!“ ruft Berti. - ‚Willkommen‘, ruft der Hof, ach ja, der alte Schuppen. Auf einmal erkennt sie das Haus wieder. Die Teile fügen sich zu einem Bild. ‚Ich werde es schaffen,Dr. Sorge‘, denkt sie fast erschrocken. Sie erkennt es an seiner Holzveranda, so wie bei ihrer Rückkehr...

Tropfen fallen aufs Dach und dringen durch die Löcher. Die Sonne steht hinter Dunstschleiern. Im grasüberwucherten Garten hocken Menschen, von der Sehnsucht und der langen Abwesenheit hergetrieben. Die Sonne kommt vor, beäugt sie erstaunt, wie sie faul blinzelnd vor dem windschiefen

Schuppen sitzen, dessen Gebrechlichkeit sich in den Jahren erhöht hat. Das Dach ist undicht. Die Tür hängt schief an einem Scharnier. Sie horcht, wie sie ihre Vorstellungen äußern: ‚Jedes Kind darf sich ein Tier seiner Wahl halten', hätten sie versprochen. - „Also den Stall brauche ich für das Pferd. Du kannst den Vorbau für dein Schaf kriegen, Linde." - „Viel zu klein, nein, Schaf und Pferd können doch zusammen wohnen." - „Darf mein Kaninchen den Kohlenverschlag haben?" meldet Claudia ihre bescheidenen Ansprüche an. „Geht nicht, da wohnt bereits mein Alligator!" gibt Berti ihr Bescheid. Niemand erinnert sich, ihm die Erlaubnis erteilt zu haben.

Neun Jahre stand das Haus leer. Es war kaum möglich, sich im Garten zu bewegen, fand Anna. Überall Dornen, die in ihre Hände drangen, deren Ranken sie verfolgten und sich an ihre Füße hingen. An den Treppenstufen haben einige Brennesseln mühsam Wurzeln geschlagen, weil niemand ahnte, dass die Menschen zurückkehren. Die Kletterranken haben in jahrelanger Kleinarbeit das Dach erobert. An undichten Stellen ist es den vorwitzigsten gelungen, durch die Vorstellfenster zu kriechen. Die Sonne runzelte die Stirn und schützte Wolken vor. Wie der Märzwind gegen Abend ranbrauste, an den Zäunen rüttelte und Lindenäste aufs Schuppendach schlug, die Sonne sich hinter Jandls Gehöft zurückzog, wurde es ungemütlich. Sie gingen die Stufen hoch. Claudia begann, mit einem Lappen die Lampen abzuwischen, als Anna die malerischen Flecke an der Decke sah. Wenn Robert sie nur nicht heute schon entdeckte! - „Den Kiesweg vorm Haus will ich mit Astern umsäumen!" sagte sie laut, so dass sich alle vorm Fenster versammelten und auf den aufgeweichten matschigen Hof hinausblickten, als wär da wer weiß was zu sehen. „An die Ecke kommen Nelken und

Vergissmeinnicht hin. Dahinter setzen wir eine Buchenhecke. Der Zaun ist halb verfault." Der Wind heulte im Schornstein. - „Es brennt nicht", rief Linde vom Ofen her. Emma kauerte sich neben sie und schob Birkenrinde über die Scheite. Endlich züngelten ein paar Flammen. Knisternd brannte das Feuer im Ofen. Die rotlodernden Flammen gaben ihnen das Gefühl, zu Hause anzukommen.

„Ach, seid ihr wirklich zurückgekehrt!" Erschrocken richtete sich Anna auf, wie sie im Knien die Erde vom Kraut befreite. Die Bildzeitung unterm Arm, kommt die Nachbarin Jandl am Zaun vorbei. Im Sonnenlicht kneift sie ihre Augen zusammen. Sie stößt ihren Stock in die Erde. Am Zaunpfahl verpustet sie. Im Konsum verkaufen sie jetzt die Bildzeitung. Anna fällt es schwer, das zu glauben. Frau Jandl dagegen kann sich kaum mehr vorstellen, wie sie einmal ohne Bildzeitung gelebt hat. Prinzessin Märtha Louises Freund leidet an Pferdeallergie, steht heute drin. - „Ja, hier hat sich viel verändert. Dort", die Nachbarin schwenkt Zeitung und Stock in Richtung verwildertem Dorfanger, „ sollen ein Supermarkt und eine Tankstelle hin." - „Dort neben dem Schweinestall?" - Ja, und es hinge nur noch von einem ab, der das Backhaus und sein Stück Land drum verkaufen will, aber noch Probleme hätte. Frau Jandl muss auch schnell weiter, hebt ihren Stock und humpelt davon. Sie will lesen, wieso Ari Behn, das ist der Freund von Prinz Haakons Schwester Märtha Louise, der die Pferdeallergie bekommen hat. Um zehn hat sich der nette Herr von der Versicherung angesagt. Der war neulich schon da. Heute will er ihr ein paar Tricks verraten, wie sie sich noch besser gegen dies und jenes sichern kann. Anna lächelt dazu, weil der Dicke mit dem silbernen Koffer erscheint.

Anna macht die Augen zu und öffnet sie ganz vorsichtig wieder. Vor ihr die Dorfaue, saugt sie den vertrauten Anblick in sich auf. Jandls Haus, Kulaks, gleich muss Ehmkes Giebel erscheinen! Jedes steht noch an seinem Fleck! Die Büsche, die nackten Kopfweiden, in denen die Krähen spektakeln. Dahinter führt der Pfad ins Bruch, alles so, wie sie es sich vorgestellt hat! Anna erinnert sich an das starke Glücksgefühl, sie sieht sich wieder bei der Rückkehr die Straße langgehen..

„Da geht doch die Pastorin!" hörte sie deutlich zwei Stimmen hinterm Dornbusch. - „Die ist zurückgekommen!" - „Drüben nichts geworden, sagt man, kommt wieder her!" Erschrocken blieb Anna stehen. Nun machte die Dorfstraße eine Biegung, die zwei erschienen dicht vor ihr. Sie beißt die Lippen zusammen. Ah, Frau Kleinert, noch hagerer als früher, und eine Stadtfrau in dunkelblauem anliegenden Rock, hochhackigen Schuhen. Wie ist sie in das Dorf geraten? Der Weg zwischen zwei Pfützen ist schmal, Ausweichen kaum möglich. Anna will zur Seite gehen. - „Guten Tag", sagt die Frau, bemüht, nicht zu stürzen. Wo ist ihr wehendes Bärtchen, wo die Holzpantoffeln und ihre Schürze? - „Guten Morgen, Frau Hackbart!" Manches ist kaum wieder zu erkennen. Der Fleischerladen hatte einem Supermarkt weichen müssen. Der Kindergarten existierte nicht mehr. Anna hat Mühe, den grünlich schimmernden Pfützen auszuweichen. Als sie zu einem braunen Haus sah, bewegte sich fast unmerklich die Gardine. Durch einen Spalt in der Gardine erschien ein bekanntes Gesicht. Als sie grüßend die Hand hob, ah, Frau Liesch, nickte die Frau verwundert zurück und verschwand sofort in ihrer bunten Falte, sicherlich, um sie von da aus weiter zu beobachten. Frau Liesch,

formten Annas Lippen wie von selbst ihren Namen. Musste sie nicht uralt sein?
Stopplig wuchs das Gras auf der Dorfstraße. Nur Jandls Hühner stakten hochbeinig darauf umher, um nach Regenwürmern zu scharren. Anna wunderte sich über die leblose Stille. Kein Mensch war zu sehen. Sie dachte daran, wie sie früher hier in Wattejacken zum Essen gingen. Gierig suchte sie nach vertrauten Winkeln und Fassaden. Hinter den Häusern bog der Feldweg ab. Sie wollte in die blauen Felder, sie stellte sich den Wind vor, wie er da stürmte, gelangte nur bis zum Friedhof, ohne noch einem Menschen zu begegnen. Die Pforte ist vertraut und immer noch rostig. Sie öffnet sie mühsam. Kiefern, Birken. Krokusse blühen auf frisch aufgeworfenen Hügeln. Hier war es, wie es immer gewesen war. Vorsichtig nahm sie einen Krug, um ihn mit Wasser zu füllen. Freya Schley. Neugierig wendete sie die Trauerschleife. Wieder hat sie den entsetzten Blick jener Dortmunderin vor Augen, weil auf der Außentoilette im dunklen Flieder die angebissene Maus gelegen hat. Nie mehr zu Fräulein Schley! Auf einmal Schwindel. Schwärze vor den Augen. Beinahe wäre sie auf den Hügel gefallen. - „Was tun Sie da?“ Benommen kam sie hoch. Überm Grab von der alten Klüwe krümmen sich zwei, richten sich plötzlich auf. - „Wie schön, wie schön! Es ist also kein Gerücht! Sie sind also wieder da!“ Anna kann sich auf die junge Frau nicht besinnen, die ihr entgegenläuft, um sie in die erdigen Arme zu schließen. Sie ist untersetzt, sie hat rote Haare und eine resolute Stimme. „Seit wann sind Sie zurück?“ In ihrem pockennarbigen Gesicht zuckt es, dass sie mit der sandigen Hand etwas Nasses wischen muss. - „Gestern“, versetzt Anna unsicher. „Jetzt wird's wieder wie früher bei uns“, lacht sie

unter den Tränen. „Entschuldigen Sie!" - Die Frau schlägt sich mit der Hand vor die Stirn: „Meine Schuld. Ja, ich hab davon gehört. Eigenartig! Ich bin doch Simone Klüwe." - Ihre Stimme wird weich. „Klüwe? Klüwe... ich glaube, sie wollte mir etwas sagen", musterte Anna sie nachdenklich. - „Ja, aber Sie meinen Anna Klüwe. Meine Schwiegermutter." Eifrig zeigte sie auf das Grab. „Sie wusste die alten Geschichten hier."

Es klingelt. Eine Frau steht vor der Haustür und wickelt langsam die blutigen Fleischstücke aus dem Neuen Deutschland... - "Und heute? Erzählen Sie, Frau Klüwe. Ich brenne darauf. Wie geht es im Dorf?" - „Richtig gut nur einigen. Sie kennen doch noch die Sonja Kleinert?" schwatzte sie munter drauflos. - „Ach, ist die auch noch hier, das hätte ich nicht gedacht!" wunderte sich Anna. Die blonde Frau, die bisher nur als blinder Fleck in ihrer Erinnerung existiert hatte, wurde mit einem Schlag Realität. Die Sache gefiel ihr nicht. - „Als Sie weg waren", mit ihren lehmigen Fingern deutet sie Hinter-Gittern an, „wurde es für die Kinder und Ihren Mann schwer im Dorf. Die waren allein. Sie müssen Ihren Mann verstehen..." Ist die Bank wohl so hart? Anna wurde es unbehaglich. - „Wie ist es Ihnen gegangen?" stößt sie zu Klüwes rauf. Er hat Arbeit in einer Baustoffhandlung in Templin gefunden. Simone ist seit Februar ohne Arbeit, vier Monate in einer Baufirma bei Anklam. - „Die es heute nicht mehr gibt!" Eine schnurgerade Reihe Stiefmütterchen reckt sich bald in die Höhe. „Bis zum Sonntag! Machen Sie sich keine Gedanken, das ganze Dorf wird in die Kirche kommen!"

Sie verlassen den Friedhof durchs rostige Tor. Hinterm Flieder öffnet sich der Blick auf ihr Gehöft. So wird Anna Zeuge ihrer ungeheuren Überraschung. Einen Moment stutzt

die rothaarige Frau, während sie ihrem Mann den Ellbogen in die Seite stößt. Kein Wort fällt. Staunend sehen sie, wie zwei Herren über ihren Hof auf den Misthaufen zu schleichen. Nun macht der eine einen Satz, dass sein Mantel weit flattert. Er steigt auf die über den Haufen führende Bohle, während er ihr Haus ins Visier nimmt. Klick, klick, zielt er mit Blitzlicht. Jetzt ist er ganz oben und klickt wie wild. Die Bohle steht auf zwei hölzernen Beinen. Niemand kann ihn warnen. Der Mann weiß nicht, dass ein Bein abgefallen und nur lose rangestellt ist. Als er zu einem großen Schritt ansetzt, schwankt er, greift haltsuchend nach der Kamera und stürzt mitsamt Kamera tatsächlich in ihren Pferdemisthaufen. - „Was fotografieren Sie unser Haus?" will Klüwe verblüfft den sich Hochrappelnden fragen. Da kommt er gut an. - „Bremke, ich bin der Eigentümer." Vornehm reicht er dem Klüwe seine Hand mit Pferdemist. Da muss der Klüwe die Hand geben, ob er will oder nicht. - „Möller, der Anwalt von Herrn Bremke", gesellt sich der zweite mit dazu. - So ist man komplett. Klüwes erschrecken, als sie auf die Weise feststellen, dass sie auf einem Westgrundstück wohnten. - „Hier stand früher die Terrasse", sagte der Alteigentümer aus dem Westen träumend, während er den Mist vom Mantel zu wischen versuchte. Aber die Flecken blieben.
Die Veränderung brachte Unruhe in die Menschen. Schon sehnten sich viele nach früher zurück, weil sie Angst davor hatten. Warum diese Unruhe? Wozu die Eile?

3

Bei ihrer Rückkehr hat sie das Gefühl, als ob sie in einen dieser rumänischen Brunnen blickt. Das Gefühl ist ähnlich, wie sie es einmal in Oradea erlebt hat. Immer wenn sie meinte, auf den Grund zu schauen, merkte sie bald, in Wirklichkeit kräuselt sich nur die Oberfläche.

Sie kennt doch jeden Stein. Warum beginnen sich Häuser und Fenster zu bewegen? Die weißroten Gardinen verschwimmen. Die sandige Dorfstraße schwankt vor den Füßen. Eine Wolke aus Staub, aus der sich nun eine Gestalt löst. - „Was ist mit Ihnen? Dass Sie mir nicht umkippen!" - ‚Nur keine Umstände, Frau Klüwe!' Endlich, ihre drei Ulmen. Sie macht die Tür fest hinter sich zu. Sie presst die Hand auf den Mund, weil die Trugbilder, Verstrickungen mit einem Schlag in ihre Kehle gekrochen kommen und rennt an Robert vorbei. Befreit kehrte sie an ihre Wirkungsstätte zurück. - „Wunderschön, wieder hier zu sein. Vertraut. Doch ich weiß nicht, wie wir das durchstehen, Robert. Gerüchte haben sich gebildet", weihte sie Robert vorsichtig ein, wollte sich an den Abwasch machen. - „Sie mussten sich doch rechtfertigen, Anna." Behutsam nimmt er sie an den Schultern, um sie zu sich herumzudrehen. Sie sieht einen geraden roten Strich der sich über seine Wange zieht. Er legt ein Stück der Märkischen drauf. Wahrscheinlich will er gleich weggehen. - „Was ist mit dir?" sieht er ihr irritiert und erschrocken ins Gesicht. - „Ach das. Neuerdings schlägt mir alles auf den Magen", sagt sie nur verwundert und klappert mit den Tellern. „Eins ist klar, ich werde nie, niemals meine Akte einsehen." Robert fährt weg. Sie spült das Geschirr, sieht durch das Fenster in den verwilderten Garten und ist eigentümlich aufgeregt.

Genau diesen Moment hat sie herbeigesehnt. Vorsichtig steigt sie die Stufen zum Dachboden hoch. Als sie die Tür zur Dachkammer aufklinkt, schlägt ihr vertraut muffiger Geruch entgegen. Es riecht nach Mäusedreck. Anna saugt den Geruch ein und erinnerte sich verworren, wie sie das letzte Mal hier oben war. Inzwischen hat sie die Zelle, die Fremde im Eichsfeld und im Ruhrgebiet erlebt. Hier sieht es unverändert aus, die Puppe - sie tastet hinter den Mauervorsprung. Es kommt ihr vor, als ob sich Schritte näherten. Sie hält den Atem an - Gott sei Dank - ihr blaues Notizbuch mit den abgewetzten Kanten. Da sie fast Vergessenes unverhofft wiedertrifft, flammt alles erneut auf. Nie hätte sie gedacht, dass sie hierher zurückkommen würde. Sie blättert in den vergilbten Seiten. Ihre Träume, die Zurückweisungen, Kämpfe.... Was soll ich machen? In dem braunen verwitterten Kasten liegt ein Bild. Die Mutter. Ihr Gesicht seltsam jung und verletzlich.

Welches Geheimnis verbindet mich mit diesen Leuten, grübelte sie. Die Frage ging ihr nicht aus dem Kopf. War es nicht gefährlich weiterzuforschen? War sie nicht schon einmal gestoppt worden? Sie sieht die Bruchstücke dieser Spurensuche wieder vor sich. Die Kälte dringt ihr in die Knochen. Durch die Dokumente bekommt sie eine genauere Vorstellung darüber, wie sich das Schicksal ihrer Mutter mit Kleinerts verknüpft hatte. Sie fror im schneidenden Wind. Den Aufzeichnungen nach müsste ihrer Mutter das alte Backhaus gehört haben! Als sie den schweren Deckel über den Kasten stülpt, setzt sich ein Gedanke fest. Wenn sie einen festen Anker greifen könnte...einen Antrag stellen würde? Sie erschrak darüber. Einem würde es nicht gefallen. Sie kam nicht drauf. Sein Gesicht war in ihrem Gedächtnis wie ausgelöscht.

Am Konsum, der jetzt „Biggis Lädchen" heißt, klebt ein gut Bekannter mit Tesa an der Scheibe und lächelt. Er kandidiert zu den Wahlen. Sein Gesicht kommt Anna bekannt vor, aber sie kann sich nicht drauf besinnen. Irritiert betritt sie den kleinen Laden und sucht. An dieser Stelle lagerten sie sich doch! - „Entschuldigen Sie, wo haben Sie die Spreewaldgurken versteckt?" - „Wir führen sie nicht mehr!" gibt Biggi Kulak mit sichtlich bekümmertem Gesicht Auskunft und reicht ihr ein Glas mit einer unbekannten Gurkensorte aus Holland. Anna schaute sich in dem kleinen vollgepackten Laden um. Auch Tempolinsen, Fit, Spee und Florenacreme sind aus den Regalen verschwunden. Neue Produkte haben ihren Platz eingenommen. Sie hatte gehofft, ihr Kienwalde so vorzufinden, wie sie es verlassen hatte. Ihre Gurken gibt es nicht mehr! In dem Moment wird ihr klar, dass die alte Welt um sie zerbrochen ist und Stück für Stück durch Neues ersetzt werden wird. Ein unerklärlicher Hunger auf die Gurken überfällt sie. Ein trotziger Hunger. Die Weigerung, das Neue auch nur eines Blickes zu würdigen. - „Brauchen Sie sonst noch etwas? Milch oder Brot?" Sie schüttelt den Kopf. Gepeinigt von ihrem unstillbaren Hunger, verlässt sie den Laden. - Tiefe Gräben ziehen durchs Dorf, Sturzgefahr. Die Gehöfte sollen mit Gasleitungen in Verbindung kommen. Später wird hier eine Superstraße sein und irgendwann..., wenn auch hier mal richtig Westen ist, wie die Jandln sagt. Für Klüwes ging die Veränderung zum Guten aus, in ihr Haus wurde eine neue Heizung eingebaut. Statt des Trabants kam bald ein Passat auf den Hof. Mutig rufen die Vögel hinter ihr her, als sie mit der leeren Einkaufstasche über die Gräben nach Hause balanciert. Sie kennen die ganze Zukunft des Dorfes. Wollen sie etwas ansagen? Niemand nimmt von ihrem Gekrächz Notiz. Gekränkt ziehen sie sich auf das Kohlfeld zurück.

4

Der Winter kämpfte mit dem Frühling. Durch die Ulmen zog ein unruhiger Mond. Klagend rief das Käuzchen in die Nacht. Tauwetter hatte eingesetzt. Aus den Schneemassen stürmten unzählige Bäche. Der Wind bäumte sich vor den Fenstern, er zerrte an den altersschwachen Laden. Er rüttelte an den gebrechlichen Zäunen. Unmöglich einzuschlafen. Erinnerungen stürzten auf die Pastorin ein, die mit dem morgigen Pfarrkonvent zusammenhängen. Aber sie kann sich auf keines der Gesichter besinnen. ‚Wäre es nicht besser, zu Hause zu bleiben?' Es war nicht fair, dass sie morgen nach Fringern musste. Ihre Finger vergruben sich in den Händen, dass es schmerzte. Endlich muss der Mond um die Linde. Über das Haus decken sich Dunkelheit und Schlaf. - ‚Wer wird mir als erster entgegen kommen?' In den Bächen neben ihr rauschten die Wassermassen. Anna Ulanow spürte ein merkwürdiges Klopfen im Hals, als sie mit ihrem Fahrrad über die nassen Sandwege nach Fringern holperte. Sie stellte ihr Fahrrad in einem Seitenweg ab, um geradewegs dem eigenartig befangenen Blick eines Mannes zu begegnen. Was mochte sie mit ihm zu tun gehabt haben? Ohne sich anmerken zu lassen, dass sie sich nicht an ihn erinnern konnte, wollte sie ihm unbekümmert die Hand geben. Er reicht ihr seine schlaffe feuchtheiße Rechte. Die Lippen zucken. Er hat Mühe, seine Verlegenheit zu verbergen. - Schon treten andere auf ihn zu. „Bruder Thorgard!" - „Bruder Thorgard, wo Sie doch Pfarrer einer so großen Gemeinde sind!" Wie aus weiter Ferne klangen ihre eigenen Worte. Sie überlegte: Welchen Anlass hatte es für diese Worte gegeben? Sie klangen tadelnd. Warum hatte sie ihn tadeln wollen? Aufgeregt schloss sie ihr Fahrrad an und folgte

ihm ins Gemeindehaus. - „So nachdenklich?" holte sie jemand aus den Grübeleien, um sie scheu zu grüssen. „Sind Sie das wirklich?" fragte er leise und musterte sie staunend. Görke, ach ja Görke! - In stürmischer Bewegung schoss eine große Gestalt auf sie zu: „Mein Gott! Dass wir uns wieder sehen! Und unverändert, Schwester Ulanow! Unverändert," wiederholt der Riese immer wieder, seine hellblauen Augen werden zu Schlitzen. Anna, die ihm nur bis zum Brustansatz reichte, legte den Kopf in den Nacken. Verblüfft starrt sie in seine hellen Schlitze, bis sie in seiner Umarmung erstickt. - „Seien Sie doch vorsichtig, Bruder Thien!" ruft jemand. Die Zeit dreht sich zurück. Sie stehen am Misthaufen, er sagt die Worte. Im Schutz des Misthaufens steht sie wieder neben Thien, der sie flüsternd warnt. Die Erinnerung erschüttert sie. Auch mit seinen Furchen und Rillen im Gesicht ist er wie früher.
Annas Ankunft verursachte helle Aufregung. Die Sitzung begann mit der Andacht. Thorgard, der sie hielt, versprach sich laufend. Dumpfe Befangenheit schien seine Zunge zu lähmen. Sie sprachen über Bemühungen, um Entlassungen zu verhindern. Anstrengungen, Neuanfänge, Einsparungen, die an der Gemeinde nicht halt machten. - Nach einem Aufschwung schienen sich manche Kirchen wieder zu leeren. In der Situation entwickelten die Gemeinden in der Region Phantasie, um Menschen neu zu gewinnen. Eine Kommission zur Neustrukturierung wurde beschlossen, ein neuer Ausschuss für Missionsarbeit ins Leben gerufen. - „Zur stellvertretenden Vorsitzenden wählen wir Schwester Ulanow." Thorgards Augen bleiben auf ihr haften. Anna ist sehr stolz. Als sie mit dem Fahrrad die einsamen Wege zurückradelt, seufzt sie erleichtert auf. Zum ersten Mal seit der Ankunft

hat sie das Gefühl, eine Hürde genommen zu haben. Die Pfarrkollegen haben ihr gut getan. Die Landschaft wirkt vergessen, die Pfade verweht, durch die Überschwemmung beinahe unpassierbar. Die drei alten Weiden, der Tümpel. Sie durchquert eine Schlucht und erreicht das Dorf. - Sie zieht sich die alte Schürze an. Kräftig reißt sie an einem hartnäckigen Löwenzahn, harkt und beginnt, die Saatkartoffeln in die Erde zu stecken. Der Rücken ist gebeugt. Eine Arbeit auf archaische Weise, in der alten Sackschürze die Kartoffeln. Wildgänse fliegen. Die Luft riecht nach Regen und nach Gras.
Hinter der Ligusterhecke wandelt eine glimmende Zigarette vorüber. Die Augen des an der Hecke Vorbeigehenden bohren sich in den Straßenstaub, ohne den Frühling zu sehen. Seine Stirn ist gefurcht. Hinter der Stirn bohrt es. Er will sein Land verkaufen, Bodenreformland, aber das Grundbuch ist nicht in Ordnung. Noch immer steht der Name der Vorbesitzer drin. Unruhig fängt er einige unter der Mütze hervorbrechende Schweißtropfen ab. Samstag kam ein Brief vom Amt. Nachforschungen laufen, ob noch irgendwo auf der weiten Welt Nachkommen einer Familie Ungerer existieren. Bodenreformland?! Schon sah er etwas zum Greifen nah vor sich und nun! Wegen möglicher Ansprüche der Ungerer-Nachkommen wird er nicht verkaufen können. - Ihm wird heiß, hastig will er die Krawatte lockern. Er erinnert sich an ihre Angst vor dem Bullen. Wie sie in ihren abgescheuerten Jeans in der Scheune erschien. Damals war sie ein junges Ding, unglaublich naiv. Dass sie die Tochter von Judith Ungerer ist, wer hätte das für möglich gehalten? Dagegen ist das Grundbuchamt merkwürdig ahnungslos. Auch schienen sie die Akten nicht zu kennen. Wie viel wissen sie wohl? Er schnippt das zwischen seinem

Daumen und seinem Mittelfinger weg. Das fällt in den Staub der Dorfstraße. Das weht im Nu davon. Seine Sorgen verflüchtigen sich. Auf die Straße geweht, vom Wind weggetragen. Wie man es dreht und wendet, alles wird gut! Natürlich wird es einen Golfplatz geben. Die Dorfmehrheit! Gab es irgendeinen Grund, der dagegen sprechen konnte? Alles wird noch gut, jawohl!
In der Abendsonne verirrt sich ein Lächeln. Es wandert, es irrlichtert über die Ligusterhecke. Anna, die den freundlichen Gruß eines Mannes bekommt, horcht ihm nach, wundert sich. Fragend klammert sie sich an Robert. - „Wer war das eben?" flüstert sie. - „Das ist Kleinert!" sagt er verwundert. Immer wieder vergaß er ihre Gedächtnisschwäche. - „Aber... ich habe ihn schon mal gesehen." Nachdenklich riss sie an einer vergessenen Löwenzahnwurzel. - „Natürlich hast du ihn schon gesehen." Sie ist kein Kind mehr. Wie redet er mit ihr? - „Nein, nach dem Unfall war er in der Klinik." - „Bist du sicher?" - „Zuerst sah ich seine Augen durch die Glasscheibe. Er brachte Blumen. Er wollte irgendwas." - „Was?", fragte er verblüfft. - „Er wollte mein Tagebuch für eine Chronik. Er hatte gehört, dass ich es veröffentlichen will." Sie packte die Wurzel mit beiden Händen und riss sie aus. - „Willst du das denn?" - „Ich weiß nicht. Vielleicht", sagte sie und schlenkerte die Wurzel übermütig in die Büsche. Wildgänse flogen. Der Tag kroch dem Ende zu.

5

„Ihre Nachbarn beschweren sich. Wir fordern Sie hiermit auf, ihre Kuhle abzupumpen", richtet sich eine Frau vor Anna auf. - „Ja, Frau... „ - „Ich komme im Auftrag des Bürgermeisters!" - „Ich werde mich um die Fäkalienkuhle kümmern, Frau ...Brummert!" ruft Anna.

Die Nacht wird kurz. Es wird Mitternacht, bis Robert und Anna in der Kirche die Gestecke richten. Anna lässt ihre Blicke über den Altar mit dem geschnitzten Christus wandern. Immer noch fehlen ihr Teile der Erinnerung. „Es war nach unserer Rückkehr...“ - „Erinnerst du dich nicht?“ - „Warte...!“ Auf einmal meinte sie die Orgel zu hören, wie sie in ihr Ohr dröhnte: Christ ist erstanden....

Von der Marter alle..., strengt sich die Orgel an, die Auferstehung zu verkünden. Noch war es dunkel. Räuspern hier und da und Hüsteln ließ die Menge erahnen, die sich in der Osterfrühe versammelt hat. Sie zogen in die noch finstere Kirche ein. Schattenhaft steht Anna am Altar und blickt auf ihre nur schemenhaft erkennbare Gemeinde. Fast umsonst, dass sie ihre Kinder heute kalt abgeschrubbt haben, bis sie wund und aufgepellt aussahen. Dunkelheit herrscht mit Ausnahme eines roten Laserpunktes aus Markus Jandls Richtung.
Zwei große Kerzen sollen zum Brennen gebracht werden. Sehr feierlich soll das geschehen. „Es will nich brennen!“ ruft die Küsterin mit unverkennbarem Dialekt. Ein Streichholz verlosch, ein zweites. - „Will nicht brennen“, wiederholt ein Kind. Ein Unbekannter, etwa ein Alteigentümer? Kommt aus der hinteren Bankreihe mit seinem Feuerzeug angelaufen. Trotzdem ging die eine Kerze erst einmal aus, bis sie sich endgültig entzündete. Von Kerze zu Kerze kämpfte sich das Osterlicht weiter in die Reihen. Dunkelheit stritt mit dem Licht. - „Sicher war dieser Stein viel größer als dieser hier“ begann sie. „Dieser hier“ war aus dem Pfarrgarten und wer weiß, wo Berti den mal hergeholt hat, er durfte am Ostermorgen der Grabstein sein. Sie stellte die alte Frage: „Wer wälzt uns den Stein weg?“ Noch liegen

Dunkelheit und Steine über ihnen. Er ist nicht hier. Geht nach Galiläa, dort werdet ihr ihn finden! In dem Moment funkelte der erste Sonnenstrahl in die Kirche, zaghaft guckte er durch die bunten Glasfenster. „Galiläa ist ein einfacher Ort." Die Kirche verdunkelte sich kurzzeitig. „Ein Ort wie unser Kienwalde...." Zwei Brillen klirrten gegeneinander. Doch war kein Halten mehr, flutete die Sonne in ihre Kirche. ‚Erstanden ist der heilig Christ!' Die Orgel brauste auf! Die alten Frauen traten zum Abendmahl nach vorn, ihre Geschichten sind in dem Moment wieder da, ‚Christi Leib', Frau Kulak, Frau Liesch. ‚Christus ist auferstanden!' Anna ist kaum fähig, ihre Rührung zu verbergen. Plötzlich spürte sie einen Blick von der Seite, von der das Klirren kam. Zwei blieben auf den Plätzen, so dass Wispern durch die Bankreihen lief. Auch brachte Bertis Versuch, rauszubekommen, hinter welchem Pfeiler der lasernde Markus steckte, etwas Bewegung in den Schluss-Segen. „Gehet hin in Frieden." Die Orgel verkündete mit heller Stimme die Auferstehung. - Osterglocken läuteten einen sonnenhellen Tag ein. - „Frohe Ostern, Frau Pastor." - „Frohe Ostern, Frau Jandl." Krokusse steckten ihre Köpfe aus dem Pfarrgarten, erste Bienen auf Leberblümchen. Vom Bach ruft der Kiebitz. Wahrhaftig auferstanden! Die Kreatur feiert Ostern.
Von der Sakristei klangen noch Stimmen herüber. „Bodenreform..." - Gesprächsfetzen mischten sich mit den Rufen der Kinder: „Ich hab eins gefunden." - „Au!" fällt Markus nebenan ein. Jetzt kommt Berti zurück. Er will sein blutiges Gesicht abwaschen. Der muss unter die Pumpe gehen. Das geht noch. - „Ihr dürft die Toilette nicht mehr benutzen!" rief die Mutter, als Linde reinkam. „Wo sollen wir jetzt hingehen?", fragte Berti. Die Frage hängt in der Luft.

Wohin ist Robert nun verschwunden? Es heißt, er ist im Dorf. Er wollte jemandem frohe Ostern wünschen. Kommt erst nach dem Abendbrot wieder. Was hat er für merkwürdige Nachrichten? - „Sonja ist nicht verheiratet, lebt mit einem Landvermesser zusammen. Sie hat immer noch kein Kind." - „Warum soll sie auch ein Kind haben, Robert?"

„Und am nächsten Morgen bist du plötzlich nach Berlin gefahren. Ich weiß nicht mehr warum, Robert?!" Ihre Frage hallt merkwürdig in der leeren Kirche. - „Ganz früh hatte ich das Füttern der Hühner dir übergeben. Ich hab dir nicht gesagt, wo ich hin will. Ich hielt es nicht mehr aus," stockte Robert. In der Zeitung las ich von der Behörde, in der man die eigene Geschichte nachsehen kann..." Ratlos schwieg er und starrte ins Leere. Die Ausbeute dieses Tages ist tief vergraben. So tief, dass er diesen Tag für sich kaum erinnert...

6

Neblig und kalt war es, aber ein Wind wehte. Er würde den Bruchnebel wegfegen und die Sonne hervorlocken. Sein Toyota fuhr aus dem Dorf in Richtung Strausberg. Gegen elf betrat er ein großes, beinahe unheimlich wirkendes Gebäude. Vor seinen Augen drückt eine Frau auf einen Knopf, der sich dreht, bis die Kartei mit U erscheint. - „Ihre Akte, Herr Ulanow." Auf dem Deckel stand „Don J." - „Don J.?" wunderte er sich. - „So war Ihr Deckname." Nun saß er über seiner Geschichte, staunend erlebte er etwas wie die Rekonstruktion seiner Vergangenheit.
- 2. April 1976: Amsel nimmt Kontakt zu Robert Ulanow auf.
- Ein Frühlingstag, von dem ein frühes Bild im Kopf steckt. -

„Hier bin ich gelandet mit meinen Träumen", ließ das Mädchen ihre Blicke enttäuscht durch die schäbige Tischlerei streifen. Einer Eingebung folgend, er konnte nicht anders, ging er zu ihr und strich ihr leicht über das Haar. Er erinnerte sich, wie sie ihren Kopf über den Tisch beugte. Er wollte dem nicht Raum geben. Hütete sich davor. - Schon während ihrer Einarbeitung passierte ein Unglück. Bei ihrem zweiten Zug mit der Säge blieb das Sägeblatt stecken. Der Schnitt war tief. Blut floss hellrot über ihren Arm. - „Das musst ja kommen", kommentierte der Kollege, der ihre Ungeschicklichkeit beobachtet hatte und gab ihm kopfschüttelnd den Schlüssel zu dem Raum. Dort verarztete er sie. Es war eine vertrackte Situation für sie beide. Als sie ihm die verletzte Hand entgegenstreckte, wirkte sie schutzlos, so verletzlich. In dem Moment bekam er seine Rolle, ihr Hilfe zu geben, so wie beim Anlegen des Verbandes an ihren Arm. - Brett für Brett nahm er von ihr entgegen. Wie ihre Hände zitterten, wenn sie ihm die Holzteile zureichte. Ihre großen Augen auf ihn geheftet. Hin und Herreichen von Holzteilen. Funken sprühten in der alten maroden Tischlerei.
- 14. Mai 1977: Treffen von Amsel mit Zielperson. - Anna war im Krankenhaus wegen der Fehlgeburt. Für eine Holzbestellung suchte Sonja ihn auf, er bekommt es heute nicht mehr zusammen, warum sie in der dunklen Küche vor ihm stand. Er hatte sie nicht kommen gehört. Das geöffnete Verandafenster knarrte hin und her im Wind. Plötzlich war sie da. - „Tolle Arbeit!" deutete sie auf die getischlerten Küchenmöbel. Nie hatte Anna darüber ein Wort verloren. Er versuchte davon frei zu kommen. Darum erzählte er Anna von ihr.
- 10. April 1977: Die Ehe der Ulanows ist kurz vor der Auflösung. - Anna war damals zu irgendeiner Veranstaltung

von der Kirche aus weg. In der Zeit besuchte Sonja ihn eines Abends. Wegen eines Vorwandes stand sie plötzlich in der Tür. Er kam nicht zurecht, das Baby schrie. Sie half ihm, die Kleine zu füttern. Das Baby brachte die Haare in Unordnung, die sie neu im Bad aufstecken musste. - Nach einer Woche war Anna zurück. Die Haarnadeln im Bad! Er hätte sich denken können, was sie dachte. Er hätte es erklären müssen, dass sie nur da lagen, weil sie das Baby gefüttert hatte, aber wusste nicht recht, wie.
- 28. Mai: Auftragsgemäß wurde der Kontakt zur Zielperson ausgebaut. - Erinnerung an eine Melodie. Sie fuhren mit dem Auto nach Buckow in die Märkische Schweiz. Sie musste irgendwelche Verwandten besuchen und wusste nicht, wie sie hinkommen sollte. Auf den Wiesen wurde Heu gemacht. Man musste langsam hinter hochgepackten Fuhren herfahren. Im Radio immer die Melodie.
- 4. November 1980: Nach Bericht der IM ist Anna U´s. Denken irrational geworden. Sie hat die zwanghafte Vorstellung, schon einmal in Kienwalde gewesen zu sein. Nichts ahnend hatte er davon gesprochen.
- 6. Februar 1982: Die Treffen der IM mit Robert sind seltener geworden. Er hat die Ehefrau im Gefängnis besucht.
- 18. März 1982: Treffen IM Amsel mit Robert im Hotel in Grimmen. - Er schwankt hin und her. Ich rechne damit, dass er in der Republik bleibt. - Nie hat er das vorgehabt! Wie konnte sie das schreiben? Seine Liebe zu Anna! Es war eine andere Sache. Zuerst hatte er gedacht, dass er sich entscheiden musste. Aber er spürte, er liebte Anna. Er konnte nicht auf Sonja, die nichts als ein Traum war, er wollte nicht auf Anna verzichten. Vergangene Jahre, aufgeblättert in einer Akte, die mit

dem Namen „Amsel" unterzeichnet ist. Minutiös rekonstruiert. Die Daten stimmen. Nur war alles ganz anders! Er bekam einen Kloß im Hals, die Mitarbeiterin heftet so einen kurzen erstaunten Blick auf ihn.
Bis zur Tankstelle kam er. Im Radio lief Yesterday. Erst so, als ob ihm nichts wär. Auf einmal muss er anhalten, da ist so ein Druck. An der Tanke eine Flasche Kognak, zu Hause nicht rein. Setzte sich an den Teich. Mond überm Teich. Hört den Wind in den Ulmen rumpeln. Er weiß: Auf der Welt gibt es Feinde und Freunde. So ist die Welt eingerichtet. Wenn nun aber die Freundin selbst.... Wenn nur noch das Misstrauen herrscht! Mit Hilfe des Kognaks begibt er sich in den Grenzbereich, in dem die Dinge verschwimmen und nur eine große Sehnsucht herrscht. Dann liegen die Sterne auf einmal im Teich. Warum? Fragezeichen hängen in der Luft. Schluck für Schluck nimmt er immer ein bisschen vom Kognak. Sprosser schlägt und voll der Mond, bis er sich fragen muss, wie die Sterne in den Teich gefallen sind. Da ist dann nur noch ein Fingerbreit in der Flasche. Das grault sich alleine. Soll er von der Bank aufstehen und weggehen, verschwinden? Ob sich die schrillen Stimmen dann hinter ihm verlieren? Die Hände streichen nervös über die Banklehne. Anna würde aufwachen und nicht wissen, warum. Er grübelt, bis die Sterne im Teich verblassen.

„Am Morgen hatte ich Katzenjammer, Anna." - Ich habe die Geschichte kaum in meiner Vergangenheit unterbringen können. Ich möchte sie nicht mit meinen ungeklärten Erinnerungen belasten, denkt Robert und starrt dem ziehenden Rauch seiner Zigarette nach, als sie durch die Dunkelheit heimgehen. Er hat

Verlangen nach Vergessen! Die Erinnerungen zu vergraben, hüllt er sich in die Rauchwolke. - Er muss tief geschlafen haben. Als er zu sich kommt, ist Anna zum Gottesdienst aufgebrochen. Nichts ahnend sieht er zum Fenster, um in der Bewegung zu erstarren. Der Mercedes der Polizisten parkt vor ihrem Hoftor. Vermutlich wollen sie zu Anna. Würde sie nie Ruhe bekommen? Widerstrebend geht er zur Tür und öffnet. - „Können wir Sie einen Moment sprechen?" - „Mich?" klingt es ungläubig zurück. - „Warum sind Sie zurückgekommen und haben sich diesem Kienwalde noch einmal ausgesetzt?" fragt Capari neugierig. „Sie wollen die Sache auf den Punkt bringen, nicht wahr?" Er mustert Robert eindringlich. Der holte sich eine F6, zündete sie umständlich an und schweigt. - „Sie haben recht", antwortet er zögernd. „Es stand noch was aus."

Für Ruhe war keine Zeit. Für viele stürzte der Himmel ein. Die alte Ordnung kippte in Schutt und Asche. - „Zuckerfabrik produziert nicht mehr!" las er am Morgen. Er war nicht weggegangen. Gegen fünf morgens hat er sich ins Haus geschlichen. Anna stand am Herd. Sie schloss die Augen, um die Suppe zu probieren. Es roch gut. - „Was?" riss sie ihm die Zeitung aus der Hand, während die Suppe schnurstracks anbrannte. - „Gib mir die Zeitung zurück", rief er, um das Mittag halbwegs zu retten. „Die Fabrik soll aufgegeben werden, weil sie nur noch ein marodes ‚Eisengespenst' ist", behauptet die knittrige Zeitung. Aber sie war und ist doch der Stolz der Gegend! Die Hälfte aller Familien wird die Arbeit verlieren. Die meisten Betriebe in Mecklenburg sind trotz des Aufschwungs Ost nicht mehr konkurrenzfähig. Vor allem Frauen aus der Gegend, die früher erwerbstätig waren, werden arbeitslos. Und

doch lassen die Nachrichten vom Golfkrieg die Fabrikschließung an den Rand rücken.
Emma und Linde freunden sich mit dem dicken Markus Jandl an, den sie vorher nicht mochten. Sie lassen ihn auf ihrer alten Schwalbe über die abgeernteten Felder fahren, um seine Toilette zu benutzen.

„Wir brauchen Klarheit über die Vorgänge am 20. Februar," bohrt Capari weiter. „Welche Rolle spielte Sonja Kleinert?" schoss er seine Frage auf Robert ab. - „Hören Sie. Sie können auf die Weise nicht weiter machen. Sie suchen Fakten, aber Sie haben sich ins Reich der Gefühle verirrt. Das dürfen Sie nicht, niemals dürfen Sie das!" Viele seiner Träume hatten sich durch die Umstände in Luft aufgelöst. Nur Sonja blieb. Ein sehnsüchtiger Gedanke, den er trotz allem festhielt. Wie sollte er ihnen erklären, was Sonja war? - Wie hat er voraussehen können, dass Anna so reagiert?

7

Als er im März Saatgut besorgen wollte, stieß er bei Praktiker mit seinem Einkaufswagen gegen einen Fuß. Eine Frau bückte sich, um sich den schmerzenden Knöchel zu reiben. - „Hallo, Robert!" Sie schien erstaunt, aber konnte ihre Freude schlecht verbergen. „Warum ziehst du dich von mir zurück, Robert?" Es war Sonja, der er seit Wochen aus dem Weg zu gehen versuchte. Mit einem verschleierten Blick von unten her sah sie ihn an. - „Gut, Sonja, ich muss mit dir reden", sagte er gepresst. „Heute Abend im Schweriner Bahnhofscafe?"

„Die Polizei war hier, Robert." - „Ja." Er ist zerstreut. - „Claudia hat bei Aldi eine Tüte Chips eingesteckt." - „Sorg dich nicht zu viel! Es wird sich aufklären." Er will auf die Wiese, sich um die Schafe kümmern. War nicht Hilflosigkeit in Sonjas Gestalt, so ein Beben in der Frage? Er lief im Regen.
Mit kleiner Verspätung traf sie ein. Ihr langes Haar wehte beim Laufen hinter ihr her. Olivgrünes Kleid, super zurechtgemacht. Was die Verspätung erklärte. Blicke folgten ihr, als sie auf seinen Tisch zusteuerte. - „Ich will nicht lange herumreden", begann er. „Ich sage es dir gleich offen, Sonja, ich habe in meine Akte gesehen. - „Ja?" Schlägt ihre Schlagader am Hals schneller oder kommt ihm das nur so vor? - „Ich habe dich in meiner Akte gefunden. Du hast mit denen zusammengearbeitet." - „Aber wir mussten doch zusammenarbeiten, irgendwie. Du weißt doch, wie das war." Sie lächelt verlegen. - „Ich will konkreter werden. Du hast, was ich dir anvertraut habe, an die Stasi verraten." - Sie schweigt. - „Ich hatte Vertrauen zu dir, Sonja." - „Es war nicht so, wie du dir das vorstellst. Von Zeit zu Zeit tauchten bei mir Ronald und Dieter auf. Kamen mit Wartburg. Sie unterhielten sich über alles Mögliche. Mag sein, dass dabei auch dein Name fiel." - „Aber du hast eine Verpflichtung unterschrieben?" - „Ja." - „Warum?" - Nachdenklich zündet sie sich eine Zigarette an. „Als ich sechzehn war, sollte ich von der Schule fliegen. Eine alte Geschichte eben." - Jahre hat er auf diesen Moment gewartet, um jetzt vor dem Scherbenhaufen zu stehen! - „Robert, ich will ehrlich sein. Ich könnte vor mir ausspucken. Ich mag nicht mehr dran denken!" Sie hob ihr Weinglas und trank ihm zu. Gerade hat er angefangen, sich gegen sie zu wappnen. So unerwartet war ihre Geste, dass er zur

Versöhnung ihre Hand nahm. Er wollte sich verabschieden. Keine Abrechnung, jetzt sollte es gut sein!
In dem Moment öffnete sich die Tür. Anna. Er hielt den Atem an. In dem Augenblick sah sie sie. Regungslos verharrte sie. Sie missverstand die Situation gründlich. Mit aufgerissenen Augen starrte sie auf seine Hand, die an Sonjas Hand klebte. Sie wurde kalkweiß im Gesicht. Sie presste die Faust an den Mund. Ihr Gesicht veränderte sich in Sekundenschnelle. Sie verschwand ohne ein Wort.

Anna schlägt sich mit der Hand vor die Stirn, während sie in der Dunkelheit nach kurzem unruhigem Schlaf aufwacht. Sie begreift, warum Robert so vehement ihre Rückkehr nach Kienwalde betrieben hat. Umständlich klettert sie aus der Tonne. Die aufgehende Sonne taucht das Gras, die Gräben, die Bruchweite in Blut. - Plötzlich sieht sie in der blutroten Weite ungeheure Bilder. Robert zerknüllt einen Brief im Eichsfeld. Oben in der Dachkammer schließt er sich ein. Vor ihren Augen steht wieder die Situation, wie sie vom Erntedankgottesdienst kam. Sonja sitzt neben Robert in ihrer Küche und hilft beim Kartoffelschälen. - Zurückliegende Szenen kommen ihr vor die Augen. Robert stellt ihr seine Kollegin vor. Bei seinem Besuch im Krankenhaus erzählt er von Sonja. Sie erinnert sich an seine Zurückhaltung ihr gegenüber, die sie seiner Überarbeitung und ihrer miserablen Situation zuschrieb. Als sie vom Pfarrerausflug zurückkehrt, findet sie in der Badestube Haarnadeln vor. Bemerkungen der Nachbarinnen, Ahnungen... - Nichts stimmt mehr. Nichts ist mehr so, wie es war. Regungslos steht sie und wittert in Richtung des Hauses. Sie hastet und stolpert voran. Kaum spürt sie die harten Gräser unter ihren Füssen.

Sie kann es immer noch nicht fassen. Sie hätte es doch merken müssen. Niemand beobachtet sie. Die anderen schlafen noch. Bald werden sie ihre Decken abwerfen und sich an den Kaffeetisch setzen. Es ist noch früh, gegen fünf wird es sein. Gestern Nacht fiel ihr die zerwühlte Decke in der Regentonne ein. Zwei dicke Pullover, Hosen und Socken. Sie presste ihre Knie in den Bauch wie in der Zelle. - ‚Habe ich es sogar geahnt?' Sie muss auch an Erinnerungen zweifeln. ‚Ich merke gar nicht, wie ich laufe. Es war nicht Robert, dem ich im Restaurant begegnet bin.' Nachbarskinder? Das Gras knistert unter den Schritten. Die Schattenfrau passt zu ihm. Das Gras brennt unter den Sohlen. ‚Wo kommt die Musik her?' wunderte sie sich. Jetzt klingen sogar Bruchstücke einer Rede zu Ihr: „Heute, liebe Landsleute..." Weizsäckers Stimme. ‚Ach, der Wahltag!' „...begründen wir unseren gemeinsamen Staat. Wie gut uns die Einheit menschlich gelingt, das entscheidet kein Vertrag der Regierungen..." Das Gras piekt sich in ihren Fuß. „...das richtet sich nach dem Verhalten eines jeden von uns." Der Tag wird heiß und schwül. Sie will zurück, Schuhe holen. Es sticht in die Zehen. Diese Musik! Das Unglück brannte in ihr. Ein großer Tag für unser Land! Auf einmal schien sie im Kleinen die Verliererin der ersehnten Wiedervereinigung zu sein.
Sie wusste nicht wohin. „Wenn Sie einen gut erhaltenen Balken brauchen, Frau Pastorin", rief Kietze, als sie ziellos durch die Gegend lief. Die schmiedeeisernen Tore der stillgelegten Zuckerfabrik stehen weit offen. Kietze kramt in einer Ecke. Den Balken auf der Schulter, fuhr er mit seiner gebrechlichen Simson davon. - Es ist unsagbar heiß. Langsam nähert sie sich dem Gebäude und nimmt den Anblick in sich auf. Keine Arbeiter in blauen Arbeitskitteln. Schwalben kreischen zwischen den

verlassenen Häuserdächern. Brennesselüberwuchert liegt der Hof der ehemaligen Fabrik. Spinnenweben hängen von der Decke. ‚Hier sieht es nicht anders als bei mir aus. Mit einem Schlag sind mein Wohlbehagen, mein Alltag und meine Sicherheit verloren.' Die Tonne. Ein ungewöhnlicher Ort. ‚Gestern Abend erwies sich, wie brüchig meine feste Ordnung gewesen sein musste.' Die vermeintliche Behaglichkeit, das Lächeln. ‚Wie sehr habe ich mich getäuscht'. Putz bröckelt. Um einen umgestürzten Eimer rankelt Hopfen. Die Fabrikwände sind dabei, sich in ihren Ursprung aufzulösen. Hasen und Rebhühner erobern ihre Gegend zurück und flitzen durchs hohe Kraut. Für kurze Zeit haben sich hier Menschen gezeigt, Lärm gemacht, um wieder zu verschwinden. Wer erinnert sich an sie? - Sie hört ihr Blut in den Ohren rauschen. In der Hitze verschwimmt alles vor ihren Augen und wird seltsam unwirklich. Die hohen Meldestängel scheinen sie zu rufen: ‚Komm zur Ruhe, Anna! Siehst du nicht, wie gut wir es jetzt haben!' Es riecht nach der gegilbten Melde. Plötzlich erinnert sie sich. Sie rennt mit nackten Füssen über die hohe braungegilbte Melde. Die Stoppeln stechen in ihre Füße. Sie ist elf Jahre alt...

Sie lauscht dem Echo der Stimmen nach, die in ihrem Kopf miteinander streiten. Jedes einzelne ihrer Haare schmerzt.

In ihrem Kopf drehte sich alles. Am Himmel ballten sich gelbe Gewitterwolken. Die Sonne verschwand. Über das Bruch fegt heißer Wind und lässt die Gräser hin und her schwanken. Der Schmerz zog sich von ihrer Stirn über den Kopf. Dunst verdeckte den Himmel. Die Weite verschwimmt. Ein Sperber kreiste über ihr, die Flügel weit auf, von Krähen verfolgt. Sie lief zurück. Hinter den Weiden war der Himmel bereits schwarz wie die Nacht. Der Deckel klemmte. Mit Mühe klappte sie ihn hoch, kroch in die Tonne und zog ihn über sich. Über ihr krachten mächtige Donnerschläge. Die Tonne, die sie birgt, hört undeutliches Murmeln: „In die alte Decke wühlen, wie in der Zelle, nichts sehen." Zwischen zwei Donnerschlägen horcht sie erstaunt, dass Anna fliehen wird, meint ‚Kanada' zu hören. Unwillig beginnt die Tonne im Gewittersturm zu scheppern. Die Sache gefällt ihr nicht. Es dauert, bis sie sich beruhigt. Dann rauscht nur Regen, die alte Tonne nickt ein. Die Knie in den Bauch gepreßt, ist Anna geflüchtet. Im Traum hört sie, wie eine Sirene geht.

8

„Plötzlich warst du verschwunden. Keiner wusste, wo du warst", sagte Linde mit leisem Vorwurf zu ihrer Mutter. Donner dröhnte. Der Wind riss die Haustür auf. Die Schuppentüren schlugen gegen die Schafställe. Schwalben schrieen aufgescheucht. Linde rannte über den Hof, alle Fensterläden zu schließen. „Regen, Regen flieg!" Mit nackten Füssen tanzen Berti und Claudia draußen im strömenden Regen. Der Schlamm spritzt gegen ihre Beine. - „Bis Vater ein Machtwort sprach und wir noch im Gewitter losfuhren. Obwohl sich niemand erklären konnte, warum du gerade dort sein solltest, nach Bärwalde. Aber wir fanden dich nicht. In der Einfahrt zum Baumarkt stand der Händler, sah nach dem Unwetter nach dem Rechten. - „Kennst du den nicht mehr?" flüsterte Emma, die ihn sofort erkannt hat. „Frag ihn mal, ob wir bei ihm aufs Klo gehen können." - „Vor sechs Jahren war dieses Gelände eine Barackenruine, aus der

Nesseln ragten", fängt er an. „Sie wissen selbst, wie diese Armeeruinen aussahen! Die Sprossenfenster habe ich mit diesen Händen...", sprachlos sehen wir auf seine gebräunten Hände, „...in den Nächten eingesetzt. Ich machte den Baumarkt auf. Als meine Nachbarin Kulke nach der Stilllegung der Fabrik arbeitslos wurde, stellte ich sie ein. So fingen wir an! Heute habe ich fünfzehn Mitarbeiter." - „Der Mann war, Du wirst es nicht glauben, Mama, Gernau." - „Früher der Vorsitzende. Von dem habe ich das Holz geholt!" raunt Vater leise. - „Frag doch mal! Ich kann nicht mehr!" flüstert Berti und krümmt sich. - „Jetzt kommen Sie mit rüber in mein Haus, meine Frau wird sich freuen!" Als wir in einer roten Ledercouch sitzen und die Stucktapete über uns entdecken, kommt es uns merkwürdig vor. - „In dem Raum hat Mutter früher Kirche gehalten, Berti!" sagt Papa leise. „Sie sind sehr tüchtig, Herr Gernau, aber das waren Sie schon immer. Sagen Sie, haben Sie wohl eine Toilette?" - „Meine Frau wird..., Doooris!" ruft er. Berti und ich verschwinden gleichzeitig, um die Frau zu suchen, die über ein Klo verfügt. - Als „meine Frau" mit dem Tablett kommt, trauen wir unseren Augen nicht, Doris Kulke! Klein und behäbig, die Augen kaum zu sehen, so rund ist sie geworden, Mama! „Darf ich vorstellen, meine Frau!" Sie gießt Whisky ein. Vater musste lachen, obwohl er seit deinem Verschwinden nicht mehr lachen konnte. Er sagt, er dachte an die Hochzeit damals, als sie ihren langen Hans heiratete und die Gänse als Trauzeugen hinterherliefen. Nach der Wende musste er auf Montage nach Köln, dass beide sich auseinander gelebt haben. Berti und ich kehren erleichtert zurück. „Nun aber schnell, heute wollen sie noch wegen unsrer Grube kommen." - „Und dann sahen wir es, Mama. In der Ebene hinter Gressow schien es zu brennen." - "Sieh mal!" Der Feuerschein kommt von unserm Dorf! Es brennt über Kienwalde! Beklommen fuhren wir näher. Wenn bloß mit dir nichts ist! Aus Güstrow und Bützow rückten die Feuerwehren heran. Sie hielten die Schläuche aufs Pfarrhaus. Im Dorf ist Panik ausgebrochen. Rauch und Flammen! In Hemd und Schlüpfer rast Maxi auf die Straße, wo man sie „Feuer!" schreien hört. Die Dorfhunde beginnen, schaurig an ihren Ketten zu heulen. Die Feuerwehr hat eine Absperrung errichtet, um die Schaulustigen fernzuhalten. Hinter der Absperrung starren fasziniert Hunderte Augen in die rotlodernden Flammen. Der Anbau brennt lichterloh. - Es ist nur eine Frage von Minuten, bis das Feuer die Scheune erfassen würde. „Da ist meine Frau drin." schrie Papa plötzlich.... So war das Mama!

Flammen schlugen in die Scheune. Mit einem Schrei rannte Vater in die brennende Scheune. „Anna!" Das durfte nicht wahr sein! „Anna, bist du hier?" Die Flammen knisterten. Die Scheune füllte sich mit Qualm. Gewaltsam wollte ein Feuerwehrmann ihn zurückhalten, aber er stürmte weiter. Er wollte dich retten. Ein Krachen zeigte an, dass das Dach einstürzen würde. - Erst als Klüwe laut rief, die Flammen übertönend „Deine Frau ist nicht hier, Mann!" ließ er sich widerstrebend rausführen. - „Ich hab gedacht, sie wär umgekommen.", murmelte er heiser und sah verstört ins Feuer. Als wir uns umsahen, ob dieser und jener unter uns ist und nicht etwa in den Flammen, entdeckte man, dass die Kulaken und die Jandls schon ihre Nachthemden anhatten und in den langen geriffelten Hemden auf der Straße standen. - „Weil sie mit den Hühnern schlafen", meinte Berti. Na, jedenfalls lagen sie im

Bett. - „Da hat einer wohl Feuer gelegt!“ tönt im Gedränge eine Bass-Stimme. - „Was?!“ Auf einmal ist es totenstill. Nur das Knistern und Brechen der Flammen. Die Stimme schweigt und ist im Menschenauflauf nicht mehr auszumachen. - „Ach was, ist nur der Blitz eingeschlagen“, räuspert sich Brummerts Schwiegersohn. Schließlich gelingt es, das Haus zu retten. Aber das Feuer hat die Scheune mit dem Stroh erfasst. Die Flammen schlagen lichterloh in den Himmel. Warum bist du weggegangen, Mama?“

9

Ratlos zeichnet Fahrenkamp unsichtbare Kreise auf den Tisch. Dass er nicht weiter kam! - „Doch muss ich nach Dingen fragen, die Sie unter Umständen vergessen möchten. „Warum haben Sie diesen Prozess um das Land angestrengt?“ Sie rührt in der Tasse.

Als sie aufwachte, roch die Luft verbrannt. Sie raffte sich auf und eilte in Richtung Dorf. Da sah sie ihre Scheune wie ein schwarzes Gespenst aufragen. Der Dorfplatz voller Menschen. Während sie sich nach Kanada entfernt hatte, war ihre Scheune abgebrannt! Und Kleinert hatte die Wahl gewonnen, stand lächelnd in der Menge. - „Diesen Tag haben wir erkämpft! Heute stehen wir hier als die Verlierer“, brachten einige Mitglieder des Aufbruchs ihre Enttäuschung vor die Kameras. Sie befürchten, dass die Leute sich in der Demokratie westlichen Musters verlieren. - „Wir wollen keine Experimente“, wird dagegen gehalten. Der Volvo des Fernsehteams parkt mitten auf dem Dorfplatz. - „Morgen hält er die Rede zur Einweihung des Blücher-Denkmals." Die hagere Frau Kleinert war stolz. - „Weiß man schon, wer den Scheunenbrand gelegt hat?" Anna riecht nach Regentonne. Sie muss vorbei. Sie muss die Blumen in die Kirche bringen. - Mit einem Arm voll Feldblumen tritt sie in die dunkle Kirche. Sie liebt die Stille um diese Zeit. Irgendwo in der Ferne heult ein Hund. Man hört die Autos am Dorfplatz wegfahren. Nun ist es noch stiller. Sie hantiert am Altar und sortiert die Blumen in der Vase. Hätte sie es ahnen müssen? Roberts Verschlossenheit. Seine Art, sich zurückzuziehen. Mit Macht kamen die Gedanken.

Plötzlich klappte die Kirchentür. Sie donnerte ins Schloss. Licht ging aus. Schritte kamen auf sie zu. Sie hielt den Atem an. Die Schritte stoppten, gingen weiter - am Fenster konnte sie niemand erkennen - blieben dicht vor ihr stehen. - „Du hast mich damals auffliegen lassen, stimmts?" Die Stimme?! In dem Moment schwante ihr, wie sie einmal losfuhr, um etwas aufzuhalten. Zugleich stieg die Wut hoch. - „Wieder du, Gunnar, wie damals, wie beim Getreidekauf?" - „Was meinst du mit Getreidekauf?" Er starrt sie an. - „Ich konnte eins und eins zusammenzählen, Gunnar." Wieder sieht sie die Scheinwerfer, die ihren Hof taghell machen. - „Woran erinnerst du dich nur, Anna?" Lauernd sieht er ihr ins Gesicht. - Ihr wird bewusst, dass sie mit ihm allein ist. Wie Watte fühlen sich ihre Füße an. Sie möchte weglaufen. Sie kann sich nicht bewegen. Ihr Herz klopft zum Zerspringen. - „Wieso bist du zurückgekommen? Wolltest eine Rechnung begleichen, was?" In seinen Augen erscheint ein gehetzter Ausdruck. Mit seinem Bierdunst kommt er näher. - „Gunnar!" flüstert sie und will in Richtung Tür zurück. Wo ist der Lichtschalter? - „Was machst du heute?", bemüht sie sich, dem Gespräch eine neue

Wendung zu geben. - „Bin bei der Stadt, Grünanlagen und so. Nach der Wende war ich arbeitslos." - „So?" versucht sie den Schalter zu finden. - „Interessiert es dich, was aus mir geworden ist? Ja? Ich habe allerhand angefangen." - ‚Endlich Licht!' - Er stellt sich vor den Altar. Sein roter Bart ist verwildert. Aber das ist es nicht, was Anna erschrickt. In seinen Augen ist ein gehetzter Ausdruck. - „Und du hast mir nicht geholfen." Drohend hebt er seine Faust. „Nicht mal zum Junkie hab ich getaugt." Er krempelt den Ärmel hoch und lässt seinen vernarbten Unterarm sehen. „Immerhin. Unsereiner lässt sich nicht unterkriegen. Ich habe wieder was gefunden. Andere hier nicht." - Hubschrauber kreisen, einer ist aus dem Arbeitslager entkommen! - „Was ist aus ...deinem Vater geworden, Gunnar?" - „Kaum Kontakt. Er lebt von Sozialhilfe in Schwedt." Zu sich kommend, starrt er sie an. „Ach." Er zieht seine Hand mit einem Ruck weg und schiebt die schwarze Wollmütze in die Stirn. "Ich muss los, jemand verfolgt mich. Du solltest auch Angst haben, dass es dir nicht wie eurer Scheune geht! So ganz alleine..." Sein Lachen geistert ihr nach, als sie auf dem Pfad in Richtung Tonne läuft. ‚Der muss verrückt sein! Hilf ihm!'

10

Seine Worte dröhnten in ihren Ohren. Gelbfleckig ging der Mond in der Ulme auf. Was hat er in der dunklen Kirche von ihr gewollt? Er wirkte verletzt. Von ihm ging etwas Bedrohendes aus. Unruhig wandert der Mond durch die Zweige. Gunnar hat versucht, ihr Angst zu machen, was ihm auch gelungen ist. Er würde wieder kommen. Wie sollte sie sich verhalten, was seinen Drohgebärden und ihrer Angst entgegensetzen? Sie wischte sich die feuchten Hände an der Jacke ab. Verzweifelt bemühte sie sich, sich zu beruhigen. Plötzlich erstarrte sie. Ihr Mund wurde trocken. Im fleckigen Mondlicht erschien unverhofft ein Gesicht, weiß, maskengleich. Erschrocken blieb sie stehen. Als sie es jedoch erkannte, musste sie über sich lachen. Auf der Fensterbank neben einem blinkenden Glas schimmert Großmutter Liesch's weißes Gesicht. Längst müssten die Zähne in das bereitgestellte Gurkenglas, doch sie wartet auf Tobias.

„Ein junger Mann?" raunen alle. Nach der Wende kam er auf ihren Hof, mit großen sanften Augen und einer Geschichte, die sie erschüttert hat. Auf einmal trennte sich Oma Liesch von ihrer alten, durch Sicherheitsnadeln zusammengehaltenen, noch guten Schürze. Plötzlich saß sie in einer neuen lila Schürze am Fenster. So kam es, dass sie sich in Ihrem Alter in Stralsund leuchtend weiße Zähne machen ließ, die sie nachts in das Gurkenglas voll Wasser stellt. Vor drei Tagen hat sie ihm alles überschrieben. Jetzt begreift sie, was passiert ist, aber er lässt sich nicht mehr sehen. Nach dem Ereignis schlugen die Kienwalder den Mantelkragen hoch und die Tore fest zu. Die großen schwarzen Hunde laufen im Hof. Ihr Erdvertrauen in die Menschheit, das zwei Weltkriege und den Sozialismus überstanden hat, scheint in den letzten Jahren erschüttert. - „Es lebten nur noch zwei alte Knechte auf den abgeschiedenen Höfen und eine Magd, die nicht bemerkt hatten, dass seit dreißig Jahren Krieg im Lande war..." Die frühe Geschichte gibt ihnen Recht. - „Guten Abend, Oma Liesch!" - Leise klang es vom Fenster her zurück: „N Abend!" Seufzend hörte man die Zähne in das Wasserglas fallen. Das Fenster klappte zu.

Wolkenfetzen rissen auf. Der Mond schien auf den Pfad. Er übergoss die Wiese und die metallisch glänzende Tonne. Als sich Anna in die Tonne begeben wollte, wartete eine Gestalt auf sie. - „Endlich!“ rief die dunkle Gestalt mit der Stimme von Robert. „Verzeih mir, Anna!“ - Sie war verblüfft. Sie brauchte eine Weile, um in der russverschmierten Gestalt und dem schwarzen Gesicht Robert zu erkennen. - „Bist du etwa mitten in die Flammen gestiegen, Robert? Warum?“ Sie sah ihm zu, wie er sich auf einen Stein niederließ. - „Komm, setz dich neben mich!“ zeigte er mit der Hand auf den kalten Steinplatz neben sich. Umständlich nahm sie neben ihm Platz. Sie wusste nicht, was sie dazu sagen sollte. „Weißt du, wie sehr ich dich gesucht habe?“ Seine Stimme klang gepreßt. Statt weiter zu sprechen, nahm er Annas Hand in seine.

11

Im feuchten Gras läuft eine Spur. Sie lässt sich bis zu einem großen Gehöft verfolgen. Hackbarts schwarzer Hund fletscht die Zähne. Robert winkt seufzend ab und geht mit Anna zur Brandstätte zurück.

„Wer den Brand gelegt hat?“ Verdutzt kneift Jandl die Augen zusammen. „Gerüchte gab's, Herr Kriminaler. Aber wer das nu war?“ Er legt seine Stirn in Falten.

‚Dieser furchtbare Brand. Wo hab ich nur die Flasche Mariacron? Moment, ist noch im Plastebeutel, jawohl. Hat sich nicht rausbewegt! - Robert fragte mich auch schon, aber die Scheune interessierte ihn kaum. Wir wissen, dass wir nichts wissen können! Er wusste nicht, wo seine Frau ist, ob ich jemanden gesehen hätte. Sieh dich um, sag ich, hier auf der Dorfaue siehst du keinen Menschen mehr! Niemand zu sehen außer mir, dem Jandl mit seinem Bäuchlein. Aus den Nesseln, aus den Ritzen der Schuppen und aus den alten verwaisten Klos zirpen Grillen. Früher hockte man immer zusammen. Drüben in der Baracke, die einer aus Nürnberg gekauft hat, haben wir Mittag gegessen. Baut der aus und will vermieten. Der staunte, wusste er noch nicht, wo sie grad aus dem Westen gekommen sind. Nicht hingucken, Herr Fahrenkamp! Da, die Gärtnereiruinen! Geborstene Steine, zerbrochene Gerüste. Noch nicht mal Geld für Abriss ist da. Der neue Besitzer hat gemeint, dass wir nicht in der Lage sind, Radieschen zu bündeln. Darum würd' er keine anbauen. Auf die Weise sind wir Bankrott gegangen. Meine Frau und ich, trauriges Kapitel, wir meldeten uns, ergab sich nichts. Ein Jahr später bekamen wir eine ABM-Stelle. Also säuberten wir die Bürgersteige in Sternberg und Krakow, strichen die Bachbrücke in Teterow blau an und sammelten alles Papier auf.'

„Es ist kein Wunder," sagt er mit unschuldigem Augenaufschlag, „wenn man Vergangenem nachseufzt," schluckte einige Male und seufzte tief auf. „Wenn Sie bitte zur Sache kommen könnten, Herr Jandl!"

'Auf einmal war Schluss mit ABM. So viel Papier kann's gar nicht geben. Doch jetzt meine Frau, ich weiß nicht, ob Sie sie kennen, als die Pflegeversicherung eingeführt wird, macht sie ihren Führerschein. Die ist voller Energie! Erna kauft sich auf Kredit einen roten Golf, mit dem sie in der Parchimer Gegend rumfährt, um gebrechliche Leute wie die alte Frau Liesch zu waschen und zu windeln!'

„Zur Sache bitte, Herr Jandl!" beharrt Fahrenkamp ungeduldig.

„Also, die Grillen! Und gleich begann Tatort mit Kommissar Ehrlicher. Als ich den Pflock vors Tor schob, fuhr ein dunkler Volvo vor. Hackbart brauste in seine Garage. Nickte kurz zu mir rüber, schritt mit Tasche unterm Arm in Richtung Haustür. Nun gut, er hat Arbeit, ich nicht. - Nach Tatort knipste ich das Licht aus, aber hörte Geräusche und sah einen durch den dunklen Garten gehen. Hackbart! Was hat der so spät draußen wohl gewollt? Heute früh steht mein Tor weit auf. Auf die Weise sind früh meine Hühner durch die Pforte ausgebrochen. Gackernd, sich gegenseitig Mut machend, gelangten sie auf den Nachbarhof. Hackbart hat inzwischen weiße Tischdecken aufgelegt. Die Kollegen aus Hannover sollten Mecklenburg kennen lernen. Er hat Stühle hingestellt, auf denen sein Chef und die Kollegen Platz nehmen wollen. Als er die Hühner sah, rief er: ‚Macht euch weg.' Die Hühner erschraken wohl, aber kannten sich auf dem fremden Hof nicht aus, Herr Fahrenkamp. Sie wussten nicht, wohin mit sich. Unsicher liefen sie hierhin und dorthin. Hackbart rief lauter. Sie verstanden ihn nicht. Nun wollten sie raus um jeden Preis, aber irgendein Schlauberger hatte die Pforte inzwischen geschlossen. Kein Entrinnen. Verunsichert sprangen sie hoch und flatterten nun auf den einzig sicheren Platz, die Festtafel. Die verschreckten Hennen rasten zwischen die Torten. In ihrer Angst hüpfte eine Henne seinem Chef auf den lichten Haarkranz. Also, seit heute Mittag verkehren Hackbart und ich über Anwälte. Ihre Hühner sind auf meinem Gebiet, heißt es! Jetzt will ich in den Schuppen, der ihm auch so ein Dorn im Auge ist. Will ihn abreißen lassen. Aber er gehört auf unser Flurstück, das weiß man jetzt, wo vermessen ist. Der Schuppen ist die letzte Enklave. Da kommt niemand ran. Wenn Sie mich fragen, stand die Scheune einigen Plänen hier im Wege! - Der Raps ist im Verblühen, die Bienen schwärmen, ich muss gewaltig aufpassen! Die Schafböcke setzen über die Absperrung, die Hühner finden noch eine Zaunlücke. - Sehen Sie drüben die beiden Pastors hinter ihren Tieren rennen? Es heißt, sie soll eine Nacht in der Tonne geschlafen haben! Moment, im Zaun steckt was, eine Henne hat sich verheddert. Ich muss!"

5. Teil

Ein unwirklicher Frühling

1

Ein schwarzer BMW schiebt sich über die staubige Dorfstraße, beinahe lautlos, dennoch hat Martha Kulaks feines Ohr ihn gehört. Sie steckt den Kopf durch die Tür. - „Was für ein Auto steht vor Hackbarts Haus?“ fragt sie neugierig ihre Nachbarin. - „Ein Auto soll da stehen?“ wunderte sich die Jandl einfältig. Ihre Stimme klingt fremd und heiser, während sie hinter sich nach einem bereitgelegten Plastebeutel greift, um im geeigneten Moment zur Hintertür rauszulaufen und sich hinterm Misthaufen vorbei zu Hackbarts hinzuschleichen. Vor der Haustür zieht sie die schwarzen Schuhe aus dem Beutel. Sie schlüpft hinein und lässt die alten Pantinen vorm Haus stehen. Sie sieht sich um. Gott sei Dank, Martha hat keinen Verdacht geschöpft. Sie schlüpft ins Haus. - „Kienwalde ist mehr als Kartoffelland.“ Unter dem Slogan hat Kleinert zehn Eigentümer zusammenhängender Flurstücke eingeladen. Die Sitzung ist streng geheim. Zwanzig Augenpaare starren in Hackbarts guter Stube gespannt zur Tür, durch die gleich der Investor eintreten wird. Die Tür geht auf. Ein gutaussehender Mann im dunklen Anzug tritt ein, der jedem die Hand reicht und aufmerksam anblickt. Sein schmales Gesicht ist gebräunt. - „Es gibt Investoren, die viel versprechen und wenig halten“, fängt er an. Zustimmendes Nicken, das stimmt. Was dem Jandl sein Cousin ist, der hat das selbst erlebt. Nachher war er aus dem Grundbuch, Herr Schneider stand drin, gesehen hat er keinen Pfennig. „Es gibt auch Investoren, die bereichern sich schamlos an den ererbten Äckern der Väter und Vorväter.“ Auch dies kommt einem bekannt vor. Dieser Investor will kein Betrüger sein. „Ein guter Wein, bitte sehr, zum Wohl!“

Nach dem Umtrunk setzt er neu an, um sofort zur Sache zu kommen. - „Zehn Mark pro Quadratmeter, bei der Größe Ihres Ackers sind Sie Millionär, stellen Sie sich vor! Ihr Land, obgleich wertvoll, ist nur Ackerland. Das wissen Sie so gut wie ich. Ich muss Ihr Land erschließen." Beschwörend hebt er die feinen gebräunten Hände, dass sie sich unwillkürlich vorstellen, wie er mit seinen Händen Laternen, Toiletten und wer weiß was errichten muss. Daran hatten sie nicht gedacht. Und hundertfünfzig Kilometer von der Hauptstadt sind auch hundertfünfzig Kilometer. - „Welche Flurstücke sind einbezogen?" fragt Erna Jandl mit merkwürdig gepresster Stimme. Auf der Karte wies er von Hackbarts bis zum alten Backhaus hinter Kleinerts Hof. - „Das Backhaus soll abgerissen werden." Er zeigte auf den kleinen roten Punkt. „Ihr Kienwalde wird berühmt. Aus Berlin wird man zum Golfspielen kommen, stellen Sie sich das bitte einmal vor!"
Nach dieser Rede herrschte in Kienwalde die größte Aufregung. Nichts blieb, wie es vorher war. Es begann eine Zeit der heimlichen Träume und versteckter Pläne.

„Ist das nicht die Nachbarin?" stutzt Fahrenkamp in Schwerin. Vorm Amt steht eine Frau. Ist das nicht die, die durch die Brennesseln lief? - „Wieso fragen Sie mich? Ich weiß von nichts," blinzelt sie.

Die Sonne brennt. Nur ein Stückchen weiter steht eine Robinie. Aber Erna Jandl steht hier vorm Grundbuchamt. - „Ob ich am 20. Februar jemanden gesehen hätte? Was soll ich Ihnen auf der Straße sagen? Vor mir ist eine Schlange, so lang, dass manche sich Stühle mitgebracht haben, auf denen

sie jetzt sitzen und Zeitung lesen, während die Karawane kaum vorankommt." Sie holt ihr kariertes Taschentuch aus der Jackentasche, wischt sich den Schweiß. Zu heiß. Die mit den Stühlen vor ihr scheinen meistens Leute, die was zurück haben wollen. Tankstelle und Supermarkt kommen in die Zeitungen, hört sie mit, viele verkaufen ihr Land. Ihre Ackerflächen sollen sich in Bauland verwandeln. Ob sie sich verwandeln, hängt vom Gemeinderat ab, der den Nutzungsplan genehmigt. Schweiß tropft aufs Kopfsteinpflaster. Langsam bewegt sich die Schlange voran. Allmählich kriegt sie Hunger.
Niemand hat Zeit. Möbelwagen mit Würzburger Kennzeichen brummen die einsame Dorfstraße rauf. Vermesser klettern über Böschungen und setzen rote Steine. Eine Baufirma riss Wände raus und maß Fenster ab. Ein Hans Blank aus Würzburg zieht mit Frau und Kindern in die Einsamkeit, um den Neuanfang im Osten zu suchen und sich Schafe zu halten. - Auf der Straße wurde Berti von einer Frau angehalten, die ihm Bonbons gibt. „Die hatte blonde Haare, die roch wie die Blumen im Garten, Mama." Anna will nicht, dass er die Bonbons nimmt, als er die Frau genauer beschreibt. „Warum nicht, Mama?" - Keiner hat Zeit für ihn. Der Vater ist mit dem Wiederaufbau der Scheune fast fertig und sucht Arbeit. Er will LKWs fahren. Mit Bertis Zirkel hat er einen Kreis um Kienwalde gezogen. Seine Suche erstreckt sich im Norden bis Hamburg, im Westen bis Braunschweig und südlich bis Kassel. Wenn er heimkommt, erzählt er von Menschen, die nicht so stark sind und nicht anders können. - Die Mutter steht neuerdings vor einem alten Backhaus mit bröckelnden Steinen. „Nein!" ruft sie. In den Augen schimmert es feucht. Irgendwer hat ihr verraten, dass es abgerissen werden soll. Sie sieht Dinge, die hier kein anderer sieht.

Anna sieht die schweren Steine. Sie ist wieder ein Kind. Vor ihren Augen erscheinen die Eisenhaken, die den Ofen umgeben. Sie spürt die vom Backofen ausgehende Hitze. Es riecht nach Brot. Die Mutter hantiert mit ruhigen Bewegungen. "Anna!" ruft sie. - Mühsam kam sie zu sich und blickte den vor ihr Stehenden verständnislos an. Wenn ich einen Antrag auf Rückübertragung stellen würde, dachte sie. Wie viele solcher Anträge gerade jetzt gestellt werden. Niemand würde die wahren Beweggründe ahnen... - Sie war erschrocken. Sie musste lachen, als sie sich die Reaktionen vorstellte. Aber sie würde jemandem im Wege stehen....

2

Im Schilf ruft die Rohrdommel und schreit einen großen Tag aus. Jawoll, Metha Fenskes letzter Geburtstag hier! - „Fünfzehn Jahre sind das her, seit mein Sohn sich wegen dem Deichbruch was antat. Einsame Jahre hier draußen, wo sich Fuchs und Hase gute Nacht sagen." Eine weiße Bluse leuchtet im Rapsfeld. „Frau Pastorin. Wie oft habe ich an Sie denken müssen. Ich werd verkaufen, 5 DM der Quadratmeter, bei der Größe der Felder sind das...? Rechnen Sie aus! Ich zieh zu meinem Schatz in den Schwarzwald. Stellen Sie sich vor, auf einer Kaffeefahrt in Überlingen haben wir uns kennengelernt." Leise wirft sie noch hin: „Bitte sprechen Sie nicht von den alten Geschichten." - Anna nickt, um nichts zu verderben. In ihrer Mitte thront ein Kirschkuchen. Ihr Schatz vom Bodensee erzählt, dass er vierzig Jahre mit seiner ersten Frau verbracht hätte. Er druckst rum, er nimmt einen verspäteten Bissen. Er sieht verlegen wie ein Schuljunge aus, als er sie um Verständnis bittet, dass er später mit seiner ersten Frau zusammen leben wird. Er meint, wenn er einmal im Himmel ist und verschluckt sich dabei schrecklich. Sie wundert sich ein bisschen, aber gibt ihr Einverständnis. So treffen sie ihre Übereinkunft. Denn wer kann alles haben?

Im Schwarzwald, wo es Sie auch hin verschlägt, Gott behüte Sie, steigt Anna schwerfällig auf ihr Rad. Das werden wohl Zwillinge werden. Durch die festlichen Birkenalleen geht man, weil man Geburtstag hat, weiße Stämme, über einem singt die Lerche. Birken, wie schnell die wachsen. Man grübelt, warum alle vergessen wollen. Der Baustoffhändler Gernau, der Graapmann, die Pastorin und sie. Die Zeit scheint ihren Mantel über die alten Geschichten zu decken. Beinahe stößt man mit dem roten Golf der Jandln zusammen. Wo kommt die noch her? Sieht auch nachdenklich aus.

Tropfen für Tropfen rinnt die Zeit in Mecklenburg. Was ist mit Anna los, fragt mancher sich. Sie scheint den Unfall überwunden zu haben, sie probiert. Senioren treffen sich nachmittags, um vom Krieg zu erzählen oder von der DDR, die all wieder Vergangenheit ist. Im Juli kriecht ein Windstoß unter das morsche Dach der Sitwalder Kirche. Er trägt es unter gewaltigem Krachen in Meiers Garten. Zerschunden liegt es unter den Pflaumenbäumen. Da fällt der Frau Jandl eine Zeitungsnotiz in die Hand. „Kirchturm vom Einsturz bedroht? Förderverein zur Erhaltung der Kirche gegründet!" Lasst die Kirche in Sitwalde! Unter dem Motto wird eine Initiative zur Rettung ins Leben gerufen. Ein Hamburger will der Kirche sein Erbe hinterlassen. Sein Herz schlägt für ihre abgelegene Gegend.

Anna sieht Neuanfänge, wo sie sie nicht vermutet hat. Niemand ahnt, was Anna so sehr inspiriert.

3

Bald schüttelte Herbstwind die Ulmen und überschüttete den Hof mit einer Flut von Blättern. Der kurze Herbsttag verging. Als es an der Tür Sturm klingelte, saß Robert in seiner Werkstatt im Keller. - „Conny und Mathes?“ rief er in den Sturm. Conny und Matthes aus Schalke trafen ein, aber hinter ihnen schlich jemand, den man im Finstern nicht erkennen konnte. - „Darf unser Freund mit rein? Wir haben jemand mitgebracht.“ Sie klapperten mit den Zähnen. Durch die offene Tür blies schneidender Wind. „Er hat den Zug nach Güstrow verpasst. Schreckliche Kälte!“ Wie um ihre Worte zu bekräftigen, fegte ein Schwall bitterer Kälte ins Haus. - „Aber rein mit euch!“ rief Emma und zog sie in den Flur. „Und wen habt ihr mitgebracht?“ - Anna erstarrt. Das vernarbte Gesicht. Über die Nase zieht sich eine kaum verheilte Schramme. Die schwarze Wollmütze bis in die Augen gezogen, der rote Bart. Sie schreckt auf, als hätte ihr jemand einen Schlag versetzt. Der Freund ist Gunnar. - „Du solltest auch Angst haben!“ hört sie wieder. Er blickte sie mit verkniffenem Gesichtsausdruck an, und ging hinter Conny und Matthes nach oben.

Er ist mir nicht geheuer, dachte Anna. Wie kommt er zu Emma? Sie war wie gelähmt. Sie brachte heiße Suppe nach oben, um sie unauffällig zu beobachten. Als sie mit der Suppenschüssel unvermutet die Tür aufriss, sah sie ihre Tochter etwas Weißes auf ihre offene Hand klopfen. Jetzt beugte sie sich über die Hand. - „Was machst du Emma?“ fragte sie verblüfft. Emma starrte sie regungslos an. ‚Wieso steht die riesige Maus in der Tür? Sie kommt auf mich zu und... Ich schreie, ich schreie vor Angst.‘ Emma schrie laut, hielt die

Hand übern Kopf, um wenigstens den Kopf zu schützen. Was ist mit ihr? Vorsichtig bugsierte Anna die Suppenschüsseln wieder nach unten. Ihre Hände wurden klebrig. Nachdenklich wischte sie die verschüttete Suppe von den Händen. - „Warum regst du dich so auf?" Robert hörte für einen Moment auf zu bohren. „Du musst loslassen! Emma ist sechzehn!" sagte er gelassen. Kopfschüttelnd stieg er wieder in den Keller. Besorgt zog sie sich zurück. Irgendetwas stimmte nicht. Sie schenkte sich eine Tasse Kaffee ein, um wachzubleiben und machte sich an die Konfirmationspredigt für morgen. Über ihr schwoll die Musik zum Orkan an. Sie hob den Kopf und starrte verärgert ins Leere. Sie dachte an seine Drohung. Warum war er in ihr Haus gekommen? Wieder beugte sie sich über die Notizen. Kopfschüttelnd stand sie auf, weil sie sich nicht konzentrieren konnte. Solange Gunnar im Haus war, blieb sie unruhig. Was wollte er nur? Irgendwann spät in der Nacht hörte sie, wie er das Haus verließ. Einen Augenblick musste er in der offenen Tür stehen geblieben sein. Ein kalter Luftzug strich über Anna hin. Die Tür fiel hinter ihm zu. Wo kampierte er? Wohin ging er mitten in der Nacht? Anna war sich sicher. Es würde ihn immer wieder nach Kienwalde ziehen. Sie wurde von Entsetzen gepackt und nahm sich vor, Acht zu geben.

Seit Wochen wurde gescheuert. Der Tag der Konfirmation! In festlicher Kleidung sitzen die Konfirmanden in der vorderen Kirchenbank. Annas Blick wandert durch die geschmückte Kirche über das Bild des Friedens. Nun öffnet sich die Kirchentür einen Spalt, um mit einem Ruck aufgerissen zu werden. Mitten in das friedliche Bild platzen Conny und Matthes, barfuss, wie immer, weil sie, Emma hat sie drauf

gebracht, die Pastorin ohne Gedächtnis sehen wollen. Alle drehen sich nach ihnen um. - „Diese Kirche ist cool", sagt Conny ehrfürchtig in die eintretende Stille. Ein sengender Blick des Kirchenältesten Hackbart antwortet ihm. Sie stehen mit ihren schwarzen Füssen vorm Altar. Flüstern und Murmeln. Verstohlenes Kichern der Konfirmanden. Die Blicke konzentrieren sich auf die beiden. Soll Gottes Haus offen sein für Conny und Matthes? Ja, es soll. Die Blicke werden freundlich, als jeder nach Psalm 1 einen kleinen Baum erhält. - Weitaus schwieriger wird die Lage, als Emma mit der sprungbereiten Amanda auf der Schulter vorn steht. Amanda mit hochgelegten Ohren, bereit zum Angriff auf den Altar. Unzugänglich für die freundlichen Aufforderungen, sich zu setzen, ist Emma der Meinung, dass ihre Ratte gerade heute die Altarnähe nötig hatte. Die Mutter am Altar wird blass. Ihr Blick fliegt schuldbewusst zu den Konfirmandeneltern. Mutig sollst du in deiner Prüfung sein. Ihre Nase bekommt vor Schreck eine Spitze.
Wieder sitzen die in der Sakristei zusammen wegen „unzumutbarer Ruhestörung in der Nacht." Grapmanns Volvo parkt vor der Kirche. Jetzt hört man seine Stimme über Infektionsmöglichkeiten durch Nagetiere im Rund. Am Morgen sind die Punker fort und mit den jagenden Herbstblättern die Dorfstraße lang und verschwunden. Vielleicht sind sie nie da gewesen, hoffte Anna, weil sie ahnte, dass sie sich wegen der Ratte im Altarraum verantworten musste.

Ihr Kopf dreht sich wie eine Mühle. ‚Nur eine Geburt kann mich retten,' dachte Anna. Sie wollte dort auf keinen Fall hin. Auf einmal erinnert sie sich wieder, auf welche Weise sie einer ähnlich vertrackten Situation entronnen war.

4

Seht, wir wollen hinauf nach Jerusalem gehen, hat Jesus zu seinen Jüngern gesagt. Die Zeit naht, ihn zu begleiten, seinem Leiden nachzugehen. Schon früher war Anna diese Zeit im Kirchenjahr nahe. - Durch die Weite irrt ein Vogel. Eine Eule ruft. Emma verschwindet. - „Nein, gesagt hat sie nichts." Unten ging das Telefon. Robert stürzte zum Hörer. Niemand meldete sich. Verzweifelt begannen die Eltern zu suchen. Die Nacht verging unter Warten und Lauschen. An der Bushaltestelle ist einer gesehen worden, wusste Simone Klüwe. Er soll eine schwarze Wollmütze auf dem Kopf getragen haben. Einen Rucksack neben sich. War in eine Decke gehüllt. Die Beschreibung passte auf Gunnar Meier. Ob er an der Haltestelle auf ihre Tochter gewartet hat? - „An Mama und Papa! Kann's nicht mehr ertragen." Seufzend lasen die Eltern die Botschaft auf einem zerknitterten Zettel. Hinter der Tapetenecke liegt weißes Pulver. Wer hat das Rattengift ausgestreut? Markus von Jandls, als Sachverständiger gerufen, beruhigt und grinst verstohlen. Im Zimmer entdecken sie einen Rattenkäfig und Papierfetzen mit codierten Telefon-Nummern. Hatte dieser Gunnar seine Hand im Spiel? Auf einen vagen Hinweis suchen sie die Zeche Karl in Essen. Mit einiger Faszination betrachten sie das „Besetzte Haus" in Schalke, um bei Nacht auf dem Hauptbahnhof Essen zu landen. - „Emma!" ruft Robert. Das Mädchen wendet langsam ihre blonden Dreadlocks in ihre Richtung und starrt sie aus geweiteten Pupillen an. Ihre Augen sind gelb, die Lippen zittern, Ihre Arme voller Einstiche. Die Ähnlichkeit mit Emma ist frappierend. - „Wat quatscht du mich an. Verpiss dich." Sie finden Spuren, die sich wieder in Nichts

auflösen. Durch die Nacht in die wimmelnde Enge der Düsseldorfer Altstadt. Eine Stecknadel im Heuhaufen. Immer ist sie aus dem bezeichneten Haus gerade weg. Vom LSD Cafe in Prenzlauer Berg zum Oblomov nach Bochum, vom Cafe Cuba in Essen zum Haus in der Münchener Straße. Obdachlose zeigen ihnen den Platz überm Luftschacht, den ihre Tochter eine Zeitlang für sich behauptet hatte. Sie starren ungläubig auf den von Bierflaschen und Zigarettenkippen übersäten Flecken, ihr ersehntes Domizil. - „Bei Tübingen soll eine Wagenburg stehen!" Die Wagenburg ist im finstern Wald oben. - „Geh du voran, Robert. Ich habe Angst vor den großen gelben Hunden", flüstert Anna. In einem der Waggons liegt Emma, mit Tattoos bedeckt und müde. Ihre Augen haben rote Ränder. Ihr Gesicht wirkt blass. Ihr Haar ist zu einem klebrigen Brocken verfilzt. Amanda, gleichfalls übermüdet, schläft an ihrer Schulter.
Janis Joplin in ihrer Situation würde... Emma nimmt Zuflucht bei Janis und zeichnet. Gitterstäbe an die Autoscheiben, auf denen sie in Codebuchstaben etwas schreibt. Aber niemand schien ihre Codebuchstaben zu lesen. Die Stille lag wie ein Teppich auf ihr. Anna rückte ab, weil sie ihre Angst vor Amanda nicht loswurde. Die Rückfahrt nach Mecklenburg ist schweigend. - Als sie auf den Hof biegen, ruft Linde: „Du sollst sofort zur Besprechung drüben kommen. Es geht, glaube ich, um Amanda!"

5

„Und was in mir ist, lobe den Namen". Die Stimmen schollen kraftvoll bis auf die Straße. Ihr Herzklopfen hört niemand außer ihr selbst. Im Hof stehen Hackbarts roter Mercedes, ein

Volvo und ein unbekannter Wagen. „Ich schlage vor...", hörte sie Graapmann sagen, als sie die Tür vorsichtig öffnete. - Wie konnte das passieren? Das Schlimmste, was passieren konnte, war, dass ausgerechnet der ängstliche Kleinert über den dicken Markus Jandl gefallen ist. Es war stockdunkel. Kein Mond am Himmel, keine Sterne, nur dichte Kienwalder Dunkelheit. Kleinert kam auf den Pfarrhof, er ging forsch voran. Auf einmal stolperte er über etwas. Er holte Graapmann. Beide schritten auf den dunklen Hof zurück, um zu suchen. Durch den Stoß gegen Kleinerts Bein wurde Markus wach. Was spricht dagegen, auf dem dunklen Hof allein, dachte er sich und fing an. Inzwischen kamen die beiden zurück, genau in dem Moment, so dass sein Wasser gegen Kleinerts Hose fiel. Beide Seiten erschraken mächtig und zogen sich zurück. Markus in Richtung Brennesseln, Graapmann und Kleinert ins Warme, wo sie ein Protokoll vom Vorfall aufsetzten und unterschrieben. - Dabei hatten sich die Jugendlichen von Kienwalde doch hinter den alten Friedhof zurückgezogen, aus Baumstämmen und Matratzen eine Bude gebaut, wo sie Musik von den Böhsen Onkelz hörten. Vor der Bude einen Wachposten aufgebaut, der vor einer Erdfalle sitzt, drei Meter tief.
In der Situation wurde mit dem Jugendtreff begonnen? - „Durch Bruder Graapmann habe ich erfahren, dass ein Jugendtreff von Berlin hierher verlagert wurde, in unser Gemeindehaus." Frau Hackbart blickte triumphierend von einem zum anderen. Anna schluckte. - „Ich habe ihn für heute eingereicht." - „Das kann wohl nicht sein", meldete Kleinert mit entschiedenem Funkeln über seine Brille und verwirrte sie so vollkommen. Schließlich kommt der Stein des Anstoßes zur Sprache. Zu später Stunde wird die Geschichte

von der Ratte im Altarraum serviert. - „Wo kommen wir denn da hin?“ ruft Frau Hackbart. Die Debatte nimmt Dimensionen an, als ginge es um Leben und Tod. Kleinert griff ein und goss Öl auf die Wogen. Kulke wechselte ein paar Mal die Seiten, während Brummert, auf den sie gehofft hatte, sich nur am Wasserglas festhielt. Schließlich setzte sich Jandl für die Berliner ein. Zusammen wurde nach einer Lösung gesucht. Kleinert renkte ein und machte brauchbare Vorschläge. Sie war froh.

6

„Sehen Sie die Spuren, können von einem harten Gegenstand an der Türfüllung herrühren. Da hat einer nachgeholfen. Jemand, der die Tür nicht aufkriegte.“ Ächzend und quietschend gibt die Tür nach. - „Ihr habt eure Kippen durch die Gegend geworfen. Wartet nur, wenn Mama wiederkommt!“ faucht der Kleine sie drohend an und verschwindet. Er lässt sich nicht mehr sehen. Er beobachtet sie hinter der Gardine. Sicher fühlt er sich eingesperrt.

„Was geht die Frau immer bei uns vorbei?“ fragt Claudia mit ihrer naiv klingenden Stimme. - „Was heißt immer, Claudia?“ - „Genau drei Mal schon.“ Das Kölner Auto mit dem Landvermesser ist weg, das hat man mitbekommen. - „Das Land ist vermessen, er ist jetzt in Oldenburg tätig,“ beantwortete Mathilde Kleinert auftretende Fragen. - „Hat Sonja Dich getroffen?“ fragte Anna einmal zögernd. - „Wie kommst du drauf, sie wollte sich bei mir entschuldigen.“ - „Anna!“ Er strich über ihre Wange. Es erstaunte sie immer neu, wie er ihr

Misstrauen wegzauberte. - „Denk an Venedig!" flüsterte er. Merkwürdig, sie sieht sich eine helle Straße langgehen, vor ihr Duftschwaden von Gebackenem...
In der Küche hing ihr Kalender. So abgegriffen, abgewetzt. Seit Wochen wurden aufgeregt Kalenderblätter abgerissen und die Tage gezählt. Sie fieberten einem Datum entgegen. Noch zwei Wochen! „Ist das schuckrig mitten im Juni!" kam die Jandln angefroren und zog die dicke Strickjacke über ihrer Brust zusammen.
Welche Erwartungen, als es dann soweit war! Am Abend des 10. Juli 2002 gerieten sie in Berge, von Nebel verdeckt. - „Bin ich im Himmel? Ich sehe eine Kirche, Mama.", ruft Claudia ratlos. Sie, die in dem Moment die Augen aufschlägt, erkennt im wallenden Nebel nicht, dass die Kirche an den hohen Bergen klebt. Durch einen dunklen Sankt Gotthardtunnel geraten sie nach Montignoso, über dem Mittelmeer auf einen Marmorfelsen. Sie sind auf einer mittelalterlichen Burg gelandet, die wie ein Vogelnest am Monte Laro klebt. Unter ihnen schimmert das Meer. Kein Schatten. Die Sonne steht im Zenit. Nur Gräser, die vor Hitze zittern. In der Ferne eine Pinie. Keine Wolke am Himmel. Eidechsen huschen über die Steine. Hingeworfen in die Sonne, bemühen sich alle, mit den Büchern vor der Nase sofort italienisch zu lernen. Trotzdem wissen sie nicht, wie sie der alten Nonna erklären sollen, was das für ein Vieh war, das über ihren Tisch krabbelte und ob es gefährlich ist. Die Nonna beruhigt lächelnd. Erwachsene bekommen einen dicken Arm, aber Babys müssen sofort in die Klinik.

Sie erschrickt sichtlich. „Wie bist du...? Woher?" - Durch die offenen Fenster riecht es nach Heu. Robert nimmt vorsichtig ihre Hand. Keiner von beiden spricht ein Wort. Plötzlich beugt er sich vor und sucht ihre Lippen. - „Ich habe über uns nachgedacht, Anna." Er meint etwas wie Schluchzen zu hören. Er lässt seine Hand ihren Hals hinuntergleiten. - „Wie bist du an Dr. Sorge vorbei gekommen, Robert?" flüstert sie. - „Anna, du bist nicht mehr in der Klinik!"

Tief unten leuchtet das Meer. Lodu lu mari! Er sieht sie an. Seine geschlitzten Augen glühen vom Sangria, sie haben einen übernatürlichen Glanz. Fasziniert erwidert sie seinen Blick. Lobe das Meer, aber in Italien sagt man, halte dich an seinen Tauen fest! Am Morgen schäumte es und zeigte seine Krallen, so dass sie sich für Florenz und seine monumentalen Kathedralen entschieden. In wilden Schwärmen fielen die Tauben über das Gebackene her. Die Piazza ist voller Menschen. Emma und Linde verlieben sich in den Anblick malerischer Wandelgänge und dunkler Italiener. Schwer trennen sie sich. Warum schon fort? Warum nur noch ein Tag? - In der Nacht fahren sie. Nach dem Vierwaldstätter See wird es auf der Rückbank merklich ruhig. Das Schild Bregenz, Deutschland. Ein Glas Heurigen an der Neckarbrücke. Heidelberg trägt ein Lächeln, der Fluss lächelt, die Gassen und die Menschen. Der Wein leuchtet hell, die Sonne scheint über alte Mauern.

Der Alltag wird uns wieder einholen, dachte Anna, aber es kam schlimmer.

7

„Was meint ihr, was bei uns los ist!“ Ihre sonst so couragierte Nachbarin Jandl schlägt die Hände über dem Kopf zusammen, als sie sie sieht. Wie soll sie ihnen auf die Schnelle mitteilen, was hier alle Gemüter beunruhigt und aus dem Gleichgewicht bringt? Bei ihrer Rückkehr gerieten sie in den Sog einer Schreckensmeldung, die alle irdischen Geschäfte ruhen ließ. Die Elbe droht zu überfluten. - Seit früh bedecken Regenwolken den Himmel. Eigenartig still ist es. Die Wolken liegen tief. Endlos schien ihnen die Ebene, die in der Ferne mit dem Himmel verschmolz. Berti und Claudia, die Markus zur Bahn gebracht hatten, waren müde vom Laufen. Auf der Straße sahen sie keinen Menschen. Irgendwas lag in der Luft. - Plötzlich ging die Sirene. Sie liefen schneller. In dem Moment begann es zu regnen. Nach Minuten schon wurde der Wolkenbruch so stark, dass sie kaum vorankamen. Völlig durchnässt erreichten sie das Dorf. Trotz strömenden Regens standen alle Leute auf der Dorfaue, aufgescheucht durch die Sirene, wie sie standen und gingen. Pantoffeln an den Füssen, noch ein Küchenmesser in der Hand. - „Zwei Tage wird sie brauchen, bis sie hier ist“, sagt die alte Sander mit bedeutsamer Stimme. Unaufhaltsam kommt die Flut. Die Leute erwachen mit der bangen Frage: Wird der Damm aus Sandsäcken aufweichen?

Bei den Arbeiten lernt Kietze eine Frau aus Ilmenau kennen, mit der er gemeinsam Sandsäcke trug. Alle wundern sich, weil er bisher allen Fallen entgangen war.

Das Dorf füllt sich mit Soldaten. Sie übernachten im Gemeindehaus, befestigen den Deich mit Sandsäcken, laufen umher und interessieren sich ansonsten für Claudia. Sie heften

ihre Blicke auf sie, wenn sie vorüberhuscht. Wie das? Ist Claudia auch schon groß geworden, staunen Robert und Anna und sehen sie mit neuen Augen an. Claudia, die zwischen zwei Stimmen lebt, eine ist gut, eine böse, ihre Claudia sollte schon erwachsen sein? Das Gemeindehaus, wo die Soldaten übernachten, ist nebenan. Man muss Acht geben.
Berti geht mit einem Kescher in den Keller, um Fische zu fangen. Sie verkaufen sie in Güstrow auf dem Markt. So bringt die Elbe neben dem Schrecken zusätzliche Einnahmequellen, nicht nur für Berti. Es gibt Entschädigungen, es gibt Berechnungen, nicht alle Berechnungen stimmen, es gibt auch Ärger. - Nachdem sie so viel angerichtet hat, zieht sich die Elbe diskret in ihr Bett zurück.
Die Glocken läuten. In ihrem schwarzen Kleid geht Frau Sander zum Friedhof, noch einen Hauch verwirrter als sonst. Im Felltal wurde Sander tot aufgefunden. An dem Abend sah man ihn noch. Er wollte was erklären, auf russisch wie immer, niemand verstand ihn. - In der Nacht kam das Hochwasser, am Morgen fand man ihn ertrunken am Feld. In der Leichenhalle sitzen nur die beiden kleinen Kinder von Kulkes, und vornübergesunken die Frau. Warum sprach er immer russisch? Welches Geheimnis nimmt er mit in sein Grab? - Die Pfarrerin redet in den Sturm. Die Kinder verstehen die Worte noch nicht, die Frau nicht mehr. Aber Anna spricht die Hoffnung in den um die Mauern streichenden Wind. Wie der Wind ist die Hoffnung nicht sichtbar. Heller Ton einer Geige. Weich sei die Erde auf dir, wenn du auf ihr ruhst, leicht ruhe die Erde auf dir!
Aus Riesa, Dresden und Grimma kommen Schreckensmeldungen über die Verheerungen durch Elbe und Mulde. Endlich sinkt der Pegel um drei Zentimeter. Die Kulak, die Hackbart und

andere Evakuierte kehren zurück. - „Endlich in den eigenen Betten." Sie atmen auf. Dort haben sie in einer Schule geschlafen. - "Doch", schwärmen sie, „stellen Sie sich vor: Wir konnten essen, so viel wir wollten." Kaum kehrt nach dem Hochwasser Ruhe ein, trifft ein Brief ein, wegen eines Vorfalls mit Jugendlichen nach einem Zeugen. - „Was war los?" Berti holte tief Luft. - „Ach, wir standen an der Kirche so rum. Er kam vorbei. Da hat Markus Jandl gerufen: ‚Horch, die Amsel singt.'" - Anna starrte ihn entgeistert an. „Bist du verrückt geworden, Berti? Du, Du... setzt unsere Existenz aufs Spiel." - Sie schlägt die Hände überm Kopf zusammen. „Sag mal", stutzt sie, „woher wusstest du überhaupt, dass seine Tochter die „Amsel" war?" - „Ach, der Vater hat mal was angedeutet." - „Der Vater?" Berti nutzt die Chance und macht, dass er wegkommt. Er müsste sich noch umziehen. Zu seinem Glück beginnen in dem Moment die Glocken zu läuten. Sie wollen nicht aufhören und läuten eines der denkwürdigsten Ereignisse ein. Im Alter von siebenundvierzig Jahren heiratet Kietze.

„Wenn Sie sich wieder erinnern, Frau Ulanow!" - „Ich tue seit Wochen nichts anderes als mich erinnern, erinnern", sieht sie Fahrenkamp lächelnd an.

Die Braut trägt ein so wunderbares weißes Kleid, dass der sonst so selbstbewusste Kietze sie kaum anzuschauen wagte. Die vielen Leute und die feierliche Atmosphäre machten ihn schüchtern. „Jesu geh voran auf der Lebensbahn." - Als das Lied verklang, hörte man laut und feierlich: „So frage ich dich, Eckard Kietze willst du diese deine Ehefrau Evelyn, aus Gottes Hand nehmen, sie lieben und ehren, bis dass der Tod

euch scheide?" - Schüchtern sagte Kietze: „Ja". Erst in dem Moment entdeckte Anna Kleinert hinter der Säule. Er hielt die Videokamera auf die Traufrage und schwenkte über die ganze Gesellschaft. - Ein Seufzer entrang sich den Versammelten. Seit Tagen hatten alle auf das amtliche Schreiben gewartet. Das Unglück wollte es, dass die Bescheinigung über Evelyns Kirchenzugehörigkeit aus Thüringen nicht rechtzeitig eintraf. Bis sich einen Tag vor der Hochzeit herausstellte, dass sie in Ilmenau keiner Kirche angehört hatte. - Kleinert strebte dem Ausgang zu. Es musste was geschehen. Notgedrungen stellte sich die Braut am Ausgang mit einem Gläschen Kräuterschnaps auf. - „Auf einem Bein können Sie doch nicht stehen!" lud sie ihn ein, auf dem Ehrenplatz ihr gegenüber Platz zu nehmen. Von da aus versäumte er nicht, ihr ab und zu in ihren Ausschnitt zu starren. Als er gegen Mitternacht sanft zur Seite fiel, hielt er die Kamera immer noch wie eine Braut umklammert. Vorsichtig wurde ihm das Corpus Delicti aus den Händen gezogen.
Anna, die in einer Ecke ihren eigenen, in die Hochzeit verborgten Stuhl erkannt hat, rutscht unruhig hin und her. Sie fühlt sich unbehaglich. Die Versuchung ist an sie herangetreten. Listig und klug hat sie geflüstert: „Trau die beiden! Wem kann es schaden?" Sie hat ihr nicht widerstanden. Anna erinnert sich wieder an einen heißen Tag im Juni. Sie schwingt die Sense in der Hand. Sie mäht auf ihrer Wiese, als zwei Jungen angerannt kommen. Heinz Kulak hat sich erhängt, rufen sie. Sie spürt die flimmernde Hitze auf dem Friedhof, als sie ihn beerdigt. Wieder hört sie den schrillen Klang von Graapmanns Stimme, der sich über die Beerdigung aufregt. Was ist richtig, was falsch?
Dabei achtete sie kaum auf die Gespräche, die heftig um ihren neuen Spinnzirkel kreisten. - „Solche Wolle!" erklärte die Meiern

gerade, wobei ihre runden Hände die kuschelige Wolle andeuten. Nachdem die vertrauten Züge sich schüchtern in ihr Gesicht zurückwagen, sagt sie, ganz verändert, dass ihr früherer Mann gestern in Schwedt an TB gestorben ist. Eine Träne stiehlt sich aus dem Augenwinkel. Unwillkürlich sieht Anna eine zerwühlte Decke, Hubschrauber fliegen. Ihre Gedanken verzweigen sich. - Nach zwei Kirsch wagt sie es: „Was ich Sie lange fragen wollte. Haben Sie einmal eine ... Judith Ungerer gekannt?“ - Die Frau stockt. Schweigen. Suchend kriecht die Träne in den Ausschnitt. „Sie war eine schöne Frau.“ Sie zögert. „Ja, ich erinnere mich noch gut an die Bäckerin. Schwarze Locken. Sie hatte doch das kleine Kind! Eine Zeitlang haben sie sich oben im Pfarrhaus versteckt.“ Die alte Meiern schweigt. Steif richtet sie sich auf. - „Weiß man, was aus dem Kind geworden ist?“ fragte Simone Klüwe in die eintretende Stille. Niemand konnte Antwort geben.
Anna verabschiedet sich bald. Also wissen sie nichts, dachte sie. Das ist ihr recht. Der Wind zerrt an ihrer Jacke. Es beginnt heftig zu regnen. Ahnen sie tatsächlich nichts, überlegte sie. War nicht etwas wie Zögern in ihrer Stimme? Sie vergräbt sich in die Jackenärmel, um kräftiger auszuschreiten. Als sie am Friedhof vorbei kommt, sieht es so aus, als ob sich ein verschwommener Schatten aus dem Friedhofstor löst und auf sie zukommt. Pechschwarze Nacht. Sie kann fast nichts erkennen. - „Wer sind Sie?“ ruft sie, um sich Mut zu machen. Die Gestalt schweigt. „Nein“, flüstert Anna. Die Gestalt ist hinter ihr. Sie geht schneller. Wie erstarrt registriert sie, dass sie ihr auf den Fersen bleibt. Sie läuft durch den sturzartigen Regen. Der Trampelpfad hat Löcher, in denen das Wasser steht. Sie schaut aus den Augenwinkeln zurück. Der Mann ist einige Schritte hinter ihr. Regen trommelt auf das Wellblech der

Schuppen. Er rauscht auf die Ulmenblätter. Wie sie sich umsieht, meint sie die schwarze Wollmütze zu erkennen. Jetzt beginnt sie zu rennen. Mit jedem Schritt kommt die Gestalt näher. Die Abkürzung über die Wiese? Nein, da käme niemand vorbei. Also die dunkle Straße weiter. Der Regen gurgelt über die verstopften Dachrinnen. Er durchweicht sie bis auf die Haut. Als sie in ihr erleuchtetes Tor biegt, steigt Erleichterung in ihr auf. - „Ist etwas passiert?" stutzte Robert und kam aus dem Flur. - „Jemand war hinter mir her, vermutlich Gunnar!" rief sie schlotternd. Oder hat sie sich das nur eingebildet? Auf einmal ist sie sich nicht mehr so sicher.
‚Also hat sie doch gemerkt, dass ich sie verfolgt habe. Sie muss mich erkannt haben,' dachte Gunnar und blieb stehen, um den Regen mit einem Ruck vom Cape zu schütteln. ‚Sie hat zurückgeblickt. Dann ist sie plötzlich losgerannt.' Er stand einen Augenblick und überlegte. Er spürte, dass er sie aus dem Gleichgewicht gebracht hatte. Zufrieden mit sich ging er zur Haltestelle. Es war genau ein Uhr. Er würde den Nachtbus um ein Uhr zwanzig nach Güstrow nehmen, wo er seine Unterkunft hat. Um sieben Uhr früh musste er zur Arbeit antreten. Bei der Stadt, nie hätte er sich das träumen lassen! Es war ein Glück, dass er seine Arbeit noch hatte. Unwillig runzelte er die Stirn. Wenn er sie verlieren würde...

Monate vergingen, ohne dass etwas Außergewöhnliches zu bemerken war. Mit Riesenschritten kommt der Frühling in die Gegend. Die Sonne lacht. Annas Kummer klettert heraus in die Sonne, setzt sich auf einen Stein hin und ist mit einmal weg. Aus dem geöffneten Fenster tönt eine Geige. Linde spielt Paganini. Die Geige jubelte eben noch, nun weckt sie Trauer.

Wie kann eine Geige das, Menschen zum Lachen bringen und zum Weinen? Der Ginster blüht, es wird Juni. Anna, sortiert Socken. Endlich findet sie ein rotes Paar. Als sie es genauer in Augenschein nimmt, entdeckt sie, dass einer einen Stich heller war als der andere. Warum bleibt es so ruhig? Sie lässt die Socken fallen, geht Berti nach und sieht, wie er sich in der Veranda einen alten Holzpantoffel sucht. Gerade hob er seine Hand. Der Holzpantoffel fällt polternd auf den Fußboden. - „Wen wolltest du mit dem Pantoffel treffen?" ruft Anna erschrocken. - „Da steht ein Mann!" Er zeigt auf die offene Verandatür. Niemand ist zu sehen. Die Tür knarrt im Wind hin und her. Trotz der Hitze schaudert Anna. Warum hört er nicht auf, um sie herum zu streichen? Sie fühlt sich nicht mehr sicher. Sogar im Garten spürt sie Augen, die sie beobachteten. Sie merkt, dass jemand in der Nähe war. Nichts zu sehen! Sie hat sich geirrt. Robert zieht sie damit auf. - „Na, wo ist dein Verfolger?" sucht er in den herbstlich gefärbten Büschen und findet niemanden. - „Du machst dich noch lustig über mich!" Wenn sie allein unterwegs war, blickte sie sich immer wieder um. Wahrscheinlich hatte er Recht. Es war nur Einbildung. Sie litt an Verfolgungswahn. - „Kein Wunder nach allem, was du durchgemacht hast", reagierte Robert verständnisvoll. Keiner nahm ihre Sorge ernst.

Der Winter kam früh. ‚Schneetreiben, auch das noch', dachte Anna. Sie angelte einen Brief aus dem verschneiten Briefkasten, riss den Umschlag auf und erstarrte. - „Ich habe doch Kietze getraut. Erinnerst du dich? Ich bekomme wohl Probleme", kam sie niedergeschlagen zu Robert. - „Hast du dir das nicht vorher überlegt?" kratzte sich Robert mitüberlegend am Bein. -

„Hinter der Säule habe ich Kleinert nicht gesehen." Auf der Küchenbank ratschlagen die Zwei. - „Und wenn ich mit der Sonja spreche, dass die mit ihrem Vater spricht?" - „Würdest du das tun?" fragt sie bange.

„Auf einmal trafen Sie wieder auf Sonja, Robert!" spielt Fahrenkamp seine Karte aus. - „Ungewollt passierte das wohl", zuckt Robert mit den Schultern. Er zündet sich eine F6 an. Noch immer hängt er an der alten Ostzigarettenmarke, die ihm in allem Umbruch das Gefühl von Beständigkeit gegeben hatte. - ‚Das wird ja immer seltsamer', denkt Fahrenkamp. Laut bemerkt er: „Ihre Beziehung hat also in dieser Zeit neu begonnen?" - „Nein, das ist nicht wahr!" Erstaunt zog Ulanow die Brauen hoch. - Fahrenkamp, der sich fragt, was seine Reaktion bedeutet, kann seine Neugier kaum noch zähmen. Er reisst das Steuer herum, dass eine Staubwolke hinter ihm aufsteigt. - „Hier muss es sein", wischt er sich die Schweißperlen von der Stirn und blickt auf das großartige Haus in strahlendem Weiß. Sogleich öffnet sich das Tor zur kiesbestreuten Einfahrt. Erschlagen von dem Anblick, zögert er kurz. - ‚Wo ich gerade hier bin,' sagt er sich und drückt entschlossen auf die Klingel. Ein untersetzter Mann sieht ihn mit zusammengekniffenen Augen an: „Kann ich Ihre Tochter Sonja sprechen", fragt der Beamte vorsichtig. - „Ist nicht zu sprechen." - „Wenn ich trotzdem kurz reinkommen dürfte?" Fahrenkamp probiert ein Lächeln. Achselzuckend schreitet der Mann voran. Fahrenkamp mustert die schweren Sessel. Verlegen beschmutzt er den hellen Teppich mit seinen lehmigen Schuhen, um sie sofort unter den geschnitzten Stuhlbeinen zu verstecken. - „Wie kann ich Ihnen helfen?" - „Wir ermitteln", sagt Fahrenkamp kleinlaut

und zerrt seinen Schuh tief unters Stuhlbein. - „Ihr Wirken in unserem Dorf ist mir nicht entgangen. Doch was kann ich dabei tun?“ fragt Kleinert ungeduldig. - ‚Er hat Recht,‘ denkt Fahrenkamp und entscheidet, Sonja später aufzusuchen. Während er auf dem Teppich sichtbare Spuren hinterlässt, fällt ihm etwas ein. „Eine Frage! Waren Sie mal auf dem Klinikgelände?“ - „Zu einem Krankenbesuch, warum fragen Sie?“ - Fahrenkamp fühlt, dass er nicht weiterkommt. Aber er muss das Knäuel aus Ahnungen, Phantasien und Vermutungen entwirren! Er will es unbedingt!

8

Sonntagmorgen. Glocken läuten. Anna schaut in den Spiegel und knöpft den Talar zu. - Wer hat die Hand im Spiel? Lehnt auch ein Höherer sie ab, vielleicht Gott, der Herr über alles Leben? Ihre frühere Schüchternheit kehrt zurück und der Wunsch, sich zu verstecken.

Was niemand in Kienwalde ahnte: Anna wartete dennoch. Sie schaute in den Himmel. Überzieht ihn eine unnatürliche Röte am Abend? Singt der Pirol auf eine merkwürdige Weise und zu ungewohnter Zeit? Aber das ist kein Zeichen. Sie weiß nicht, wie der Bote aussieht, auf den sie wartet. War es, als ich Kulak beerdigt habe, das Getreide...? Die Hochzeit von Kietze? - Sie wartet in unsagbarer Spannung. Auf welche Weise wird ihr das Zeichen gegeben werden? Wie soll sie es erkennen? - Ein heißer Kaffee wäre gut, dachte sie, als sie nach einer Stunde heimkam und den Talar weglegte. Bei dem Gedanken daran wurde ihr wärmer. Aber die Tasse schlug ihr aus der Hand, um im Fallen den Kaffeeautomaten zu treffen, der gerade Kaffee kochen wollte und aus der Steckdose sprang. Dadurch fiel die Sicherung raus. Anna presste ihr Gesicht an die Scheibe und starrte in das Schneetreiben, wie riesige Flocken das Haus, den Garten, die Dorfstraße einschlossen. - Als das Telefon klingelte, kam der Anruf einer Erlösung gleich: „Du sollst zu Großmutter Liesch ins Altersheim nach Lübeck kommen. Ganz dringend." Sie ließ den Motor an und fuhr los.

Die Eichenblätter knarren trocken. Ein Zweig löst sich. Fliegt rein zur Großmutter, die auf ihrem Bett liegt. Wer hat den Zweig geworfen? Sie glaubt, in ihrem Elternhaus in Krummhügel am Riesengebirge zu sein. Ihr Schulkamerad hat ihn ihr zugeworfen. Er will ihr sagen, dass er sie heute noch treffen will. Der Zweig ist das verabredete Zeichen. Sie vergisst, dass sie von Tobias betrogen wurde, der sie mit List um ihr Haus gebracht hat. Sie weiß nicht mehr, dass sie im Altersheim ist. Sie riecht den Waldgeruch von Krummhügel. Nun kommen die Töchter. Sie packen die Enkel aus, um sie der Großmutter zu zeigen. Die Oma starrt geradeaus und wartet auf den Zweig. - „Hast du kein Interesse für die Kinder?" Nachdem sie ihre Kinder ratlos in Mäntel und Mützen gehüllt haben, rufen sie die Pastorin. Auf ihre alten Tage ist Großmutter Liesch in die Liebe geraten. Was Anna hier tun konnte, war sehr einfach. Sie mochte diese Arbeit. Wenn alles so klar wäre, dachte sie, als sie durch den Flockenwirbel über Ratzeburg nach Hause fuhr. - Die Nachricht verbreitet sich wie ein Lauffeuer und ist bereits im Dorf angelangt, als sie zurückkommt. Frauen winken ihr zu. Wieso jetzt auf einmal? Sie kostet den Moment des Glücks aus. Was wird sie mit dem Erbe machen? Das ist doch nur ein Stück Land mit halb verfallenen Gebäuden drauf. Ein uraltes Backhaus steht da.

„Für jemand mit Gedächtnisstörung wirken Sie sehr fit", tritt Fahrenkamp plötzlich ins Zimmer, als sie ihre täglichen Bewegungsübungen macht. - „Schon wieder da?" staunt Anna. - „Wenn ich das richtig verstand, hatte die Entscheidung Folgen. Besonders für einige, die bereits Pläne gemacht hatten." Er tritt dicht auf sie zu. „Ist Ihnen klar, dass Sie in dem Moment im Dorf einige Feinde hatten?" Sie schliesst sekundenlang die Augen. - „Nicht nur Feinde!" beteuert sie und hebt abwehrend die Hände. Fahrenkamp lächelnd: „Machen Sie sich nichts vor!"

„Es gibt nur eine Möglichkeit. Eine Versammlung aller Kienwalder!" sagte sie am Morgen danach. Der Himmel war verhangen, es würde neuen Schnee geben. „Wollen sie diesen Golfplatz wirklich?" Sie starrte in die glitzernde Schneefläche vorm Fenster. - „Was?" Robert sah sie stirnrunzelnd an. „Pass auf, Robert, kurz vor Ende der Versammlung", beschwörend weihte sie ihn in ihren Plan ein, „werde ich das Rad noch einmal drehen. Du darfst niemandem davon erzählen." Er trank, er verschluckte sich an dem heißen Kaffee. Gegen Mittag war Robert verschwunden. Es begann wieder zu schneien. Bald war alles verweht, kein Weg, keine Straße mehr zu sehen, ringsum nur weiße Weite. - Als er zurück kam, konnte er ihr nicht in die Augen sehen.

9

„Am Abend sollte die Versammlung sein. Kurz zuvor fuhren Sie mit ihrem Mann weg, warum?" Widerwillig blinzelt Anna, als zwinge sie jemand, ohne Mitleid jede Einzelheit ausleuchtend. Plötzlich bricht das Bild aus dem Nebel. Diesen letzten Tag zu erinnern.

Schwebende Flocken fingen sich in den Haaren und auf ihrer blauen Schürze. Ihre Nachbarin Martha rannte ein Stück. Sie schwankte, kam aber glücklich auf die Füße. Sie hat irgendwo ein Schlückchen bekommen. Als sie atemlos am Schuppen anlangte, wischte sie die nassen Flocken von der Schürze. Sie nahm einen Schluck und seufzte tief. Im Schuppen Jandl und Klüwe. - „Erklär dich genauer, Orakel von Kienwalde!" sagte Jandl neugierig. - „Das hörst du bei der Versammlung gleich im Original. Du wirst sehen. Heute siehst du noch deine..." er legt die Stirn in konzentrierte Falten, tat einen Zug, wobei er unter der Feuerwirkung seinen Atem anhielt und die Worte glücklich raus bekam: „deine Mitternachtsgeister." - „Gib mir!" stieß Klüwe hervor. Jandl schwenkte sie einen Moment hin und her und machte Anstalten, sie in den Schnee zu schütten. Da verlor Klüwe die Nerven, entriss sie ihm und stob mit seiner ergatterten Kostbarkeit durch die Büsche. Anna schloss die Augen. - Sie erinnerte sich, wie sie im Schneegestöber weiter trieb, das Bild wurde schärfer. Heute noch würde die Entscheidung fallen. Die niedrigen Häuser liegen im Dunkel, aber Anna kennt hier jedes Haus. Das Windlicht in der Hand zitterte. Gleich hinter der Hecke wird der Versammlungsraum kommen. Sie bog um die dunkle Ecke. Das Licht schwankte. Der Schnee knirscht unter den Füssen. Was war das? Als sie sich dem Versammlungsraum näherten, strahlte ihnen Licht entgegen. Die Laden sind marode, wurmstichig und haben nichts als Ritzen. Sie presst den Kopf an die Löcher, schüttelt den Kopf, als hätte sie sich versehen. Sah noch mal hin und erstarrte. Zwischen den Balken ein Kopf, sie kann ihn nicht genau erkennen. Mit angehaltenem Atem lauschte sie. - „So lasst uns also vorgehen!" Die Stimme! Sie musste sich an der Wand festhalten. Als sie weiterlief, ging sie mit eckigen

Schritten. Berti zog sie am Ärmel. Kein Laut kam aus den Häusern. - „Sieh mal", flüsterte er der Mutter zu. Linde schält Kartoffeln, sicher für heute Abend. Die Mutter reagierte nicht mehr. Zu Hause wollte er seine Beobachtung beim Vater loswerden. - „Wasch dich", sagte Vater jedoch mit seltsamer Miene.
Gegen sieben begannen die Haustüren zu klappen. Vom alten Haus leuchteten Kerzen. - „Ein großer Tag für Kienwalde zwölf Jahre nach der Wende!" Werden das morgen die Schlagzeilen in der Mecklenburgischen sein. Ob ORB einen Reporter herschickt? Hoffnungen flammten auf. - Vom Turm schlug es acht, als Robert aus der Ausfahrt bog. An der Ulme musste er halten. Anna warf sich geradezu vor den Kühler, um noch mitzufahren.

„Sie wussten dass er sich noch mit Sonja treffen wollte. Sie haben die Bremse manipuliert," murmelt er feststellend. - „Nein!" ruft sie erschrocken. - „Dann ist alles an dem Tag anders gekommen, als Sie geplant haben. Sie sind mitgefahren. Warum? Durch die Ritzen haben Sie undeutlich jemanden gesehen," will ihr Fahrenkamp auf die Sprünge helfen. Sie nickt wie betäubt.

10

Als Fahrenkamp in die Kühle des Abends hinaus tritt, überkommt ihn ein Gefühl von Ohnmacht. Einen kurzen Spaziergang machen, sich den Wind um die Nase wehen lassen. Im Gehen tastet er seine Warze, wie immer, wenn er sich hilflos fühlt. Es beunruhigt ihn, dass er etwas übersehen haben muss. Er denkt an die versehrte Anna Ulanow und ihren

Robert. Er kommt nicht klar. Nein, der Schlüssel zu allem liegt bei dieser Sonja. Am Morgen versucht er sie telefonisch zu erreichen. Niemand nimmt ab. Nach einer Stunde wählt er noch einmal ihre Nummer. Er hat Glück. Eine Frau meldet sich. - „Ich würde Sie gern sprechen, Frau Kleinert!" - „In welcher Angelegenheit?" fragt sie zurück. Sie hat eine melodische Stimme, registriert der Beamte. - Für den folgenden Tag verabredet er sich mit Sonja Kleinert in der Malchiner Klause. Er bestellt ein Frühstück und wartet auf sie. Als sie endlich eintritt, ist er überrascht vom Ausdruck ihrer Augen. - „Ich möchte Sie etwas fragen", beginnt er vage. „Wollten Sie sich am Unfalltag mit Robert treffen?" - Sie sah ihn an. „Ja. Aber ich wollte den beiden, also Robert ... und Anna, nur helfen. Mein Vater hatte sich eine Intrige ausgedacht. Ich mochte diesen Golfplatz nicht und wollte ihn verhindern." Sie klang ehrlich und überzeugend. - „Waren Sie nicht in Robert ... verliebt?" fragt er leicht stotternd. - „Robert rief an, um mir zu sagen, dass er sich erneut in Anna verliebt hat. Es war aus. Endgültig. Ich war traurig, wütend". Ihr Gesichtsausdruck war so verwundert, als könnte sie es bis heute nicht fassen.

Vom ersten Augenblick an wollte sie ihn haben. Er war so.... Zunächst genügte es ihr, ihn zu sehen. In der Tischlerei am Morgen seine Stimme hören. Seinen Blick auf sich zu spüren, zu hoffen, sie sei der Grund für das Aufblitzen in seinen dunklen Augen. - Nie hätte sie geglaubt, dass sich dies einmal ändern könnte. Als sie hörte, die Familie kehrt zurück, flammten ihre Gefühle erneut auf. Irgendwie Sehnsucht. Aber er stellte ihr merkwürdige Fragen. Sie spürte sein Misstrauen. Bis er ihr in dem Restaurant endgültige Worte sagte. - Nach dem furchtbaren

Unfall musste sie zu ihnen. Gerade hatte Robert sie aus dem Krankenhaus geholt. Sie aßen Kartoffelpuffer. Das war so.... Sie hat die Sachen aus dem Küchenschrank geholt und das Pfarrhaus nie mehr betreten.

„Ich bin froh, dass ich mir die Sache mal von der Seele reden konnte, Herr Fahrenkamp!" - Sie starren einander an und schweigen verlegen. - „Also dann!" streckt Fahrenkamp ihr schüchtern die Hand hin. Als er auf der Dorfstraße zu seinem Wagen geht, trifft er auf Berti. Der Junge ist in heller Aufregung. Er hätte die Sache selbst in die Hand genommen, meint er. Linde muss nur die Zutaten einkaufen. Heimlich hat er Emma angerufen. Fahrenkamp beugt sich zu ihm runter. - „Kannst du dich doch noch an die Zeitung erinnern, die damals zur Versammlung einlud?" - „Da müssen sie sich an Linde wenden, die sammelt so was." Linde brachte ihm den Ausschnitt raus. - „Golfplatz in Kienwalde gestoppt? Das Projekt hätte Arbeitsplätze auf Dauer in der Region gesichert. Eine endgültige Entscheidung wird auf der heutigen Versammlung erwartet!"

„Berti, kannst du mir sagen, wie die Sache weiter gegangen ist?" Das Stimmengewirr vom Dorfplatz dröhnte bis in sein Bett. Er schlich sich raus. An der Garderobe stellte er sich hinter den Vorhang. - „Er hat ein ausgefranstes Loch, wissen Sie! Wenn ich das Auge ans Loch hielt, konnte ich alle sehen. Zuerst bekam ich Angst, mir war schlecht, weil ich kein Golf mag und dachte, Kleinert würde siegen. Als er einen Blick in die Runde warf, sah er, wie manche hinter der Hand lachen mussten. Das hatte seinen Grund, dazu komm ich gleich, Herr

Fahrenkamp! Nach zehn Worten setzte er sich lieber." - „Viele kamen mit ihren Wagen her", ruft Klüwe. Der Blank guckt sprachlos, will aufstehen, er ist auch hergekommen. - „Ich mein nicht dich", schlug er ihm auf die Schulter, um ihn zu beruhigen. Blank nimmt wieder Platz. Kleinert wurde weiß im Gesicht. Alle schrieen durcheinander. - „Tierzucht, sag ich nur!" sagte die alte Sander. „Damit sind wir groß geworden." Alle waren überrascht, weil sie ihre Gedanken sonst für sich behielt. Als sie den Mund aufmachte, waren ihre Worte wie spitze Pfeile. Ständig rutschte Kleinert auf seinem Stuhl hin und her. Nur ich hab gesehen, warum. Seine neue Hose passte ihm nicht. Sie klemmte seinen Bauch ein. Er ärgerte sich bestimmt, wieso er die alte nicht angezogen hatte. So hing das ganze Dorf an einem seidenen Faden.

In dem Moment entdeckte mich Hackbart, der austreten ging. „Wen haben wir denn da?" – „Er packte mich am Genick und zog mich vom Vorhang weg. Darum weiß ich nicht, wie es ausging, Herr Fahrenkamp!" Da fiel ihm etwas ein: „Linde, bring mal den Zeitungsausschnitt her!" - Am Morgen standen Schlagzeilen in der Zeitung: „Projekt in Kienwalde stößt auf Zustimmung... Mecklenburger wollen sich auf eigene Füße stellen." Auch den Artikel hat Linde ausgeschnitten und weggelegt. Der Journalist schrieb, dass ein Thaer diese Dinge schon gewusst hat und sie in seinen Pantoffeln gehen. Die Kienwalder staunten, als sie lasen, dass ihre einfache Sache einen so großen Namen erhalten sollte. Eigentlich wollen sie sich nur ein bisschen Viehzeug halten und ihre Wiesen und Äcker nutzen. - „So hochtrabend ist det nicht. Paar Schafe, Pferde, bisschen Tabak wollen wir wieder anbauen." - „Wer weiß, was noch in die Zeitung kommt!" rief Hackbart ängstlich.

Ausgerechnet Kietze hat das Dorf nun davor gerettet. Wieder will es der Zufall, dass Kietze als Vertreter des Dorfes allein auf der Dorfaue angetroffen wird. Der Journalist zückt den Stift, weil er das, was Kietze gleich sagt, in Steno mitschreiben will. Er kann nicht antworten, weil es ihn da juckt, wo man mit der Hand nicht hinkommt. Darum stellt er sich mit dem Rücken an die Schuppenwand. Der Journalist wartet mit dem Stift in der Hand. Er schuppert seinen Rücken an der Wand ab. Erst links, dann rechts lang. Jetzt scheint er die richtige Stelle erwischt zu haben. In seiner Ungeduld zog sich der Journalist von ihm und von Kienwalde zurück und stieg kopfschüttelnd in sein Auto.

Fahrenkamp fährt wie auf Wolken, dass er das Piepen des Telefons überhört. - „Wir haben etwas übersehen", meldet sich Capari. „Es gab eine Aussage. Eine Nachbarin erinnert sich, an dem Abend jemand gesehen zu haben. Warten Sie, sie heißt ... Jandl. Wenn Sie sowieso dort sind, fahren Sie gleich hin!" Er parkt vor Jandls weitläufigem Gehöft. Ein brauner Schäferhund stellt ein ernsthaftes Hindernis dar, den Auftrag auszuführen. Glücklicherweise steht die Haustür einen Spalt auf. - „Frau Jandl?" ruft er in der offenen Tür. Erschrocken, ihr Küchenmesser in der Hand, kommt sie zaghaft heraus. „Wir hatten schon das Vergnügen, mitten in den Brennesseln." Sie erkennt ihn. Sie lächelt. Schwanzwedelnd nimmt der Hund neben ihr Platz. „Erinnern Sie sich an den 20. Februar?" Fahrenkamp nimmt die Hand vom Türgriff. Unwillkürlich tastet er nach seiner Warze. Stimmt, er wollte einen Termin in Lübeck machen. - „Ich ... weiß nicht mehr", sagt sie hastig. Tief verwurzelter Argwohn gegenüber dem

Mann aus Düsseldorf sieht aus ihren Mundwinkeln. Sie will die Tür zuziehen. - „Frau Jandl," dringt er in sie. Der Hund stellt warnend die Ohren an. „Ich brauche Ihre Hilfe!" - „Vom Fenster aus habe ich jemand auf den Hof gehen sehen." Nervös klappert sie mit den Augenlidern. Der Hund teilt ihre Nervosität. - „Warum haben Sie das nicht gleich gesagt?" fragt Fahrenkamp aufatmend. - „Mich hat keiner mehr gefragt", beteuert die Frau mit heftigem Lidschlag. - „Haben Sie ihn erkannt?" Sie nuschelt einen Namen. - „Was sagen Sie?" ruft Fahrenkamp ungläubig.

Der Schnee schlug ihm in die Augen, peitschte sein Gesicht, aber in ihm brannte der Zorn. Irgendetwas trieb ihn immer weiter. Am Morgen hat er die Kündigung bekommen. Ohne Arbeit! Sie wollen mich nicht. Er starrt in die Flocken. Ich kann einpacken, dachte er. Eigentlich wollte er nur mit ihr reden. Jetzt ist sie nicht da, sah er durch die Fenster. Die Kälte stach ihm in die Augen. Es dunkelte. Der Schnee fiel in großen dichten Flocken. Mit einmal kam er zu sich und erkannte, wo er war. Ihre Garage. In dem Moment ist der Gedanke da. Ist einfach da. Durch die überschneiten Brennesselstümpfe kämpft er sich voran. Rücklings schiebt er sich unters Auto, schnitt mit dem Taschenmesser.... In dem Augenblick erfasste ihn ein Lichtkegel. Sie überraschte ihn, wie er unter dem Auto lag. - „Gunnar!" rief sie keuchend. Im Schein der Taschenlampe waren ihre Augen weit aufgerissen. Aber er war sich sicher. Mit einem Blick erfasst sie die Situation. Nun geschah etwas Merkwürdiges, sie lief weg. Sie verschwand im Schneetreiben, ohne ein Wort zu sagen. Mit starren Augen sah Gunnar ihr nach. Er sah ihr noch nach, als sie lange nicht mehr zu sehen war. Er schlug die Hände vors Gesicht.

Bei allen Kliniken im Umkreis von Lübeck und Schwerin hatte Fahrenkamp angerufen. So hat er Gunnar ausfindig gemacht, der sich seit März in der Hubertus-Klinik befand. Offenbar hatte er sich freiwillig in den Entzug begeben. Der Beamte war auf dem Weg zur Vernehmung. Die große Klinik lag abseits der Straße. Langsam stieg er die Stufen hoch. Er fragte nach Gunnar Meier. Während der Vernehmung fiel ihm der tief verletzte Gesichtsausdruck des Mannes auf. Als er nach einer knappen Stunde die selben Stufen hinab stieg, konnte er mit sich zufrieden sein. Ein volles Geständnis also. Es gab noch einen Grund für sein zufriedenes Lächeln. Von einer Anklage wurde abgesehen.

11

Es schneite nur noch leicht, so als würde es jeden Moment aufhören. Anna stand vor der Haustür und überlegte. Als sie Robert losfahren sah, glaubte sie, dass er wieder einmal wegfahren wollte, ohne zu sagen, wohin. Aber er hielt. Er winkte ihr zu, er lächelte. Sein linkes Grübchen wurde sichtbar. In dem Moment sah sie ihn wie zum ersten Mal. Er legte den Gang ein. Er würde jetzt fahren. Blitzartig wurde ihr bewusst, was das bedeutete. In letzter Minute stieg sie mit ein. - Der Tacho steigt auf Hundertdreißig. Sie passierten Neubrandenburg. Hier und da flimmern die Lichter verschlafener Dörfer. Sie hockt unschlüssig im Auto und ist wie gelähmt. Robert, ich muss dir sagen, was ich dir lange sagen wollte....

„Ich dachte, du kommst erst morgen, Robert." - „Ich wollte dich schon heute sehen", sagt er. In seiner Stimme ist etwas Trauer, Wehmut, ganz viel Zärtlichkeit. Sie würde jetzt alles ertragen können, auch diese Sonja, dachte sie, als sie ihn so unverhofft vor sich sah. - „Du hast mir total gefehlt", sagt er leise. ‚Gibt es die Sonja überhaupt noch,' fragt sie sich. Sie versucht, sich zu erinnern....

Auf ihrer Fahrt kam es also anders, als sie vermutet hatte. Sie war ... wie gelähmt, wollte den Augenblick anhalten. Gab keine Warnung. Als er den Arm um sie legen wollte, passierte es. Eben fuhren sie an Lindenberg vorbei. Der Wagen gewann an Geschwindigkeit, schlingerte. - „Anna", schrie er. Er riss das Steuer rum. - „Robert!" Er konnte nicht mehr bremsen. Dazu war es zu spät. Auf einmal gab es einen Schlag. Sie wurde hochgehoben und zu Boden geschleudert.

Angespannt wartet sie. Sie trägt ihre alte Jeans und eine weiße Bluse. Nur eine Narbe am Hals und ihr Fuß erinnern noch an ihren Unfall vor elf Monaten. Den kranken Fuß seltsam angestellt, steht sie in der grünen Tür. Keine zehn Schritte von Robert entfernt. Würde er sie noch schön und begehrenswert finden? Auf einmal scheint die Zeit still zu stehen. Er lächelt, so wie früher als Junge. Seine Augen werden zu Schlitzen. Sie kann kaum sprechen. Ungeschickt berührt sie seine Stirn und presst sich an ihn.

12

Tauwetter hatte eingesetzt. Knirschend bricht das dünne Eis unter den Pfützen. Einige Hühner, die zu ihrer Begrüßung über die Pfütze stelzen wollten, rutschten flatternd hin und

her. Ein schwarzer Hahn beobachtete ihre vergeblichen Bemühungen. - „Hast du dich verändert!“ Anna humpelt auf Berti zu. Mit Mühe geht sie einen Schritt zurück, um ihn erstaunt anzusehen. „Du bist groß geworden!“ Argwöhnisch legte der Hahn seinen Kopf an die Seite, um ihn in Augenschein zu nehmen. Lärmend begannen die Hühner sich um die herumliegenden Kartoffelschalen zu zanken. - „Gehen wir rein!“ Noch immer fiel es ihr schwer, länger zu stehen. Es riecht gut. Pommes und eine Sauce mit Chili. Pellkartoffeln für Anna. - „Kartoffeln hast du dir doch gewünscht.“
In dem Moment klingelt es. Anna zuckt zusammen. Eine Erinnerung streift sie wie ein Hieb. Verwirrt sieht sie zu Robert. Einen Augenblick lang herrscht Schweigen. - „Geh aufmachen, Berti!“ rief Claudia. - „Geh du!“ rief er zurück, weil er den Eckplatz erwischt hat, den er nicht kampflos räumen wollte. Er zog seine Hose ein Stück hoch und kramte den blauweißen Schalkesalzstreuer aus der Hosentasche. Jetzt soll ihn keiner mehr stören. - Anna, die ihre Spannung kaum noch verbergen konnte, sah nervös zur Tür. Hinter Claudia trat eine junge Frau ein, die Haare hochgesteckt, doch kein Zweifel. Sie hat Emmas hellblaue Augen. Bis zum letzten Moment hat niemand etwas geahnt. Das blaue Kleid, denkt Anna. Der Märchenzoo Ziegenhagen, als sie das Kleid trug, die Ratte Amanda, die Fahrt zur Wagenburg nach Tübingen, Heidelberg. Alles rollt in Sekundenschnelle vor den Augen vorüber. Als Emma sieht, wie sie hier die Pommes essen, schaltet sie sich unmittelbar ein, indem sie einen Haufen Kräuter auf dem Tisch zerhackt und drüber streut. Ein unbekannter Geruch breitet sich aus. - ‚Wieder zu Hause‘, denkt Anna. So wie immer, und irgendwie erleichtert. - „Wollt ihr Kaffee?“ fragte Berti und stellte

Schokolade dazu. Ohne groß darüber nachzudenken, goss Anna heiße Milch über ihre Schokolade. - „Was machst du?“ rief Berti erstaunt. Als er keine Antwort bekam, fragte er wieder. - „Ach, das ist eine alte Geschichte“, sagte sie. Robert lächelte nachdenklich.

So weit konnte Hans Fahrenkamp die Sache verfolgen. Er ließ sich seine Warze in Lübeck wegmachen und wurde ein anderer Mensch. Der Sprosser schlug. Der Flieder verblühte. In dem Jahr zogen sie Zäune und legten Vorgärten an. Kleinert soll sich vor der Kirche mit Anna ausgesöhnt haben. - An einem Apriltag mit heftigen Hagelschauern starb Frau Liesch. Obwohl sie ihr Herz an unsichtbare Liebhaber verloren hatte, kam sie feierlich neben ihrem Mann zur letzten Ruhe. Im Mai hielt ein Möbelwagen und brachte Metha Fenske, die vor einem Jahr in den Schwarzwald gezogen war, zurück ins Dorf. Kietzes wurde ein Kind geboren, nicht zahnlos wie andere Babys, sondern bereits mit Zähnen im Mund. Darin sieht die alte Sandern ein Zeichen. Aber es gibt nicht mehr so viele, die auf sie hören. - Es wurde Sommer, die Bienen kamen in die Linden. Das Korn war gemäht und Hans Fahrenkamp noch immer in Kienwalde. Das soll wegen dieser Sonja sein. Was fand er heraus? Oder war alles ganz anders?

13

Als sie hineinkam, brannte Licht, weil die Kinder mit der Helligkeit ihre Angst vertreiben wollten. Sie hängte die Jacke über die Stuhllehne und lauschte auf die Tropfen, die aus der Jacke auf den Boden fielen. Der kaputte Wasserhahn im Gefängnis, dachte sie. - „Ich verreise," schrieb sie in plötzlichem Entschluss auf ein Löschblatt, legte es neben die Milchbecher.

Das Schweriner Schloss gleitet im Nebel wie ein Geisterschloss vorüber. Die Straße ist kaum auszumachen, die Häuser und die Alleebäume ohne feste Umrisse. Von Güstrow schlägt sie die Landstraße in Richtung Krakow ein. Ab Oranienburg wollte sie mit der S-Bahn weiter. Auf dem Bahnhof überfiel sie Hunger. Keks, hart wie ein Marmorbrocken löst ihren Schneidezahn. Am Potsdamer Platz ragen Baukräne in den Horizont. Über Berlin geht eine fahle Novembersonne auf. Sie fährt am Alexanderplatz vorbei, der kaum zu erkennen ist. Unförmig ragt das Reichstagsgebäude aus den Nebelschwaden. Die Leute, wie sich bewegende Schatten. Der Nebel erschwert ihre Orientierung. Aber schließlich findet sie doch die richtige Haltestelle, an der sie aussteigen muss. - Durch ein Tor trat sie in einen Hof mit Kopfsteinpflaster. Eine alter Lindenbaum, so alt wie die Häuser, die ihn still umkreisen. In einem Straßencafe, das in etwa aussieht, wie einstmals vor dem Krieg, sitzt sie wie eine feine Frau. Sie hält die Hand vor den Mund, weil da die Zahnlücke ist. Die Frauen sind aus Amerika hierher gekommen oder aus England. Ein Tropfen aus dem Glas geht verloren. Die Novembersonne, die den Nebel durchbricht, scheint auf den rinnenden Tropfen um ihn aufleuchten zu lassen. Am Nebentisch eine Frau mit dunklen Augen, in weißem Kleid. Aus dem Weinbecher muss ein Tropfen verloren gehen. Wieso ist das Wort auf einmal da? So alt wäre die Mutter. Ob sie hier mal saß, irgendwann vor dem Krieg? Aus dem Becher muss etwas fehlen, sagt das Buch Exodus. Ein Tropfen

für die Mutter. Nur Mut, nur noch ein wenig Mut, murmelte sie und fuhr heim.
Auf dem Rückweg steigt sie in Hohen Neuendorf aus. Läuft den Bahnsteig lang und schlägt den Weg nach Niederdorf ein. Das Haus, in dem sie wohnten, ist halb verfallen. Nur der Baum steht noch. Er hat mit den Jahren gewonnen, reckt seine knorrigen Äste in den Himmel. Sie starrt ihn an. Ihr Herz schlägt laut. Die bereits trockenen Äste meidend, klettert sie hoch und wird von den breiten Ästen getragen. Ein Gefühl von Verlässlichkeit überkommt sie. Ich habe dir eine Menge zu erzählen, würde sie gern sagen, aber sie ist nicht mehr elf. „Kanada, eines Tages!", flüstert sie ihm plötzlich zu. Der Baum gibt nur ein undeutliches Knarren von sich. Sie steigt vom Baum und schlüpft durch eine wild wachsende Hecke, bis sie an einen schwarzen Schotterweg kommt. Es ist ihr, als müsste sie gleich auf jemanden stoßen. Ein Zauber dreht die Jahre zurück, so dass sie scheu auf das Haus starrt und auf den Moment wartet, dass jemand erscheint. - Sie fasst sich ein Herz, überquert die Straße und drückt die rostige Klinke runter. Die Tür klemmt, endlich lässt sie sich öffnen. Sie tritt in das Haus, in dem nun andere Leute wohnen, die ihre Geschichte nicht kennen. Niemand hindert sie, die Treppen hochzusteigen. Die Farbe im Treppenhaus war abgeblättert. - Als sie oben im Flur ankommt, reißt sie die Fensterflügel auf. Der Wind fährt in ihre Haare und lässt sie flattern. Sie lehnt sich weit in den stürmischen, befreienden Wind. Vor ihr Büsche, Häuser, die Straße, der sich in der Dämmerung verlierende Schotterweg. Nichts Außergewöhnliches. Da entdeckt sie vom Schotterweg her ein Mädchen. Schüchtern und unbeholfen sieht es sie an.

Edition Araki

Folgende Titel sind lieferbar oder geplant:

Ruth Eisert, Der Seifenhändler. Fantasy-Roman. Durch eine Geliebte droht Karin und Ronnies Ehe zu zerbrechen. Die Kinder gehen mit Irene jahrhunderte zurück in eine parallele Welt und erleben in einer spannenden Reihe von Abenteuern Schlüsselsituationen, die die Gegenwart bewältigen helfen. 532 S. kt. ISBN 3-936149-80-1

Werner Güttler, Steine auf dem Weg. Der Roman spielt in der Felsenwelt der alten Nabatäer-Stadt Petra im heutigen Jordanien. 1160 S. kt. ISBN 3-936149-05-4

Georg Dehn, Zwischen den Leben. Roman. Neuauflage des Erstlingswerks von 1982. Die spannende Orientreise eines Aussteigers endet im Knast. Mit Witz und Philosophie inszeniert der respektlose Hippie seinen Freiheitswillen. 220 S. kt. ISBN 3-936149-08-9

Buch Abramelin das ist Die egyptischen großen Offenbarungen oder des Abraham von Worms Buch der wahren Praktik. Aus alten Handschriften rekonstruierter Urtext von 1458. Rosenkreuzer und Freimaurer sehen es als Grundlagenwerk. 416 S. Leinen. ISBN 3-936149-00-3

Harry Heine, Ist Angst verboten? Hörspiel 35 Min. auf CD. Das Mädchen Doro erlebt ein Abenteuer und erkennt, wie die Angst die Menschen hemmt und wem dies nützt. Zum diskutieren für Erwachsene und reden mit Kindern ab 5 Jahren ISBN 3-936149-81-X

Edition Araki

Mendelssohnstr. 7, 04109 Leipzig.

email: redaktion@araki.de homepage: www.araki.de